心理学视野中的
文学丛书

围城内外

西方经典爱情小说的进化心理学透视

熊哲宏 ◎著

北京大学出版社

图书在版编目(CIP)数据

围城内外：西方经典爱情小说的进化心理学透视/熊哲宏著. —北京：北京大学出版社，2011.1
（心理学视野中的文学丛书）
ISBN 978-7-301-18337-3

Ⅰ.①围… Ⅱ.①熊… Ⅲ.①言情小说－文学研究－西方国家 ②恋爱心理学－研究 Ⅳ.①I106.4②C913.1

中国版本图书馆 CIP 数据核字(2010)第 253664 号

书　　　名：	围城内外——西方经典爱情小说的进化心理学透视
著作责任者：	熊哲宏　著
丛 书 策 划：	周雁翎
丛 书 主 持：	刘　军
责 任 编 辑：	陈　静
标 准 书 号：	ISBN 978-7-301-18337-3/I·2300
出 版 发 行：	北京大学出版社
地　　　址：	北京市海淀区成府路 205 号　100871
网　　　址：	http://www.jycb.org　http://www.pup.cn
电子信箱：	zyl@pup.pku.edu.cn
电　　　话：	邮购部 62752015　发行部 62750672　编辑部 62767346
	出版部 62754962
印 刷 者：	三河市北燕印装有限公司
经 销 者：	新华书店
	650 毫米×980 毫米　16 开本　15.75 印张　210 千字
	2011 年 1 月第 1 版　2011 年 1 月第 1 次印刷
定　　　价：	32.00 元

未经许可，不得以任何方式复制或抄袭本书之部分或全部内容。
版权所有，侵权必究
举报电话：(010)62752024　电子信箱：fd@pup.pku.edu.cn

目　录

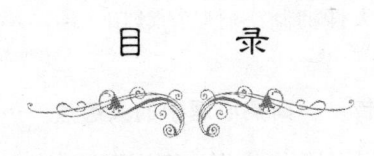

序言 ……………………………………………………………（1）

1　福楼拜的《包法利夫人》……………………………………（1）
　　1.1　爱情的幻想与痴迷 ……………………………………（3）
　　1.2　爱情的幻灭与死亡 ……………………………………（25）
　　1.3　"包法利夫人，就是我" ………………………………（36）

2　劳伦斯的《查特莱夫人的情人》……………………………（61）
　　2.1　作为"古老种族的静谧"的不贞节 ……………………（63）
　　2.2　"肉体的爱情" …………………………………………（79）
　　2.3　女人在性高潮中再生 …………………………………（91）

3　托尔斯泰的《安娜·卡列尼娜》……………………………（107）
　　3.1　"上帝生就我这样一个人，我要爱情" ………………（109）
　　3.2　"蔚蓝色的雾"：安娜爱情的心路历程 ………………（119）
　　3.3　安娜自杀：是伏伦斯基"直接导致"的吗? …………（136）
　　3.4　别样的爱情进化心理学主题 …………………………（155）

4　霍桑的《红字》………………………………………………（167）
　　4.1　"贞洁的外表只是一种骗人的伪装" …………………（169）
　　4.2　齐灵渥斯的性嫉妒："罪恶的阴暗的迷宫" …………（181）
　　4.3　人的天性中有哪些"恶"? ……………………………（191）

1

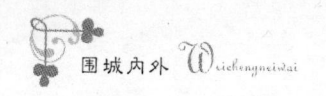

5 纳博科夫的《黑暗中的笑声》 ……………………… （205）
   5.1 欧比纳斯：相互矛盾的双重情感 ……………… （207）
   5.2 玛戈：女人性抑制（调情）的妙用 ……………… （218）

跋：纳博科夫的忠告——离搞心理学的人远点 ………… （228）
参考文献 …………………………………………………… （235）

序　言

真诚的读者,你现在就要开始阅读这本《围城内外:西方经典爱情小说的进化心理学透视》了。为了帮助你更好地阅读本书,在此先交代几个关键性概念——"婚外恋"、"经典爱情小说中的婚外恋"、"进化心理学"和"进化而来的心理机制"。然后,我再概括一下本书的要旨:经典婚外恋小说的主题与当代进化心理学的成就之间拥有完美的对应性和一致性。而本书就试图揭示这二者之间有哪些对应性和一致性,其奥妙又在哪里。

"婚外恋"与"经典爱情小说中的婚外恋"

正如奥斯汀所著《傲慢与偏见》的开篇名言——"有钱的单身汉总要娶位太太,这是一条举世公认的真理"——一样,我在这里续补一句:既然有婚姻,必然就有婚外恋——这甚至是不以人的意志为转移的另一条"真理"。

"婚外恋",也就是我们日常所说的"外遇"(俗语还有"偷情"、"私通"、"通奸"、"越轨"等),是男女两性关系,特别是两性爱情关系的一种重要而特殊的表现形式。在本书中,婚外恋有其专有的、特定的所指:对男性来说,是指拥有婚姻关系的男性与除配偶外的任意女性所发生的性爱关系——不管这个女性是有丈夫,有性伴侣,还是单身,在这里都不重要。重要的是,这位男性处于婚姻关系之中,这是一个既成的事实;而他与非婚配对象的任一女性发生性关系,这也是不争的事实。否则,就不能叫婚外恋。很显然,这一界定对女性同样适用。

婚外恋,既是一种心理状态,又是一种外显行为。而在"行为"的意义上,国外的进化心理学家把它叫做"短期择偶"(short-term mating),这主要是从两性关系持续的时间长短来看的。因为它不像

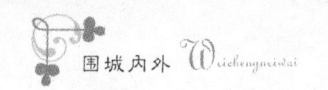

婚姻关系那样能维持很长的时间(至少是相对较长的时间)。现实生活中确实也有"闪电般"短暂的婚姻。据说美国歌星布兰妮曾有过5个小时的婚史,但这充其量不过是恶搞而已。婚外恋一般可长可短,但"短"也有一个时限,那就是它不短于"一夜情"或偶尔偷腥。从心理机制上说,婚外恋与一夜情或偶尔风流是不同的。

明确了婚外恋的概念,"经典爱情小说中的婚外恋"就好理解了。笼统地说,凡是以现实生活中的婚外恋为题材的小说,都可以冠之以这一名称。但本书有特别的限定(至少在文学合理性的意义上):只有满足了以下条件或标准的才属于婚外恋小说范畴:① 小说的中心(或核心)主题是婚外恋;② 小说中的主人公始终处于婚姻关系中,其故事情节也始终围绕主人公的偷情行为来展开;③ 小说反映了主人公对"禁果"——为社会的道德、法律、习俗、体制、习惯和文化传承所不容的行为——的特有的心理需求,特别是恋爱中独有的心理冲突(即不同于一般的爱情心理冲突);④ 主人公的这种爱情多半(而不是全部)带有悲剧性的色彩或结局。

在西方文学史中,能满足以上标准的小说不计其数。初略地点一下就有:亨利·詹姆斯的《金碗》、冯塔纳的《寂寞芳心》、左拉的《家常菜》、哈代的《还乡》、亨利·米勒的《性爱之旅》、沃勒的《廊桥遗梦》、阿娜伊丝宁的《亨利和琼》、约翰·霍克斯的《血橙》、保罗·鲍尔斯的《情陷撒哈拉》等。

我认为西方最经典的婚外恋小说有如下5本:福楼拜的《包法利夫人》、劳伦斯的《查特莱夫人的情人》、托尔斯泰的《安娜·卡列尼娜》、霍桑的《红字》和纳博科夫的《黑暗中的笑声》。我不排除这种选择受到个人偏好的影响,但它们都能较好地满足我关于婚外恋小说的界定,而且在西方文学史上极具代表性和典型性。

"进化心理学"与"进化而来的心理机制"

婚外恋心理,是科学的爱情心理学中的一大难题。除了它的普遍性、隐蔽性和不可避免性等科学上的限度之外,还有一个重要的文化差异,甚至是"意识形态"差异——是否得到一个社会的统治阶级的认可和维护这一价值体系——的问题。在中国,婚外恋一直被简单地斥责为"第三者"插足,把它归属于道德的范畴。幸好,"进化心理学"的诞生,使婚外恋的研究成为科学,为其奠定了坚实的理论基础并拓展出广阔的应用前景,并使我们从传统观念中解放出来。

"进化心理学"(evolutionary psychology)作为"关于心理的新科学",在20世纪80年代初吹响了进军号角。一般认为,进化心理学是一门革命性的新科学,它是当代心理学与"进化生物学"的最新成就相结合的产物。正如哈佛大学斯蒂文·平克(Steven Pinker)教授所言:"在对人的研究中,如果想要对人类经验的某些主要领域(比如美、母性、亲属关系、道德、合作、性行为、攻击性)进行解释,那么只有进化心理学才能提供比较连贯的理论。"

进化心理学的魅力究竟在哪里呢?进化心理学对人类的心理进行分析,可以看做是这样一个"三部曲":先看人类大脑中拥有哪些进化而来的"心理机制";然后看激活这些机制的"背景信息"(如文化因素、刺激情境等)是什么;最后是看这些内部的心理机制又会导致什么样的"外显行为"。

根据进化心理学的领军人物巴斯(D. M. Buss)的观点,所谓"进化形成的心理机制",简单地说,也就是指人类大脑所拥有的一组心理加工的过程或程序。它一般包含这样一些特性:心理机制之所以表现为现在的这种形式(比如性嫉妒),是因为它在进化史中解决了与"生存和繁殖"有关的特定适应性问题;心理机制所获得的输入信息,能够向人们预示他正面临的适应性问题。例如,当看到一条蛇时,视觉的输入信息告知你:你正面临一个特殊的生存问题——受伤或者毒发身亡;而心理机制的运作,是根据"决策规则"(由"如果 P,那么 Q"指令所组成的一套程序)将输入信息转换成输出信息。例如,看到蛇的时候,你可以发起攻击,可以马上逃走,也可以站立不动。心理机制所产生的输出,可能是生理活动,也可能是其他心理机制所需要的信息,还可能是外显的行为;心理机制所产生的输出结果会直接导向对特定适应性问题的解决方案。正如你的配偶潜在的不忠行为的"线索",预示着你的一个适应性问题的出现(有可能失去配偶),而性嫉妒机制的输出"结果",则直接导向对这个问题的解决方案:受到你威胁的那个男人(第三者)可能会被吓走;你的配偶可能不再和其他人调情。又或

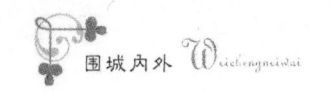

者,通过对你们双方的关系进行重新评估,你决定还是分手为妙。

总体来说,一种进化形成的心理机制就是指我们人类大脑拥有的一套程序。它被设计成只接收特定的输入信息,并按照决策规则将这些输入信息转换成输出结果,而这些输出结果能让我们祖先在远古的环境中解决某个适应性问题。正因为我们祖先建构的某种心理机制曾成功地解决了当时特定的适应性问题,因而能经世世代代的遗传而存留于我们今天的大脑中。可以这样说,尽管我们今天生活在充满了新的文化刺激(如网络、广告、影视等)的环境中,但其实我们所携带的是一个"远古的"大脑。

婚外恋的心理机制:"性选择"和"亲代投资"理论

进化心理学对婚外恋的解释得益于其两个核心理论,即达尔文的"性选择"理论和特里维斯的"亲代投资"理论。"性选择"(sexual selection)理论主要关注动物因求偶行为而产生的一种心理机制(又叫"适应器"或"心理模块")。"性选择"主要有两种运作方式。第一种叫"同性竞争",这是指同一性别的成员之间的竞争,主要竞争目标是与异性交配的机会。例如,新的"猴王"为了让母猴发情(获得交配机会)而杀死前任猴王的孩子,就是同性竞争的典型例子。第二种方式是"异性选择",也叫"择偶偏好选择":如果某种性别的成员一致认为异性的某些特征正是他(她)们所想要的,那么,拥有这些特征的异性就更有可能获得配偶,而那些不具有这些特征的异性则得不到配偶。达尔文举的一个例子是,人类的女性远祖是依据男性脸部毛发的样子是否有魅力来挑选异性伴侣的。结果是,男性的身体特征如胡须和肌肉能显示"阳刚之气",便被选择出来。同样,通常女性比男性更爱打扮,她们不惜用华丽的服饰、飘逸的长发、性感的口红、高耸的前胸、细长扑闪的睫毛等来彰显个性,这也正是男性长期择偶偏好选择的结果。因为男性更喜欢选择年轻、漂亮、极具性魅力的女性作为配偶。

达尔文的"性选择"理论为我们解释人类择偶的心理机制的进化提供了坚实的科学基础。1972年,美国进化生物学家罗伯特·特里维斯(Robert Trivers)在达尔文的基础上,进一步提出了他著名的"亲代投资"理论。根据这一理论,男性对随意的性关系——或"多样化的性伴侣"——进化出了比女性更大的欲望(lust)。之所以进化出了这样的"欲望",主要是因为男性对子女的投资比女性要小。

人类作为有性繁殖的物种,所面临的最大的难题就是求偶或择偶——找到一个配偶,因为这需要耗费大量的精力、资源和时间。在此过程中,雌雄两性各自所作出的贡献,严格说来是不对等的。首先,精子和卵子的生产和消耗就有很大差别。男性可以生产无以计数的精子;相对而言,卵子却要珍贵得多(女性一生中生产的卵子数量比较固定,约400个)。

而且,女性对子女的贡献并不止于卵子。实际上,人类亲代投资的关键阶段,如受精、怀孕的过程都发生在女性体内。这样,同样是一次性行为,所导致的结果是不一样的:一次性行为,男性只需要付出最少量的投资——射精,却有可能让女性付出十月怀胎的代价。不仅如此,女性在怀孕期间还丧失了其他的择偶机会(至少减少了性行为的次数),这对女性来说是一个不小的损失。此外,女性还要经历一个长长的哺乳期。总之,在幼体生命初期,雌性动物往往付出了更多的亲代投资;因而也就意味着,雌性动物拥有更加宝贵的繁殖资源。受精、怀胎、分娩、哺乳、喂食、抚养和保护等,都是不能随意分配的有价值的繁殖资源。简单地说,在动物世界中,拥有宝贵的繁殖资源的一方通常不可能随便地"付出"。

这样,现在我们就清楚女性在择偶时为何比男性更挑剔了。在进化历程中,因为女性的性行为要冒着上述一系列投资的风险,所以自然选择就更青睐于那些善于择偶(择偶更挑剔)的女性。如果女性轻率地选择配偶,或对配偶不加任何分辨和考察,甚或做出了错误的分辨(假如她根据男人的气味是否好闻来选择配偶),那她很可能要付出惨重的代价——她的繁殖更少成功,其后代也更少能够存活到生育年龄。最终,她的基因被无情地淘汰。在进化过程中,女性总是冒着怀孕的风险,她们可能因为一时糊涂或一个草率的决定,而付出数年或数十年的代价。

你也许会说,现代的节育技术已经改变了这种状况。诚然,在当今发达国家里,女性对怀孕的恐惧确实减少了,也会仅仅"为快乐而快乐"而发生短期的性关系。但是,人的心理机制是进化而来的。在当

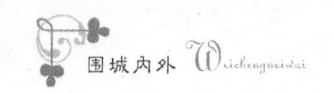

代的避孕技术发明之前，人类的性心理——特别是心理机制——就已经存在；它是历经数万年的时间，为了解决古老的适应性问题进化而来的。因此，尽管现代环境已经发生了很大的变化，但人们潜在的、无意识的性心理机制，仍然在发挥作用。

总之，特里维斯的"亲代投资"理论为解释男人的"花心"以及女人的性谨慎心理提供了两个理由：① 为子代投资更多的那一方（通常是雌性，但不完全是），在择偶时会更挑剔；② 投资较少的那一方（通常是雄性，但不完全是），在争夺异性配偶时会更具竞争性。

婚外恋小说的主题与进化心理学之间的完美对应

进化心理学，特别是"性选择"和"亲代投资"理论，为我们探讨婚外恋何以可能又何以必需，以及它的心理机制是什么，提供了科学上的可能性。而文学大师通过他们的文学作品（包括小说）对婚外恋的探讨作出了重大贡献。事实上，某些文学大师不仅是天生的心理学家，还是优秀的"进化心理学家"。这是因为，经典婚外恋小说的主题与当代进化心理学之间拥有完美的对应性、一致性。而本书的重要任务，就是试图揭示两者之间的对应性和一致性的奥妙所在。换言之，当我们把文学家的探索与进化心理学的成就相结合的时候，就能够从心理机制上对婚外恋进行科学的解释。

婚外恋小说的主题之一（首要主题）：揭示婚外恋心理和行为是人的"天性"之一。

什么是人的天性？英文的"Human Nature"，国人多半译为"人性"。这种译法固然问题不大，但容易造成理解上的误区。我建议，最好译成"人的天性"（或"人的本性"）。因为这一译名与西方传统文化的意义相吻合。

至少是自柏拉图的《会饮》以来，人的天性就是指人的"自然性"（Nature）。这就意味着，当我们在理解人的天性的时候，就是把它看做像"大自然"（Nature）的产物一样的自然。那就是说，人的天性，不过就是与"大自然"中的任何一种事物或现象一样，是一种天然的存在，一种客观的东西；而不是任何人工的、被某种文化所侵蚀或雕琢过的东西。例如，霍桑的《红字》，看起来是在讲述一个"有关人的脆弱和人的悲哀的故事",而且还是一个与"罪恶"、"邪恶"、"诱惑"、"堕落"、"惩罚"、"羞愧"、"悔恨"等有关的故事,但在背后,霍桑要揭示的却是"偷情"(adultery),这一普遍的人之天性的合理性。在赞美爱情之伟大的时候,霍桑就是把爱情当做人的自然性来看的(参见原书第18章)。他关于"人的天性的倾向性"(the propensity of human nature)的观点,一方面表明天性中有"好"(积极)的倾向性:爱情、偷情("具有自身的神圣之处")、女人"自身的脆弱"等;另一方面也揭示了天性中还有"恶"(消极)的倾向性:性嫉妒、复仇、惩罚、恩将仇报、女同性嫉妒等。

婚外恋小说的主题之二:在婚外恋的心理机制上,男人和女人之间有巨大的差异。

我们知道,男女之间有性别差异。而在爱情,特别是婚外恋方面,这种差异简直达到了最大或极端的程度。塞万提斯在《堂吉诃德》中指出,"在爱情这个问题上,当事者的任何外在变化都是内心活动的真实反映。"婚外恋是婚姻的必然伴随物,仅仅说它是婚姻的"副产品",似乎还不足以表达婚外恋的重要性和普遍性。而且,人类已经进化出了用于觉察配偶是否发生外遇的专门的心理机制。经典小说经常向我们表明,就连女人也知道,男人更容易有外遇。这是怎么回事呢?

对于男人来说,性即是爱。换言之,男人爱女人的身体,不爱女人的"身外之物"。这也许是男人与女人的最大的心理差异。爱女人的身体,意味着男人聚焦于她的美貌、青春气息、性魅力等,至于女人的"身外之物",如她的金钱、财富、社会地位或"事业心"等,均不是男人寻找爱情过程中所真正在乎的东西。这样你就可以理解为什么男人比女人更容易有外遇了("性选择"和"亲代投资"理论的要旨也正在于此)。

而女人的外遇则不同。尽管"那些在道德上往往无可指责而又厌倦了单调的正经生活的女子,她不仅暗暗为不正当的爱情辩解,甚至还羡慕不止"(《安娜·卡列尼娜》)。但由于女性因婚外恋所付出的代价往往比男性要大,因此一般不会轻易地搞婚外恋。她们在择偶,特别是婚外择偶时,比男性更挑剔、更谨慎、酝酿的时间也更长,也会更多地发生心理上的矛盾和冲突。这都反映了女性进化而来的心理机

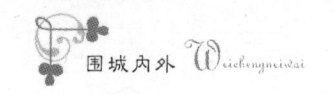

制在起作用。

婚外恋小说的主题之三：婚外恋者有其特有的心理冲突。

婚外恋作为爱情的特殊形态,其突出的特征就是：婚外恋的过程,总是当事人不可避免地伴随着内在的心理冲突的过程;这种"心理冲突"是如此之强烈,以至于时而使人进入一个痴迷梦幻的神奇世界,时而又把人带入阴郁绝望的"罪恶"之渊。而揭示婚外恋者这种内在的心理冲突背后的心理机制,文学家和进化心理学家对此都做出了很大的努力。

例如,在《安娜·卡列尼娜》中,托尔斯泰的"罗盘隐喻"特别耐人寻味。这个隐喻的提出与安娜的儿子谢辽沙有关,因为谢辽沙常常成为他们关系中的最大障碍：

> 有这孩子在场,在伏伦斯基和安娜心中都会出现一种感觉,感到自己就像一个航海者,从罗盘上看到自己高速航行的方向远远偏离正确的航线,却又无法停航,看到一分钟比一分钟离正确的航线更远,也看到,要承认自己误入歧途,就等于承认自己灭亡。

这孩子正因为用天真的目光看待生活,就好比是一个罗盘,可以指出他们偏离自己知道而又不愿意知道的航向有多远。

这个隐喻的深刻之处在于,它恰到好处地揭示了婚外恋者面临的一个爱情悖论：他们"知道"自己偏离了生活的日常航线,却又"不愿意知道"自己偏离生活航线有多远。由于前者,他们依然我行我素,不顾一切地爱下去;由于后者,他们只好"自我欺骗",给自己的行为找到一个合理的解释,以求心理平衡。

伏伦斯基的心理冲突还令人难以置信地表现在,他现在对安娜的美的"感觉",居然与过去完全不同了。"现在他对她的感情已经没有丝毫神秘成分,所以她的美虽然比以前更使他迷恋,同时也使他感到不舒服。"在他们热恋的初期,安娜那明亮的眼睛里的一种凝神注视的神气,她的言谈和动作中的神经质的敏捷和妩媚,曾使伏伦斯基那样着迷;可现在,这一切却使他感到惶惶不安和害怕。正是她的美和优雅风度使他恼火;在对她的"尊敬"渐渐减弱的同时,却越来越意识到她的"美"了。这确实是男人爱情中的一个悖论：对身体的美越是迷恋（同时伴随着不安），对她的感情就越不再有神秘的成分。托尔斯泰以他文学大师的洞察力启示我们：当一个人（特别是男人）对爱人的身体的美产生一种既迷恋又害怕的矛盾心态时，就意味着这样一个信号：爱情正在或已经消退了。

婚外恋小说的主题之四：婚外恋主人公的"人格"特质与生活"情境"之间的相互作用。

文学大师与进化心理学家都有一个共识：描述和解释一个人的所作所为，首先是要分析他的内在的"人格"特质，然后再看看他所处的外部"情境"因素，最后弄清这两者之间如何相互作用。如此一来，一个人的"命运"，包括他（她）是否发生外遇，就可以得到合理的解释了。由于婚外恋有其特定的进化而来的心理机制，特别是由于它受特定的情境因素的制约，因此它的表现形式、发展阶段和最后结局都与一般的爱情（指不受婚姻关系束缚的爱情）有很大的不同。文学大师们（特别是福楼拜、托尔斯泰、纳博科夫）都极其精到地把握了这一点。

最后，我要略微谈一下对经典小说文本进行解析的方法论问题——特别是对主人公的"人格"进行分析的方法问题。按心理学家的思维方式、人格特质和情境因素是我们对主人公的心理和行为进行分析的两大要素。我主张，在解读主人公的人格特质时，要区分两个维度：一是作家本人对主人公的相对客观的描述，二是作品中的其他人物对主人公的主观性评价；这一区分相当重要。例如，《安娜·卡列尼娜》中的卡列宁，是一个特别难以把握的人物。现有对他的典型评价是："典型的'官僚机器'，自私、虚伪、刻板、冷酷，一心追逐名利，丝毫不懂风情。"如果真是这样，就枉费托尔斯泰的一番苦心了。其实，只要我们注意区分上面的两个维度（特别是第二个），就不至于这样偏激了。因为在安娜与卡列宁的关系弄僵、破裂之后，安娜对卡列宁的看法免不了过于主观和偏激。如果我们稍不谨慎把安娜的看法等同于作家本人的看法，那就极有可能认为卡列宁坏透了。因此，我在对卡列宁人格特质解读的时候，主要基于托尔斯泰的客观描述而不是安娜后期的主观臆断。

又例如，伏伦斯基为人处世有一套"章法"。这套章法，从道德学上

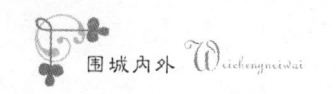

说确实不合理,但从进化心理学观点看,倒不是什么"大不了的罪恶"(deadly sin)。因为进化心理学确认人的天性中有"恶"(evil)的东西:攻击性、暴力、战争、同性竞争、强奸、宗教排外、种族隔离、剥削、仇恨、谋杀、复仇、性嫉妒、对地位和财富的追逐等。比起这些"恶"来,伏伦斯基充其量也只是小巫见大巫。他的这套章法是受进化而来的心理机制支配的,有其适应性的优势:"欠赌棍的钱必须付清,欠裁缝的钱不必付清"(因为赌徒更容易铤而走险);"对男人不应该说谎,但对女人可以说谎"[同性之间因为更容易产生友谊(不图回报)而不愿或不轻易说谎,但异性之间更容易产生欺骗与反欺骗(进化使然)];"不能欺骗任何人,但可以欺骗做丈夫的"[因为男人进化出了对"多样化性伴侣"的偏好的短期择偶机制(女人进化了"更换配偶"的机制)];"不能原谅别人的侮辱,但可以侮辱别人"(因为攻击性、暴力的天性在特定情境下就会被激活)。

1 福楼拜的《包法利夫人》

G. Flaubert: Madame Bovary

> 福楼拜力图揭示这样一个颇具心理学意味的主题：爱玛始自少女时代的爱情幻想（包括一定程度的性幻想），最终导致她再也无法忍受那平淡无味的婚姻生活！她不得不——的确是"不得不"——走向婚外恋！从而表明"永恒的婚姻"不过是人类的一种无聊之举。爱玛与罗多尔夫和莱昂的两次婚外情均以失败而告终。对福楼拜来说，这是一个表明婚姻必然要失败，且令人恐惧的悲剧。

福楼拜（Gustave Flaubert，1821—1880）

1.1 爱情的幻想与痴迷

据说,美籍华裔中国文学史教授夏志清说过:"你可以不读《红楼梦》,但你不能不读《包法利夫人》。"国内有文人对此还颇有微词,讥讽他是"崇洋媚外的典型"。但公正地说,不管夏志清是在什么语境下说这句话,它都不愧是至理名言。

我认为,福楼拜的《包法利夫人》①,不仅是一部关于爱情的百科全书,而且可以说是迄今为止揭示婚外恋心理的举世无双之作。说它是爱情的"百科全书",是因为没有一个爱情的元素曾被作者忽略,没有一个爱情的主题未经作者审视;说它是揭示婚外恋心理的"举世无双之作",不仅因为它深刻地洞察、阐明了婚外恋发生的心理原因,而且还因为它为读者塑造了"包法利夫人"这样一个婚外恋的绝美形象——一个让所有男人为之动容的女人!

在一般人——无论男女——的印象中,搞婚外恋的多半是男人,或者说,男人最喜欢搞婚外恋。正因为这样,在西方文学史上,描写男人婚外恋的小说多得不计其数;可是,福楼拜偏偏写了一个女人做这样的事,而且写得那样真实可信、令人赞叹,于是,我们就不得不佩服他的伟大了——他怎么那样地懂女人呢?

《包法利夫人》的主题究竟是什么?

福楼拜的女主人公"包法利夫人"(爱玛),出身于一个还算是中产阶级的家庭(农庄园主)。她嫁给了一个医道还不算坏的乡镇医生(夏尔),但婚后她就是感受不到爱情和幸福。这致使她有了两次外遇(第

---

① 罗国林译,中国书籍出版社 2005 年出版。以下除非特别说明,该书引文均出自此版本

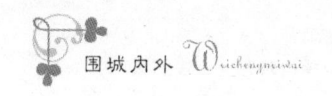

一次是和罗多尔夫,第二次是和莱昂),但都以失败告终。最后,她由于爱情的幻灭和绝望而服毒自杀。

首先,我要提出这样一个问题:《包法利夫人》的写作主题究竟是什么?如果你是一个文学爱好者,并熟读这本小说,也许你会认为这是一个不成问题的问题。但我却认为提出这个问题完全有必要。福楼拜这本书的中文版,在解释"法文版《包法利夫人》中的爱玛画像"时这样写道:"爱玛出身于一个不太富裕的乡下庄园主家庭,自幼在修道院中接受过大家闺秀式的教育,阅读过一些浪漫主义文学作品,内心深处向往浪漫的爱情生活和贵妇人的生活方式。她幼稚单纯,不理解这种贵族的'风雅'需要财富作后盾,认识不到现实的污秽和黑暗,这就决定了她难以逃脱自我毁灭的命运。"

我认为这种解释特别倒胃口,至少,福楼拜的更不会接受如此肤浅的论调:这不仅枉费了福楼拜五年时间的呕心沥血,更对不住他那句振聋发聩的名言:"包法利夫人,就是我!——根据我来的。"而且,在国内现有的文学史教材中,对福楼拜这句名言的阐释甚至还达不到李健吾在1935年的《福楼拜评传》中的阐释高度:"爱玛是他,因为无形中有他浪漫的教育、传奇的心性、物欲的要求、现世的厌憎、理想的憧憬;而且我们敢于斗胆说,全书就是她一个人——一个无耻的淫妇——占有他较深的同情。"

这就意味着,如果离开了对福楼拜本人的人格形成和人格特质的了解,我们是不可能理解《包法利夫人》的。《包法利夫人》写成(1856年4月)之后,10月,福楼拜在写给朋友的信中反讽地说:"他们以为我爱的是现实,可不知道我厌恶它;我恨现实主义,所以我才写这本小说。然而我也不因此少些厌憎于虚伪的理想主义,正因为后者,我们才饱受时间的揶揄⋯⋯写《包法利夫人》的时候,我先有一种成见,在我,这只是一个命题。凡我所爱的,全不在这里。"在福楼拜看来,《包法利夫人》表达的是"一个命题";事先,他便"有一种成见"。我不妨斗胆地把福楼拜的"一个命题"和"一种成见"解释为:《包法利夫人》的主题是爱情的幻想和幻灭!

"包法利夫人"的人格特质

福楼拜这本小说对爱情心理学的最大贡献,是深刻地阐明了婚外恋发生的心理原因。我们不得不赞叹：福楼拜是天生的心理学家！他通过小说这种艺术形式，就像严谨的心理学家做实验一样，竭力追寻爱玛外遇行为背后的心理根源。

在一定意义上，婚外恋是婚姻的"必然伴随物"——至少在理论上是这样；仅仅说它是婚姻的"副产品"，似乎还不足以表达婚外恋的重要性和普遍性。目前，进化心理学家所搜集到的婚外恋行为的证据表明，除少数极其严厉、保守的社会以外，全世界几乎所有的社会中，都存在着女性外遇的现象。据统计，在美国，有外遇的女性几乎占总体的20％到50％。在法国，男性一生中平均有五次外遇，而女性则不少于四次。甚至在一些原始部落里，包括巴拉圭的阿契、委内瑞拉的雅诺马马、澳大利亚的蒂维……尽管外遇十分隐蔽，但还是有记载。进化心理学家相信，从总体上看，无论是现代文明社会，还是原始部落的土著居民，其外遇的行为证据都一致地表明：并不是所有女性都是"从一而终"的。

"爱玛"就是这种不愿从一而终的典型。福楼拜在描写爱玛的外遇行为发生之前，先以相当的心理描述作为铺垫。就像我们今天的心理学家，特别是儿童发展心理学家，在探索"人格"（personality）特征时，通常都要从"先天"与"后天"两个方面去考虑。福楼拜也善于从他所谓"天生的特质"与"积习"（即后天获得的行为习惯）来描述爱玛。从中，爱玛独特的人格特质被福楼拜刻画为：她有着"最销魂的回忆、最美好的阅读和最强烈的欲望"。有了这三方面的人格特质的刻画，那么爱玛的外遇行为就是顺理成章的了。

首先，我们看爱玛的"最美好的阅读"。从心理学观点看，阅读，属于后天的习得行为（事实上，并不是任何人都形成了良好的阅读习惯）。福楼拜一开始（特别是在上卷第6章），就通过描述爱玛的阅读背景来展现她对爱情的渴望。我顺便提醒读者，把握了爱玛的阅读背景，你就有了一把打开爱玛的爱情心扉的钥匙。

爱玛13岁时被父亲送进修道院，整日生活在佩带铜十字架念珠、脸色苍白的修女们中间。因为教堂中"神坛的香烟、清冽的圣水和煌煌的烛焰"所创造的神秘氛围，加之修女们反复拿"未婚夫、丈夫、天国的情人和永恒的婚姻"这些概念进行比较，于是在她的灵魂深处唤起

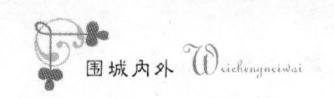

了意想不到的柔情。她读了太多太多的小说,15岁的她每天去旧书租阅处,足足达半年之久。而这些小说,无非是关乎恋爱、情男、情女、在偏僻的小屋里晕倒的落难贵妇,心灵的纷扰、盟誓、饮泣、眼泪与吻、月下扁舟、林中夜莺,还有男人:一个个勇猛如雄狮,温顺似羔羊,人品盖世,衣冠楚楚,哭起来却涕泪滂沱。正是这些小说、抒情歌曲还有美人画册,使爱玛窥见到了那诱人而又变幻莫测的感情世界。

爱玛几乎是一直保持着阅读的爱好,在生命中最艰难的时刻——如第一次外遇被罗多尔夫抛弃——也是阅读陪伴着她并支撑着她继续活下来:"她坚持阅读,每当一本书读完放下之时,总觉得自己沉浸在最纯洁、最正直的伤感之中。"而在她与莱昂的爱情也出现危机的那段时光,她夜夜看荒诞离奇的小说,一看就看到天亮。而书里面描写的不是纵欲淫乐,就是血淋淋的情景,常常吓得她大喊大叫。

爱玛不仅在阅读中陶醉,按书中的描写想象爱情,而且她还有着"最销魂的回忆"。这也属于一种后天(形成)的特质。在福楼拜的笔下,爱玛最浪漫的一面就表现在她那回忆的"销魂"上:爱玛完全是靠回忆过日子的人。当她父亲把她从修道院接出来以后,她不久便开始讨厌乡村,又"怀念"起修道院来了;婚后去了一趟沃比萨尔做客,在此,她的心与上流社会豪华的生活接触过一回,便留下了一些难以磨灭的东西。因此,"回忆舞会"就成了她生活中一件重要的事情。当那位她最初想爱却没有爱成的莱昂去了巴黎后,她的烦恼有了一个集中点,就是"回忆莱昂"——觉得莱昂还浮现在她眼前,显得更高大、更英俊、更可爱。罗多尔夫与她绝交之后,她虽然付出了患43天脑热病而长时间脑力未能恢复的代价,但她似乎并未归罪于他;她把"对罗多尔夫的回忆"埋在心灵的最底层——它待在那里,比坟墓里国王的木乃伊还要庄严肃穆。

对爱玛来说,那销魂的回忆更是激起她无穷欲望的一根导火索。在她与莱昂热恋的高峰阶段,尽管他们每星期幽会一次,但爱玛觉得分开后的第二天是可怕的一天,随后几天更加难熬,因为她急于"重温"她的幸福,简直按捺不住。本来就炽烈的欲火,加上经历过的幽会情形时时"浮现"在眼前,更是火上加油;漫漫长夜,她时常仰望夜空星星,祈求有王子与她相爱,又不禁思念起莱昂来:"那令她满意的幽会,此时此刻能来一次该多好啊,叫她付出什么代价都行。"

然而,爱玛人格特质的最鲜明之处,在于她"最强烈的欲望"。按进化心理学观点,这属于爱玛的"先天"特质。这个先天的方面,既可以是通常所说的"本能"的东西(如性欲、性行为、"嘴馋"等),也可以是进化而来的心理机制(如纵欲、放荡、偷情、更换配偶、性嫉妒等)。在福楼拜的描写中,爱玛的欲望是多样化的:"肉体的欲望"、"金钱的渴求"、"偷情的欲念"等等。

对于爱玛来说,她的人格中有这样一个非常重要的特质:一切事物,她非要从中得到切身利益不可。凡是无助于她的心灵直接宣泄的东西,她都视为无用,不屑一顾。她的气质是多愁善感型的,而非艺术鉴赏型的,她寻求的是感情,而非景物。

要注意,爱玛所注重的"切身利益",既不是指纯粹的物质利益——通常所说的自私,也不是仅仅指向事物本身——事物本身是没有意义的,而是指某种东西能够给自己带来的好处。归根到底,爱玛关注的是某种东西能否有助于她"心灵的直接宣泄"。而这正是一切浪漫主义者的共同特征:我爱某种东西,并非是为了这种东西本身,而是为了这种东西在我心上引发出的愉悦的情感。在这个意义上,爱玛既是一个现实主义者,又是一个浪漫主义者。

"少女之梦":爱情的幻想

1852年3月初,福楼拜写信给他的"可爱的缪斯"——路易丝·科莱(Louise Colet):"两天来,我一直试图进入少女的梦中,我为此而不断航行于文学的乳白色海洋之中,里面描写有城堡和戴着插上白色羽毛的呢绒帽子之吟游诗人。"在这个"少女的梦"中,爱情是被怎样幻想的呢?

正是基于最销魂的回忆、最美好的阅读和最强烈的欲望,爱玛整天沉湎于爱情的幻想之中。在爱玛的幻想世界中,爱情是那样的妙不可言,这爱情"像一只玫瑰色羽毛的大鸟,在诗的绚烂天空回翔"。还在修道院的时候,她就想生活在一座古老的小城堡里,就像那些苗条修长的城堡主夫人,整天呆在三叶形的尖顶拱门下,双肘支撑石栏,双手托着下巴,凝望一位白翎骑士,跨着一匹黑马从原野深处疾驰而来。

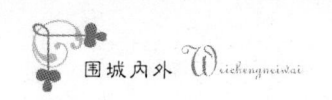

在她与夏尔的"蜜月"期间,她幻想,要领略蜜月的甜蜜,无疑应该去那些名字最响亮的地方,去那些能给新婚夫妇带来最愉快的闲情逸致的地方!

可是,婚后不久,本应当从这种爱情中产生的幸福,她却怎么也没有感受到。从前在小说里读到的关于爱情的快乐、迷恋和陶醉,这些美丽的字眼,现在为何就看不到了呢?难道眼下这种婚后的"平静"、"无聊"、"烦愁"、"怨怼",就是她曾梦想的爱情的幸福吗?

婚姻,到底能给爱玛什么呢?看她的丈夫夏尔,说起话来就像街边的人行道一样"平板",见解极其庸俗,引不起她半点激情、笑意或遐想。夫妻的距离太近,长相厮磨,彼此的恶习显露无遗。夏尔吃果点的时候,拿空瓶塞子切着玩;吃完饭,用舌头舔牙齿;喝汤时,喝一口,咕噜一声;人开始发福了,面颊虚胖,本来就小的眼睛,仿佛被挤向了太阳穴。

而最难以忍受的是丈夫的爱之无能!她与夏尔的爱情生活和性生活,简直是机械、呆板、毫无浪漫、温情可言!那明月皎皎的夜晚,她常常在花园里,给夏尔吟诵她所记得的情诗,或者一边叹息,一边给他唱忧伤的小调。可是,事后她发现自己仍和往常一样平静;而夏尔,也看不出增添了一分激情。于是,爱玛轻易地认定,夏尔的爱情没有丝毫超乎寻常的成分。他表示感情,早已成了例行公事,只在一定的时刻吻她一下。这仅仅是许多习惯中的一个——如同在单调乏味的晚餐结束时,照例要上果点一样。

对爱玛来说,爱情的幻想破灭了!她曾在心里一次又一次问自己:"上帝!我为什么要结婚?"随着爱玛对婚姻的意义的不断质疑,她不能不无意识地想象另一种不同的生活:那未曾发生过的情景,那个她还不认识的男人。这个男人必定是相貌英俊、才华横溢、出类拔萃、人见人爱!正是在这样一个心理背景之下,她与罗多尔夫和莱昂的婚外情便必然地发生了。

女性婚外恋的进化心理机制

福楼拜是洞悉婚外恋心理的天才大师。尽管对爱玛的成长背景、人格特质、幻想与追求刺激的习性等作了相当的铺垫,向人们暗示爱玛的越轨势所必然,但他并没有立即让爱玛直接进入婚外恋状态,而是让他的女主人公经历了一番痛苦的心理冲突。这就向我们提出了女性外遇的心理机制问题。

进化心理学研究表明,在对待婚外恋这种"短期的"性关系问题上,男女的反应似乎截然不同:男人更容易"外遇",也就是对此更有兴趣、更主动、更敏感,反应也更快;女性虽也有外遇,但似乎要少些(当然这是一种错觉)、被动些、反应也慢些。为什么男女在性心理上的差异会这么大?这就要从心理机制上来分析了。

美国进化生物学家罗伯特·特里维斯用他的"亲代投资"理论来解释这种差异。他认为,男性对随意的性关系或"多样化的性伴侣"进化出了比女性更大的欲望。之所以进化出这样的"欲望",主要是因为男性对子女的投资比女性要小。

我们人类属于有性繁殖,其最大的难题或挑战,就是要找到一个配偶并培育后代,因为这需要耗费大量的精力、资源和时间。正如本书序言中所讨论的那样,在繁殖后代的过程中,男女各自所作出的贡献,严格说来是不对等的,女性的付出要比男性的大。

不仅如此,女性搞婚外恋,还要付出别的代价。男性一般都要求未来的妻子对自己忠贞,而一旦女性被冠以放荡或淫乱的名声,就很有可能无法出嫁。而且,男性在选择妻子时特别厌恶那种放荡不羁的女子,因而女性若行为不端,就会有损她们的名声。即使在今天,一些相对开放的社会里,诸如瑞典、挪威和阿契(Ache)印第安地区,女性的行为不端也会给她们带来或大或小的名誉损失。

越轨前的心理冲突

尽管爱玛那种寻求刺激的天性,诸如:"她爱大海只爱大海的惊涛骇浪,爱新绿只爱新绿点缀在废墟之间";"她爱教堂是爱里面的鲜花,爱音乐是爱里面浪漫的歌词,爱文学是爱里面感情的刺激"。尽管爱玛居于那种自视清高的境界——"苍白的人生难得有理想,平庸的心灵永远无法企及";尽管爱玛与夏尔"夫妻间感情的现状使她产生了偷情的欲念",但是,要将偷情的欲望转化为偷情的行为,并不是那么简单!从心理学上讲,"欲望"属于心理状态,要将作为心理状态的欲

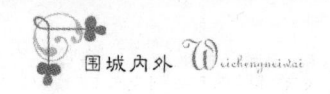

望,转化为实现这种欲望的实际行动,得具备相当的"情境因素"(也就是通常说的主客观条件)。如果不具备必要的情境因素,"欲望"很可能就永远停留在心理层面。也就是俗语所说的:"有这个贼心,没这个贼胆。"这里,"心"(外遇的欲望)与"胆"(外遇的行为)的区分,较好地说明了一种欲望要转化为行动,必须具备心理学上所说的情境因素。

应该说,一开始爱玛并不完全具备这样的情境因素。首先,爱玛看上的莱昂时年20岁,在公证人事务所当见习生,尽管他多才多艺,会画点水彩画,能识乐谱;在念诗给爱玛听的时候,他拖长声音,每次总是刻意以描写爱情的段落结束,但从人格特征上讲,"他一向腼腆,木讷寡言,这一半是生性羞怯,一半是故意装的"。他既想与爱玛亲近,但又觉得与她亲近几乎不可能——爱玛犹如鹤立鸡群,他隐隐觉得她与他之间横着一条鸿沟。最后,莱昂放弃了一切希望,厌倦了这种"没有结果的爱情",只好逃到巴黎,让这段感情不了了之。

而就爱玛来说,开始的时候她压根儿就没有寻思过是否爱莱昂,但到了莱昂就要去巴黎的时候,她深深地陷入痛苦——这才意识到她爱上了他。可是,爱玛越是意识到自己的爱情,就越是把它"压"在心底,不让它流露出来。这里,福楼拜不自觉地运用了精神分析学所说的一种"自我防御机制"——"反相形成"(reaction formation):做出某种与实际(潜意识)愿望正好相反的事情。对爱玛来说,一方面,她的潜意识愿望("肉体的欲望"、"一颗骚动不安的心")要越轨;另一方面,她受"意识"支配:"她之所以没有付诸实际行动,大概是由于怠惰或畏惧;怕羞也是原因之一。"故而爱玛有意识地"压抑"自己的爱情,以显得自己纯洁无瑕。例如,有一次莱昂来看她,天色很晚了,夏尔还没回来,她便"装出担心的样子,甚至连说了三遍:'他这个人可好呢!'"她还比从前更把家务事放在心上,言谈、举止统统变得与从前不一样了。以致莱昂觉得她是那样"贞洁",那样高不可攀。

从精神分析角度看,爱玛还使用了另一种自我防御机制:"合理化"(realization,或译"文饰作用"):对于一项失败或缺点,不是找出它的真正原因,而是给出理性的、逻辑的但却是错误的"理由"。合理化的作用在于使当事人心安理得。由于压抑,爱玛强迫自己做出了很大的"牺牲";而之所以要做出这样的牺牲,是因为"我守贞操",并摆出"认命"的样子。

从进化心理学的观点看,无论是爱玛的"反相形成",还是她的"合理化",都反映了女性进化而来的一种心理机制在起作用:女性一般不会轻易地搞婚外恋。她们在择偶,特别是婚外择偶时,比男性更挑剔、更谨慎,酝酿的时间也更长,也会更多地发生心理上的矛盾和冲突。

爱玛与罗多尔夫婚外恋发展的四个阶段

婚外恋的发展有一个特殊的心理过程(有别于一般爱情的发展过程),对此,福楼拜深谙其道。经过爱玛与莱昂的早期关系的铺垫,当猎艳高手罗多尔夫出现时,爱玛势所必然地卷入了外遇的命运。

福楼拜所描写的爱玛与罗多尔夫相爱的第一阶段,可用"心弦震颤"式的热恋来形容——爱玛无论是身体状态还是心理感受都发生了神奇的变化。这正是爱情的魔力!福楼拜首先刻画了爱玛身体状态的变化:"当她第一次在那片森林里仰起白皙的、鼓鼓的颈子,发出一声叹息,浑身酥软,满脸泪水,从头到脚猛一震颤"……"顺从了"罗多尔夫以后,带着长期被压抑的性欲的第一次满足,她感觉到自己的心脏又开始跳动,血液像一江乳汁在她的肉体里流淌。福楼拜这样描写爱玛晚上回到家后的情形:

> 打发走夏尔,她立刻上楼,进到卧室里把门一关。
>
> 起初,她仿佛感到眩晕,眼前总浮现出树木、小径、壕沟、罗多尔夫;她还感觉到他双臂紧紧搂抱着她,枝叶抖动,杂草沙沙作响。
>
> 但是,在镜子里看见自己的脸,她大吃一惊。她从来没有发现自己的眼睛这样大,这样黑,这样深邃。某种神奇的东西注入了她的体内,使她焕然一新。

对爱玛来说,更主要的是心理状态的变化——发生了"一桩重大的事情,比大山移动了位置还异乎寻常的事情"。她走进了一个神奇的境界,一个充满痴迷、欢乐、迷醉、梦幻、心花怒放和感情的极峰的世

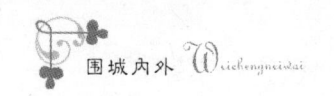

界。她一遍又一遍自言自语道:"我有了一个情人!我有了一个情人!"她想起了她所读过的小说中的女主人公——那些有外遇的女人。这类情妇,她曾经是那样羡慕,现在自己也与她们一样了,真正成了她自己所"幻想的情女"中的一分子,实现了青春妙龄时代以来长久的梦想。

由于是婚外恋,爱玛为了实现心理上的平衡,就要为自己的越轨行为进行辩护。这里,她再次使用了合理化的防御机制:她"感到一种报复的满足"!难道她还没有受够夏尔的活罪!她以前如此忠贞,究竟是为谁?难道他夏尔不正是一切幸福的障碍,一切痛苦的根源?可是现在"她胜利了"。长期压抑的爱情,毫无保留地奔涌而出;她品尝着这滋味,没有内疚、不安和慌乱。

但是,对于爱玛来说,尽管"时时都有欲望在引诱她",但也"时时都有礼俗在限制她"。福楼拜的这句话恰到好处地道出了外遇中的天性(欲望)与教养(礼俗)之间的冲突。由于道德、习俗、法律等的约束,特别是爱玛对自己越轨行为有可能付出代价的潜意识恐惧,她担心这种爱情会让她失去点什么,甚至担心它会遭到破坏。比如,当她每次从罗多尔夫家返回时,她总以不安、警惕的目光四下张望,窥伺身边走过的每个身影和村里能够看见她的每个窗口,倾听脚步声、叫喊声和犁地的声音。她经常停住脚步,脸色比头顶上的白杨树叶子还煞白,身子比白杨树叶子抖得还厉害。

尽管如此,爱玛的外遇在大约半年后("冬去春来")便转入第二阶段的低潮:"他们之间的伟大爱情,爱玛尽情地沉湎其中,现在却日渐减弱,宛似一条河流,河水慢慢干涸,露出了河床的污泥。"主要是因为罗多尔夫一旦确信爱玛真的爱自己,他就不再约束自己,态度不知不觉地改变了,越来越不掩饰他对爱玛的冷漠。特别是在罗多尔夫三次爽约之后,爱玛开始悔恨了!她问自己,凭什么要嫌恶夏尔,是不是最好还是爱他。她甚至盼望获得一种"比爱情更可靠的东西,作为自己的靠山"。当夏尔同意给金狮客店的伙计伊波力特的瘸腿做手术时,爱玛终于对这个倾心爱她的可怜男人产生了某种柔情;尽管罗多尔夫的影子也偶尔掠过她的脑际,但她立刻又把目光投向夏尔,甚至发现他的牙齿一点也不难看。

可惜,夏尔的手术失败。爱玛再次绝望,因为她感到了另外一种耻辱:他这个人的平庸无能,她已经看透过多少次,居然还幻想他会有某种出息!现在,夏尔的一切都令她生气:"她后悔过去不该那样贞洁贤淑,就像那是一种罪孽似的;尚残存的一点点贞节,也在傲气的冲击下土崩瓦解了。"为了替自己的越轨辩护,她又一次运用了合理化的防御机制:她想到自己的外遇成功了,心头涌出种种"恶意的嘲讽",不禁洋洋自得。罗多尔夫又回到了她的心头。

于是,婚外恋进入了第三阶段:他们再度相爱了,并出现了新的高潮。这一阶段爱玛的恋爱至少有四个特点:一是对丈夫的憎恶使她对罗多尔夫的感情与日俱增。同时越是倾心于这一个,就越是嫌恶另一个。二是爱玛对罗多尔夫的"痴迷的依恋":五体投地、服服帖帖、自甘堕落。三是爱玛纵欲行乐、积习已深:"人沉湎于极乐之中,浑浑噩噩,灵魂也泡在里头,醉生梦死,不能自拔。"四是爱玛表现出一种占有式的爱情:罗多尔夫觉得爱玛太专横,太强加于人。比如,她稀奇古怪地要求:"半夜听见时钟敲响十二点,你要想着我!"

第四,也是最后一个阶段:爱玛爱情的悲剧不可避免。当她逼迫罗多尔夫和她"私奔",而他又不愿意背井离乡时,他只好修书一封和爱玛绝交,然后逃离永维镇。

罗多尔夫:"猎艳高手"的特质

从进化心理学观点看,"罗多尔夫"是福楼拜精心刻画的男性短期择偶的典范。"短期择偶"是一个比较宽泛、限定不太严格的词,主要是从两性关系持续的时间长短来看的。通常所说的婚外恋、性伴侣、一夜情、多边恋等,都是短期择偶的表现形式。从现象上看,男人似乎比女人更喜欢、更擅长短期择偶。男性短期择偶的特点和心理机制,正是进化心理学关心的一个有趣的问题。

根据特里维斯的"亲代投资"理论,男性之所以更喜欢短期择偶这种形式,或更倾向于采用短期择偶这种策略,是因为男性对"多样化的性伴侣"进化出了比女性更大的欲望;而之所以如此,主要是因为男性对子女的投资比女性要少。

一个远古的男性会面临哪些必须解决的适应性问题呢?所谓"适

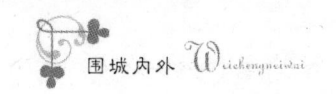

应性问题",就是与人类的生存和繁衍密切相关的迫切问题。显然,首先是怎样才能得到更多的性伴侣。要成功地进行短期择偶,大脑里势必存在一种"天赋的"模块——按进化生物学家的说法,是一种"动机性的适应器"。这种模块或适应器,会驱使男性主动地去寻求多样化的性伴侣。进化生物学家西蒙斯(D. Symons)指出,男性也许是在历史的进程中,进化出了对大量的、多样化的性伴侣的追求欲望。

为了获得多样化的性伴侣,便需要拥有与解决那些适应性问题相对应的"适应性方法"。其中一个有效的方法是:最少的时间限制,即花极少的时间就开始有性行为的机会。花费的时间越少,可交配的潜在的女性数量就越多。而拖延时间,显然会减少性伴侣的数量。另一个适应性方法是,降低对短期性伴侣的要求或标准。从理论上讲,如果标准过高,就会自然而然地排除更多的女性。标准的降低或放宽,可体现在诸多特征上,诸如年龄、智慧、性格与情绪特征、是否和其他男人有染等情况。

这样,对于远古的男性而言,短期择偶最主要的"繁殖收益",在于可以繁殖尽可能多的后代,因此,男性便面临着如何寻求"多样化的性伴侣"这一关键的适应性难题;而其解决方法之一,就是进化出了能驱使男性寻求大量多样化性伴侣的心理机制。而在最短的时间内尽快猎取到手,降低对性伴侣的要求,就成为支配我们今天的男人短期择偶的两种心理机制。

罗多尔夫就是这样的典型男人。福楼拜对他的人格特征是这样描述的:"现年34岁,性情粗暴,聪明机敏,交往了许多女人,是风月场中的老手。"这个"老手"具有今天的进化心理学所说的男性短期择偶的几乎全部特征和策略。

首先,罗多尔夫具有非凡地洞察女人欲望的能力。这是成为真正的猎艳高手的第一步。严格来说,或归根到底,这种能力是天赋的,并不是所有男人都具备。从理论上说,我们爱情生活的世界具有不确定性:我们必须要解读、推论或猜测他人的爱的意图和性心理。进化心理学有一个专门的术语,叫"性心理解读"(sexual mind reading):像微笑、媚眼、挑逗、勾肩搭背、卖弄风情等等,是表示他(她)有爱的意图或性的兴趣,还是只表示单纯的友谊? 还有,像单相思、暗恋等心理状态,更是具有很大的不确定性,也就更难以揣测。当然,男人会运用进化而来的相应的心理机制,把与爱情事件相关的一些琐碎的"线索"拼贴在一起,以便推断出事情的真相。这就是性心理解读。比如,某一天,男人发现爱人身上有一种不明的气味,那么这到底意味着什么?是一次性背叛,还是仅仅在一次偶然谈话中沾染的气味?

罗多尔夫的性心理解读能力显然比一般男人要强。他第一眼就发现,爱玛的丈夫夏尔是一个笨蛋,而"她看来已对他感到厌倦"。"她准眼巴巴渴望爱情,就像案板上的鱼儿渴望水一样。"罗多尔夫揣摩:像爱玛这样的女人,只要两三句调情的话,她准会深深地爱上你!"啊!我一定要把她弄到!"

罗多尔夫一面立刻开始琢磨诱惑爱玛的行动方略,一面也忘不了一件大事:"不过,事后如何甩掉呢?"既琢磨着如何尽快猎取到手,又考虑如何在短期内"脱手",这正是所有猎艳高手所采用的短期择偶策略。不过,这一次,罗多尔夫不得不拖得长一些。因为在他弄到手的女人之中,像爱玛这样拥有真诚的爱情、狂热的劲头的,实在少有。这一次,对他来说算是一种"不放荡的恋爱",也是一种新鲜的体验,使他抛弃了浅薄的习惯,自豪感和情欲同时都得到了满足。这样,罗多尔夫成功地使偷情按照他的意愿进行,以至于他对待爱玛随心所欲,把她变成一个服服帖帖、自甘堕落的女人。直至爱玛逼他私奔,他才断然结束这场在他看来"折腾够啦"的风流韵事。

猎艳高手喜欢猎取什么样的女人?

罗多尔夫作为猎艳高手,还有值得注意的一个重要特质:他一开始就发现爱玛是一个容易被征服的女人。爱玛那种对平庸的婚姻生活的不满、强烈的肉体欲望、对奢华生活的幻想、对金钱的渴求和情感的压抑,还有她那浪漫的天性、过分的多情,乃至爱情上带有极端排他性的占有欲,等等,都被他尽收眼底,恣意把握和操纵。他完全掌握了爱情的主动权。而在爱玛这边,却完全是一种"不对等的"爱情——正如福楼拜所形容的"痴迷的依恋"。

这就给人们(无论男女)一个启示,男性短期择偶的对象往往是那些易于得手的女人。什么是"易于得手"的女人?按进化心理学的观

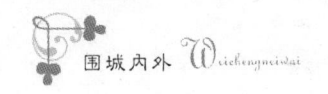

点,"性的可接触性"大的女人,就是这样的女人。

　　根据亲代投资理论,因为男性在性活动中是投资较少的一方——甚至可以简化为仅仅是射精的贡献,所以他们在短期择偶时就比较随意,至少没女性那么挑剔。不过,并不是每个女人都是那么容易接触或得手的。只有那些具有"性的可接触性"的女人,男人才容易得手,也才能获得更多的繁殖收益。所谓"性的可接触性",简单说就是,女性在性的问题上不过于挑剔或苛刻,男性在很短的时间内就可获得性行为的机会。显然,如果有那么一个男人,他把时间、精力和家庭(甚至家族)资源,都投入到一个不可能跟他发生性关系的女人身上,那他短期择偶的"优势"或意义就会完全消失。

　　从进化的观点看,男性进化出的短期择偶的"偏好",正好解决了性的可接触性这一特殊的适应性问题。而我们今天的男性,正好是那些擅长短期择偶的远古男性的后代。我们凭经验就可知道,男人不喜欢过于正经、保守、缺乏性经验或者性冷淡的女人。男人一般对这样的女人都敬而远之,并视之为"老处女"。在这里,正好凸显出男人在择偶目的上的差异:如果是婚姻择偶,男性往往十分讨厌或拒绝那些衣着暴露、举止放荡的女人;而在婚外恋时,女人的这些特征却广受欢迎,因为这正好显示出了"性的可接触性"。

　　《包法利夫人》中有这样一个小插曲:药店老板奥梅一向是个正人君子,可有一天在咖啡馆里,在波马酒的作用下,他却就女人发表了一通"悖逆道德规范的见解",表示就肉体方面的兴趣,他不讨厌娇小的美人儿,并取笑莱昂在追包法利夫人家的女佣人。莱昂出于虚荣心加以否认,说他只爱"棕色头发的女人":

　　　　"你这是对的,"药店老板说,"这种女人性欲旺盛。"
　　　　接着,他附到朋友耳朵边,告诉他从哪些特征可以看出一个女人性欲旺盛,他甚至扯到不同种族的女人:德意志女人轻佻,法兰西女人放荡,意大利女人热烈。
　　　　"那么黑种女人呢?"见习生问道。
　　　　"那只有艺术家才有兴趣。"

　　这段引文表明,男人很可能进化出了觉察女人是否具有性的可接触性的特殊心理机制,而猎艳高手则是其中的佼佼者。

"更换配偶":进化来的女性外遇的心理机制

阅读《包法利夫人》,你会有一个鲜明的感受,那就是福楼拜把爱玛的丈夫夏尔贬损得一塌糊涂:天底下再也没有比他更糟糕的男人了!如果你是一个男人,你也许会抱怨福楼拜做得太过分了!但从心理学的观点看,这正是福楼拜的伟大之处:他必须深刻揭示爱玛为什么会义无反顾地走上婚外恋的道路。这也就点出了进化心理学的一个主题:女性的外遇,是由其心理机制所支配的——就是为了"更换配偶"。

进化心理学家推测:在远古时期,可以肯定的是,有些女性祖先并不是遵从"单一的"择偶方式(即依附于唯一的某个男性祖先),她们还会采用多种多样的择偶方式——包括短期的、随意的择偶。同样,在现代,一个不争的事实是,并不是所有女性都"从一而终"。那么,女性为什么要搞婚外恋?支配她搞外遇的心理机制到底是什么?目前,进化心理学家这样推测:既然短期择偶的心理机制是进化而来的,那么在特定情境下发生随意的性关系,就一定伴随着许多"适应性收益"——即有利于人类生存与繁衍的收益。要不然,就不会出现今天如此众多的婚外恋现象。

那么这些收益究竟有哪些呢?美国进化心理学的领军人物巴斯的考查后认为目前研究者们至少提出了5种适应性收益:"遗传收益"、"更换配偶"、"获取和提高性技巧"、"操纵配偶"以及"资源获得收益"。为了检验各种"收益"的可靠性,他对女性外遇进行了调查,其主要内容包括:外遇的收益究竟有多大?在什么样的情境下女性能自我察觉到发生外遇的可能性?同时,他还调查了那些乐于沾染"风流韵事"的女性,询问她们从中到底能获得哪些收益。巴斯在《女性的性策略》(2000年)中总结说:"女性能够从短期择偶中获得收益,这并不意味着,这些收益就是进化过程中驱使女性短期择偶策略形成的'选择压力'的一部分;而那些真正促使女性短期择偶心理机制得以进化的适应性收益,也许并不能被女性意识到,也就可能无法主观地表述出来。此外,现代环境中女性获得的收益,也许并不能完全代表远古

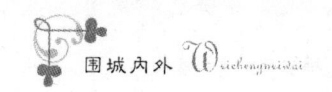

女性所获得的收益。"这里的意思至少是说,女性在搞外遇时,并不能"有意识地"感觉到"我是为了获得适应性收益";其实她自己也说不清楚"我为什么要搞外遇"。

爱玛结婚不久,便在心里一次又一次问自己:"上帝!我为什么要结婚?"在现今,女人经常会哀叹:"嫁错了人!"如果女人感到确实嫁错了人,就比较容易通过外遇来解决。进化心理学家把"更换配偶"作为外遇的一种重要功能。也许,我们的女性祖先就是这样想的,也是这样做的。有时候,你的丈夫会停止资源供应,甚至开始虐待你和孩子,此时,丈夫作为你的配偶的价值就大大地降低了。在这种情况下,我们可以推测,远古女性就有可能从短期随意择偶中获益,以此来解决这种适应性问题;作为她们的后代,今天的女性当然也会照样"模仿"行事。

目前,"更换配偶"还只是进化心理学的一种假设,因为还缺乏足够的经验证据的支持。更换配偶假设还有几种具体的表现形式:"驱逐配偶"、"取代配偶"和"储备配偶"。"驱逐配偶"是这样一个假设:女性的婚外出轨可以帮助她"脱离"(也就是驱逐)原婚姻配偶。我们看到,世界上许多文化中的男性,通常都会与"出轨的"女性离婚(也许男人的天性中就受不了老婆的出轨)。所以,外遇是一种较为有效地使婚姻关系破裂或尽快破裂的手段。

而"取代配偶"则是,女性可能仅仅是想要找一个"比丈夫更好的男人",利用婚外恋作为更换配偶的手段。如果现任郎君不令人满意,那就找一个更好的来"取代"他。这正像进化心理学家海伦·费舍(Helen Fisher)在《爱情解剖学:一夫一妻制、偷情和离婚的自然史》(2002年)中所说的,"由于较少的接触和了解降低了女性第一次获取好配偶的机会,使得她开始了第二次尝试……也许病害导致第一任配偶的繁殖价值大大降低。因此她寻找的第二任将拥有更高的繁殖价值。"

在《包法利夫人》中,也许是福楼拜着墨不够,让人觉得像爱玛那么"讲究实际"和"切身利益"的人,怎么就如此轻易地嫁给了夏尔?按进化而来的心理机制,女性一般不会像爱玛那么轻率,特别是涉及婚姻择偶,女性更会把男人的经济现状或经济前景、社会地位(权力的大小)、身材高大和健壮作为首选条件。爱情固然重要,但它只是一个排在中间或次要位置的因素。可是,爱玛却如此草率地"下嫁"给了夏尔!当然,福楼拜的确作了必要的交代:"夏尔头一次来贝尔托,正是她万念俱灰,对一切都再也不想了解,不想感受的时候。但是,对新生活的热切渴望,或者是这个男人的出现带来的刺激,使她相信,她终于得到了那种妙不可言的爱情。"请特别注意,福楼拜在这里用了"刺激"一词。我们可这样理解,正是爱玛的浪漫、幻想、虚荣心、冒险、多愁善感等人格特质,使她步入了一场草率的婚姻。

至于更换配偶的第三种具体形式——"配偶储备",则更好理解了。在与现任丈夫保持婚姻关系的同时,私下偷偷地"储备"一个中意的男人,即"脚踏两只船"。一旦婚姻破裂或离婚,"储备"的男人即可作为后备丈夫替补上来。

爱玛外遇收益之一:"获取和提高性技巧"

我们还有必要从心理机制的角度,具体分析一下爱玛外遇的原因。上文说过,女性外遇至少有5种适应性收益。其中,"获取和提高性技巧",正是寻求婚外恋的女性执著于婚外性行为的原因之一。按进化心理学的观点,婚外性行为的收益,就是为了获取和提高性技巧。这一收益具体来说有三方面:一是直接得到性欲的满足;二是能够提高性吸引、性诱惑等维持夫妻关系所需要的技巧;三是通过婚外性伴侣而间接地摸清丈夫的性嗜好。

就爱玛来说,她婚外性行为的收益,显然是第一方面——直接得到了性欲的满足。福楼拜似乎不遗余力地描写了这一点。首先,从天性("天生的特质")上看,她就是一个纵欲("情欲如火"、"纵情淫乐")、放荡、挑逗、撩人和充满诱惑的女人。她具备天生的挑逗和撩人的技巧。例如,在爱玛与夏尔交往的初期:

> 有一次,时逢化冻,院子里树木的皮渗着水,屋顶的雪在融化。她到了门口,回转去找来阳伞,撑开来。阳伞是闪色缎子做的,阳光透过,在她白皙的脸庞上闪烁。伞底下,她脸上挂着微笑,领略着融融暖意;雪水一滴接一滴,打着紧绷的闪缎,嘭嘭有声。

19

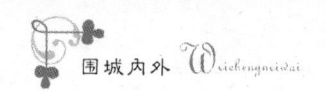

有文学家解释说，这一段场景描写得特别"色情"：爱玛故意摆出一种诱人的姿态，即使那么迟钝的夏尔，也能隐隐约约地感受到雪水"嘭嘭有声"地滴落到闪缎阳伞上的声音，让他如痴如醉！

又有一次，爱玛请夏尔喝酒。他说不喝，她便笑嘻嘻地提议"陪她"喝一杯。

于是，她从碗橱里找出一瓶橘皮酒，踮起脚尖取下两个小酒杯，一杯斟得满满的，一杯等于没有斟。碰过杯，端到嘴边喝，但酒杯几乎是空的，她不得不仰起头来喝。只见她头朝后，嘴唇前突，脖子伸长，但什么也没喝到，她笑起来，便从两排细齿间伸出舌头，一下一下，轻轻喂着杯底。

好一个男人陪女人喝酒！这一"象征性"的喝酒姿态，恰到好处地表现了爱玛那勾魂摄魄、动人心扉的调情、撩人的技巧，没有任何一个男人——哪怕是像夏尔那样木讷、呆板的男人，能够抗拒这样的诱惑。

爱玛还有很多典型的身体特征来外显地倾泻她的情欲：

一是"咬住嘴唇"："她那显得肉感的嘴唇，平时不说话时，她总是轻轻地咬住嘴唇的。"当莱昂来看她时，她"咬住嘴唇，血往上涌，从头发根到脖子，满脸绯红"。她生气的时候往往也是："爱玛咬着发白的嘴唇，手里搓着一根她掰断的珊瑚枝，怒目盯着夏尔，一双眸子像两支随时准备发射出去的火箭。"

二是"久久地颤抖"。这一身体特征外显出爱玛的情欲难耐、欲火攻心。少女时期在修道院偷偷看色情画册时，"她微微颤抖"。第一次与罗多尔夫发生性关系时，"她的呢袍与他的丝绒外套粘贴在一起。她仰起白皙的、鼓鼓的颈子，发出一声叹息，浑身酥软，满脸泪水，从头到脚猛一震颤，将脸藏起，顺从了他。"而当她与莱昂热辣辣、情切切地做爱时：

她急不可待地脱衣服，抓住紧身褡的细带子一扯，带子像一条水蛇，哧的一声绕着她腰际溜下来。她赤着脚，踮起脚尖，再次走过去看看门是否关上了，然后身体一抖，就把所有衣服抖落在地上，脸色苍白，默不作声，神情严肃，扑到莱昂怀里，浑身上下，久久地颤抖不止。

爱玛在外遇中的确得到了性欲的满足。而她之所以要婚外性行为,正是由于夏尔的性无能。福楼拜极其微妙而又诡异地向读者暗示了这一点:在新婚典礼的第一天,夏尔的表现不佳,因为他生性缺乏幽默,连客人们在宴席上说的那些俏皮话、绕口令、双关语、恭维话和粗俗语,他都只能勉强应付。但第二天,夏尔仿佛换了一个人,"就像昨天的新娘子一样活跃"。什么也不掩饰,喊她"我太太",而且用的是昵称;人们看见他在树下揽着她的腰,一边溜达,一边用头蹭她胸前衬衣的花边。

可爱玛的表现刚好相反:头一天还兴高采烈,可第二天却"反倒不露声色,讳莫如深,连最机灵的人也捉摸不透。当她打身旁走过时,大家心情高度紧张,打量着她"。福楼拜在这里给我们打了个哑谜:爱玛对洞房花烛之夜夏尔的床上功夫不满!已经开始表现出某种失望了。至于人们所称的"蜜月",那也只是夏尔能感受到的东西:他沉浸在幸福之中,没有半点忧虑,"他心里充满昨夜的欢情,心境恬静,肉体满足,独自咀嚼着他的幸福"。请读者注意这里的"独自"一词所表达的含义:夏尔"独自"享受性的满足,而爱玛与此无关。于是,爱玛的外遇势所必然地发生了。正是在与罗多尔夫的性经验中,她深切地感受到,罗多尔夫"身体那样强壮,体态那样俊美;审时度势,那样富有经验;情欲宣泄,又是那样如痴如狂!"

爱玛外遇收益之二:更换丈夫夏尔

爱玛确实是在外遇中获取和提高了性技巧,但她仅仅是享受了自己性欲的满足。在这婚外性行为的收益中,她既不是为了提高性吸引、性诱惑等维持夫妻关系所需要的技巧,也不是为了通过婚外性伴侣而间接地摸清丈夫的性嗜好。所以,"获取和提高性技巧"这一收益,还不足以解释爱玛为什么要外遇。实际上,通过外遇而更换掉丈夫夏尔,才是爱玛外遇的最终心理根源。

近来,进化心理学提供了大量观察与实验证据,表明"更换配偶"是女性外遇的直接目的之一——当然她并不是能自觉地意识到这一点。进化心理学家格拉斯和赖特(Glass and Wright)研究发现,在和

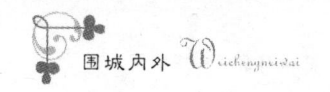

现任丈夫相处时，那些有外遇的女性，无论从情感上还是性生活来说，都比那些从一而终的女性更不幸福。这种"不幸福"感，是她们寻找外遇的原因。

1992年，格拉斯和赖特研究了女性对外遇所做出的17种"辩护"——为外遇提供"合法的理由"，从"寻找乐趣"、"第一次私通的快乐"、"感觉很特别"、"被爱"、"友谊"，到"性满足"、"提升职位"等。结果发现，女性把"爱情"（例如，和他人共坠爱河）和"情感上的亲密"（例如，理解你的处境和意愿）列为最有力的辩护理由。总体上说，77％的女性把"爱情"列为强有力的辩护条件。这一研究结果表明，爱之不足致使她们去寻找外遇。

巴斯在《女性的性策略》中，调查了女性对外遇中获得"28种收益"的可能性进行评估。结果发现，女性都认为，有外遇的女人，更有可能与现任丈夫关系破裂（居于可能性收益的"第6位"），而她也更有可能找到比现任丈夫更好的男人（居于可能性收益的"第4位"）。有趣的是，在巴斯的这项研究中，其理论所预测的可能性最大的收益——"性满足"，在调查的结果中并不是最重要的。

爱玛的情况刚好与此相似。她在外遇中获得的性满足，实际上只是一个副产品。这个副产品最终还导致了她的毁灭。随着婚姻生活的平淡无奇，越发坚定了她更换配偶的决心，而"更换"的主要途径之一就是私奔。

爱玛最先想到私奔，是在她和莱昂有爱意但尚未出现越轨行为的时候。当时，莱昂已经去了巴黎，她后悔自己没有付诸实际行动；便把因烦恼而生的种种怨恨，统统发泄到夏尔身上。她"多次跃跃欲试，想与莱昂一起私奔，逃得远远的，到天涯海角去尝试一种新的命运"。当她与罗多尔夫的婚外恋进入第三阶段的时候，有一次，她长叹一声："我们去别的地方生活……随便什么地方……"后来每次和罗多尔夫幽会，一开口就离不开私奔的话题："把我拐走吧……"并沉浸在这样的白日梦中："四匹马不停地奔驰，八天来她被它们带往一个新的国度，永远不再回头。她与罗多尔夫手拉着手，不说一句话，只顾往前走啊，走啊……"直到罗多尔夫的逃离，彻底击碎了她的梦想！

爱玛更换配偶的决心是义无反顾的！尽管后来她发现第二任情

人莱昂照样软弱、平庸、小气、胆小,甚至到了最后负债累累、山穷水尽之时,她也没有指望得到夏尔的原谅。即使夏尔无论如何都会原谅她,可他的"原谅",又有什么意义呢?当爱玛筹钱的一切办法都试过了,再也没有任何行动可采取的时刻,她想象着:

> 等夏尔回来,只好对他说:"你出去吧。你脚下的地毯已经不是我们的了。整个家里再也没有一件家具、一枚别针、一根干草是你的。是我害得你倾家荡产的,可怜的人!"
>
> 听了她的话,夏尔一定会哇的一声痛哭流涕;然后,等惊魂稍定,他又会原谅她的。
>
> "是的,"爱玛咬牙切齿地自言自语,"他会原谅我,可是也认清了我的真面目,他就是有一百万献给我,我也不会原谅他……绝不!不!"

"他就是有一百万献给我,我也不会原谅他"!这句豪言壮语,既表达了爱玛勇于付出代价,敢于承担责任的凛然气概,又表明了她誓死更换配偶,尝试新生活的决心!

爱玛外遇的情境因素:夏尔"性嫉妒"的丧失

尽管福楼拜让我们相信爱玛的外遇是其"天性"使然,但按心理学观点看,如果不具备相当的情境因素,她偷情的欲望就很难转化为实际的外遇行为。而她的两次外遇行为居然都实现了,这其中有一个重要的情境因素是:丈夫夏尔丧失了"性嫉妒"的能力。换言之,由于夏尔没有采取任何"留住配偶"的有效行动,客观上便促成了妻子外遇的发生。

在关于"两性冲突"的研究中,进化心理学家发现,"性嫉妒"(sexual jealousy)是男女之间几乎每时每刻都在发生的一种激烈冲突。而且,性嫉妒的性别差异极大,特别是男人的性嫉妒,无论是嫉妒的内容,还是嫉妒的表现形式,都比女性要强烈得多。基于性嫉妒的两性差异,西蒙斯等进化心理学家,还特别提出了这样一个假设:男性的性嫉妒,是男性进化而来的一种专门的心理机制,用以抗争"戴绿帽子"所付出的多种多样的潜在代价。

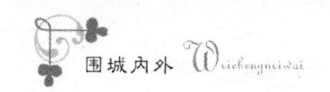

一种特定的心理机制,是用来专门解决特殊的适应性问题的。那么,作为男性的一种心理机制的性嫉妒,则可以利用以下几种途径来解决这个适应性问题:其一,性嫉妒使男性对配偶可能发生背叛的各种"环境"或情境十分敏感,从而有助于他提高警惕。其二,性嫉妒使男性做出某些防备行为,以减少配偶与其他男性发生接触。其三,性嫉妒使男性尽量满足配偶的要求,而使对方没有理由背叛。其四,性嫉妒使男性威胁或阻止对自己配偶感兴趣的男性。

然而遗憾的是,上述几种在性嫉妒心理支配下采取的留住配偶的途径或策略,夏尔并不具备。也许你会说,福楼拜写得太过分了,以致夏尔愚蠢得连老婆的背叛线索都觉察不到。我想,福楼拜这样写,自有他的道理。他是想为我们提供一个因丈夫不嫉妒而致使老婆越轨的绝好案例。

夏尔,确实是一个从来不知道嫉妒或怀疑妻子不忠的男人。在新婚之初,夏尔沉浸在幸福之中,没有半点忧虑。他钟爱她。在他的心目中,天地再大,也"不超过她罗裙的幅员",他时常还责备自己爱她爱得不够深。甚至当爱玛因与罗多尔夫私通时,夏尔都觉得爱玛从来没有"这个时期"漂亮,简直漂亮得难以形容时,夏尔仍然"像在新婚期间一样,觉得她楚楚动人,无法抗拒"。特别是在爱玛与莱昂幽会期间,他本来已经得到了一个不忠的"线索"(爱玛谎称在卢昂的朗卜乐小姐那里学钢琴,然而当夏尔见到这位钢琴教师时,她却说不认识爱玛),但这也没有引起他的怀疑。而在爱玛自杀之后,有一天他在阁楼上捡到了一个小纸团,看到一个小小的"R"字。不过,他还是觉得这 R 代表的是"尊敬"的(Respect),便不由得仍往好处想:"他们之间也许有过柏拉图式的爱情吧。"由此,福楼拜以嘲讽的口吻说:"夏尔不是那种好寻根究底的人,发现了证据,反而立刻退避;他的嫉妒之心也并不强烈,完全被巨大的悲痛淹没了。"

当然,夏尔只是一个极端的事例,现实生活中这样的男人毕竟少见。但夏尔的悲剧告诫我们:不知道嫉妒,不懂得如何留住配偶的男人,由此付出的代价是惨痛的!

1.2 爱情的幻灭与死亡

我认为,《包法利夫人》的主题是爱情的"幻想"与"幻灭"。上一节我谈了爱玛爱情的幻想,这一节则专谈爱玛爱情的幻灭。对一般人来说,爱情幻想破灭的结局有可能——仅仅是"有可能"——导致死亡;但对爱玛来说,爱情幻想破灭的必然结果是死亡——自杀。"爱玛之死"历来令人唏嘘不已!自《包法利夫人》出版以来,仅仅是表现爱玛服毒自杀主题的绘画就有多种,而以法国的佛尔(Albert August Fourie, 1854—1889)所绘《临终前的包法利夫人》最为著名。那么,爱玛的爱情为什么会"幻灭"?爱玛为什么要自杀?爱情的幻灭就必然要导致死亡吗?

进化心理学:女性外遇的代价

按《包法利夫人》中文版对《临终前的包法利夫人》画作的解释:"爱玛不切实际地一味追求浪漫高雅的生活,背着丈夫与情夫约会,为此债台高筑,家产被封。她求助于情夫和所谓的'正人君子',但一一遭到拒绝。绝望之余,爱玛最终选择了服毒自杀这条路,表达了对摧残她的社会和人们的愤慨而无奈的抗争。"

对此画,乃至对《包法利夫人》的这般解释,我认为至多只涉及其表面化的东西,并没有触及福楼拜所要表达的真实含义。我的阐释是这样的:"爱玛之死",始于其对爱情的幻想,终于其爱情的幻灭。爱玛爱情的"幻灭",才是她自杀的直接而真实的原因。

现实生活表明,无论男女,搞婚外恋都是要付出代价的。而进化心理学所要探讨的是,这类"代价"的付出是否值得、划算?对生存和繁衍是否有意义?人类是否进化出了一种专门的机制来应对或权衡这类代价?下面就进化心理学关于女性外遇的代价问题做简要介绍。

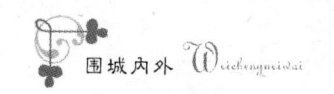

与男性相比,一般来说,女性因短期择偶所付出的代价,通常比男性要大得多。这也就是为什么从现象上看,好像女性的外遇比男性要少。当然这是一种错觉。从外遇的数量上说,男性与女性应该是对等的。

尽管如此,外遇的女性所付出的代价通常还是要更大些。首先,这是由男性婚姻择偶的心理机制所决定的。男性尽管有"花心"的天性,但他在选择"老婆"的时候,一般是不大会出错的——这是由男性进化而来的心理机制决定的。男人既要求女人是"处女"(婚前贞洁),又要求婚后不让自己"戴绿帽"(婚后忠贞)。这样,男人一般都对未来妻子的忠贞度要求极高,而女性一旦被冠以"放荡"或"淫乱"的名声,就很有可能嫁不出去。正是由于男人选择长期配偶时厌恶放荡的女人,女性若"行为不端",肯定就会有损她们的名声。

其次,如果没有长期配偶(即丈夫)的"身体保护",那些采取短期择偶策略的女性,就有可能遭遇更大的侮辱和性虐待。尽管婚姻中的女子有时也遭到丈夫的毒打,甚至"强奸",但在心理学家对"约会强奸"(date rape)的发生率的统计中,高达15%的女大学生都认为,没有长期配偶的女性,其约会强奸的危险系数也相当高。巴斯在对短期择偶和长期择偶的比较研究中,发现女性十分痛恨动不动就对妻子使用暴力(如拳脚相加)和精神虐待的人。所谓"精神虐待",是指使人处于时刻担心被虐待的状态中。假如一个女性能明智地运用择偶的偏好,来避免有潜在危险的男性,就能使暴力和精神虐待最小化。

再次,那些行为不太检点的未婚女性,可能面临这样一种尴尬的境地,即在没有男性支援的情况下怀孕生子。这样出生的孩子,在远古时期很可能会遭遇疾病、伤痛甚至是早夭。即使在今天,在没有男性保障的情况下,有些女性甚至会亲手杀死自己的孩子。例如,根据进化心理学家戴利(M. Daly)的数据统计:在加拿大,单身母亲所生的婴孩,只占1977年至1983年间新生儿的13%,而在警方报道的64起母亲"杀婴案"(infanticides)中,单身母亲就占据了50%以上。在其他文化中,未婚母亲杀婴的比例甚至更高,例如非洲的巴干达地区。

还有一个代价是,已婚妇女如若不忠,她丈夫很可能会收回投资,

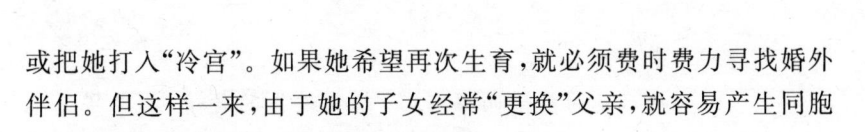

或把她打入"冷宫"。如果她希望再次生育,就必须费时费力寻找婚外伴侣。但这样一来,由于她的子女经常"更换"父亲,就容易产生同胞兄弟姐妹之间的不和、相互竞争与冲突。

最后,女性在短期择偶中还容易感染性病——女性比男性的可能性更大。统计研究表明,如果一个女性在同一时段内拥有多个性伴侣,那她被感染上性病的概率比男性要高得多。

总之,短期择偶(包括外遇)对男女两性而言都有危险。不过,从进化的观点看,或许是因为短期择偶的"收益"也很大,男性和女性才进化出了特定的心理机制,用以权衡利弊,选择适宜的情境,使代价最小而收益最大。

"爱玛之死":她为什么自杀?

初看起来,爱玛服毒自杀是因为她偿还不了巨额债务,或者说,因为她"债台高筑,于绝望中自杀"。应该说,持这种意见者还真不少,就连英国著名小说家毛姆也这么认为。他在《福楼拜与〈包法利夫人〉》一文中说:"当时(指 1857 年——引者按)好像没有人想到,包法利夫人之所以倒霉,其实并不是因为她通奸,而是因为她无法偿还债务。"不过,毛姆笔锋一转:"当然,关于她的债务也是有问题的。法国农民天生具有经济头脑,福楼拜既然告诉我们说她是农民的女儿,那就没有理由不让她顺顺当当地在她的情人之间周旋,从而设法还清债务。"

这一笔锋"转"得好!我们在这里必须深究一下:爱玛自杀的真正原因是什么。其实,福楼拜已经给我们点了题,或至少是给出了暗示:爱情已经彻底抛弃了她,再活下去完全没有意义!且不说《包法利夫人》的整个背景性铺垫,仅仅是在下卷第 8 章中,从爱玛向罗多尔夫借钱遭拒绝而走出他家,到她跑下山坡直奔奥梅药店服下砒霜,福楼拜对这一时段爱玛心理活动的描写,就已经昭示出来了:

> 爱玛步履踉跄地走出了罗多尔夫的庄园,回过头,又一次扫一眼那座"阴森森的"古堡。她呆呆地站在那里,忘记了自己的存在;她脑子里的种种记忆、思想,一下子全部迸发出来,就像一枚烟火,轰的一声在天空散开成千万个火花:她看到了她与莱昂在旅馆的房间、罗多尔夫的面孔……她脑子里一片混沌,几乎什么

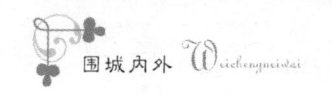

都想不起来了。

……她只是为爱情而痛苦,一想到过去的爱情,就觉得灵魂在抛弃她,恰如伤员在垂死之际,感到自己的生命正随着伤口的血流走似的。

爱情的幻灭,才是爱玛自杀的真正原因!

幻灭一:"婚姻和家庭生活的平庸"

在婚前,爱玛按照小说中的描写去想象、憧憬:"爱情像一只玫瑰色羽毛的大鸟,在诗的绚烂天空回翔。"可婚后呢,她简直不能想象,眼前与夏尔这种平静、无聊、乏味的婚姻生活,就是她曾梦想的"幸福"?

从西方文学史来看,《包法利夫人》对婚姻本质的探讨,可以说是史无前例的。福楼拜最独到之处,是深刻地揭示了"婚姻是如何使爱情平庸的"这样一个论题! 我们知道,文学家和哲学家往往喜欢说婚姻的刻薄话——总是在无意中要调侃一下婚姻的弊端和无奈。例如,蒙田(M. de Montaigne)说:"美好的婚姻是由视而不见的妻子和充耳不闻的丈夫组成的。"斯威夫特(J. Swift)说:"天堂中有什么我们不知道,没有什么我们却很清楚——恰恰没有婚姻!"周国平说:"如果说性别是大自然的一个最奇妙的发明,那么,婚姻就是人类的一个最笨拙的发明。所以,我们只好自嘲。能自嘲是健康的,它使我们得以在一个无法避免的错误中坦然生活下去。"

但作为科学心理学家,我们要更理性一些。我主张从"功能"的观点(做什么,有什么用,或起什么作用)看婚姻。进化心理学在论及婚姻的起源的时候,实际上也是主张这种功能的观点。简单说,婚姻的基本功能或主要功能是繁衍,甚至是"为繁衍而繁衍"——也就是中国人所说的"传宗接代"。

按进化心理学的婚姻功能观,至少就男人来说,婚姻可以增加"父子关系的可信度",这是最首要的繁殖收益。在进化史上,我们的男性祖先面临着确认父子关系的问题,即在女性排卵期隐蔽的情况下,如何确认自己的父亲身份。而通过婚姻,男性实际上就增加了父子关系的确信度:如果一个女性在整个生理周期中,她只与一个特定的男性反复进行性接触,那么该女性怀上该男性的孩子的概率就会大大增加。这也正好体现了婚姻的社会功能,即婚姻是两人关系的公共纽带,它清楚地表明:谁是谁的配偶。结婚还让男人们有机会深入了解自己配偶的性格特征,使其很难掩饰对自己的性背叛。

婚姻还可以增加男性吸引异性——通过给出可信的"承诺"和"爱"的行为表现——的成功概率,进而传递更多的基因。也有助于吸引一个更有魅力的配偶,即经由婚姻,男性能够提高自己吸引女性的品质和技巧。因为女性进化了一种想要保持长久关系的心理机制——女人比男人更在乎婚姻。婚姻的繁衍功能还表现在,能够提高人类子女的存活率。婴儿和幼童在没有双亲,特别是在没有父亲呵护的情况下,夭折的可能性就大。

还有一点不可忽视:在婚姻关系中父亲对子女的投资,能进一步促进他的子女的成功繁衍。父亲对于促成子女的美满婚姻,特别是对于女儿能否找到一个中意的丈夫,都是强有力的后盾和支持。对孩子来说,没有父亲的呵护,总是一种欠缺,甚至会构成不小的伤害。

由此说来,无论男人还是女人,从生存与繁衍的角度看,都需要"婚姻"这种择偶形式;不论婚姻有多少弊端,人们总还是要结婚的!但正如任何事情都有其两面一样,不可否认的是,婚姻也的确有它不可避免的负面效应。其中一个是,正如《包法利夫人》所表明的那样,婚姻使爱情平庸!

婚姻使爱情平庸的表现在《包法利夫人》中比比皆是。婚姻对人类生命意义的一个悖论是:"生活上越接近,心却离得越远了。"爱玛渴望对丈夫倾诉,并根据自以为正确的"理论"去培养自己的爱情;但她绝望地发现,自己就像"在自己的心灵上敲击着打火石,却并没有迸发出一点火星"。例如,在夏尔给伊波力特瘸腿做手术失败,只好请别的医生为其截肢的那一天,"两个人互相对望着,突然意识到彼此坐在对方眼前,不胜惊讶,可见他们思想上相距多么遥远"!

为什么婚姻会使两性关系变得如此遥远?这里我试图根据我的"爱情的模块理论"发挥一下。如果你同意我上面所说的婚姻的功能是"繁衍",而且爱情又具有自身特定的功能,那么,婚姻与爱情就具有可分离性。这种"可分离性"表现在:

第一,婚姻是人类被动接受的契约制度。

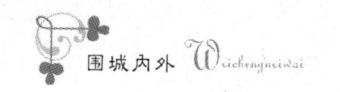

我把婚姻当做一个专门的"模块"(一个"模块",就是一个功能独立的特殊单元),是因为从功能上说,它与性和爱情都截然不同。婚姻所意味的是制度、体制、习俗、习惯、法律和文化传承。古希腊人非常深入地探究过婚姻的本质,一般把"生育"(获得后代)和"共享生活"(生命共同体)作为婚姻的双重职能。他们甚至认为这就是"婚姻的自然性"。古希腊哲学家穆索尼乌斯这样说:"假若有什么东西是符合自然的,那么这就是婚姻。"而婚姻的自然性通常是以一系列的原因为基础的:男女为了生育必须性交;为了确保后代的生存教育必须让这种性交以一种稳定的关系延续下去;两人生活能够在提供责任和义务的同时带来一切帮助、舒服和娱乐的总和。最后,还有作为社会基本要素的"家庭"的构成。

进化心理学进一步表明,婚姻是在进化过程中远祖被迫接受下来的以"契约"为基础的制度。婚姻从性质上说是男女之间的契约关系:共同生活、彼此承担养育子女的责任和义务。古希腊人特别强调这一点。像哲学家埃比克泰德(Epictetus)说,结婚不属于一种"最好的范畴",它是一种义务。婚姻关系是有"普遍准则"的。人的存在是在一种既是自然的又是理性的冲动的引导下,走向婚姻。婚姻是对所有想过一种"符合自然的生存方式的人"都普遍适用的义务。

既然婚姻是契约,它就意味着不自由,是对人的天性中渴求自由的愿望的否定。而爱情的本质恰恰是自由,来不得半点束缚。萨特和波伏娃之所以终生没有履行正式的结婚手续,是因为他们的信念:人的存在的本质是"自由"。

第二,婚姻不是爱情的必然结果。

也许是因为人类婚姻制度的长期"习惯",人们往往误以为婚姻是爱情的必然结果。如果你参加你的好友的婚礼仪式,就会听到热情的司仪反复地说,"今天是他们见证爱情的喜庆日子","有情人终成眷属","愿他们的爱情天长地久"……这听起来,似乎促使男女结婚的唯一动力是他们之间的爱情。但从进化心理学的角度看,这是天大的错觉!

进化心理学所提供的证据表明,爱情与婚姻并不构成因果关系。也就是说,爱情并不是导致婚姻的原因。一般说来,因果关系是指包括时间顺序在内的、由一种现象引起另一种现象的必然关系。因果关系同时也意味着必然关系。但科学研究表明,爱情与婚姻并不构成这样的必然关系。例如,进化心理学有关男性的婚姻择偶研究表明,促使男性结婚的因素多种多样,而年轻、貌美、性魅力、体形、腰臀比率、健康才是驱动男人的主导因素,其中爱情固然重要,但它只是一个排在次要位置(评分居中)的因素。用科学的术语来说,爱情与婚姻是"相关"关系——尽管不排除其相关度会随着某些背景因素的变化而有所不同,但毕竟是相关的关系,而不是因果关系。我认为,所谓男女"因爱情而结婚",这是一种错觉。认识到这一点,对于将爱情从常识心理学上升到科学心理学,极为重要。

正是因为人们在这一点上的认知偏差,就导致婚姻上的许多灾难性后果。其中之一是,当某个男人的婚姻出现问题或危机时,他便断言他和妻子之间的"婚姻完蛋了",因为"我们的爱情结束了"。这是把婚姻等同于爱情的典型例证。

第三,婚姻使爱情平庸。

我没有考证过,是谁说出了"婚姻是爱情的坟墓"这一至理名言。从科学心理学观点看,这仍然是真的。既然婚姻不是爱情的必然结果,那么一个合理的结论是:婚姻对爱情具有不可避免的负面效应。这也正是古今中外人们总是在调侃婚姻的弊端的原因。而智者或哲学家最热衷于或擅长此道。

在我看来,爱情与婚姻的不和谐,说到底是二者功能上的不同。概括地说,爱情是一种浪漫的、激情化的情感状态,婚姻则是一种平板的社会制度——与情感根本不沾边;爱情是发自内心的神圣信念,婚姻则是出自社会外在压力的无奈;爱情是过程,婚姻则是结果;爱情需要付出高昂的代价,婚姻只需迁就世俗的习惯,如此等等。

如果你接纳我以上关于婚姻与爱情可分离性的观点,再仔细体会一下《包法利夫人》,你的感触就会更深些。

幻灭二:"旧情"不可再来

罗多尔夫是擅长"短期择偶"策略的最典型人物,他具备男性猎艳高手的全部特质。前面我已经说过他这类男人的一个特质:见到一

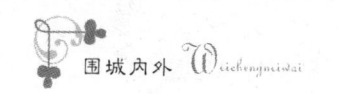

个中意的女人，一开始就会既琢磨着如何尽快将其猎取到手，又同时考虑如何在短期内将其甩掉。福楼拜还向我们揭示了罗多尔夫的另一个特质：彻底绝交，不让"旧情"从头再来！

我在思考爱玛的爱情命运的时候，经常会情不自禁地假想：爱玛最后去找罗多尔夫借钱，是她最致命的错误！要是她不去找他的话，也许她不会那么快地决定自杀。我的这个假想是合理的。因为罗多尔夫在爱玛身陷困境时彻底摧毁了她那最美好、最温馨的爱情之梦！

爱玛在最后实在无路可走时：

> 罗多尔夫突然像黑夜里一道巨大的闪电，划过她的脑际：他曾是那样友善，那样体贴，那样慷慨！她一厢情愿地以为，只要她多情地看他一眼，就能使他想起他们之间的旧情；见面时，她扑到了他怀里，甚至娇媚地拿头蹭他，比发情的母猫还要温柔："我们重新开始，对不对？"

爱玛错了，彻底错了！对于擅长短期择偶策略的罗多尔夫来说，爱情的"重新开始"，实际上是不可能的！进化心理学为我们揭示了这一点。

根据我的推算，爱玛与罗多尔夫相爱 2 年，到最后一次找他借钱时，已分手 3 年。分手这么长的时间，罗多尔夫早已猎取到新的女人。正像爱玛有一次与莱昂约会时，听老船家说，他前一天载过一群人，其中有一位个儿高高的美男子，留着小胡子，特别能逗乐子；他"得到不少女人的喜欢"。当时，爱玛还不禁哆嗦了一下！在罗多尔夫这样的情感背景下，爱玛居然找上门来借钱："哦！"罗多尔夫突然变得脸色煞白，想道，"她是为这个来的！"他便斩钉截铁地说："我没有钱！"

对于一个采用短期择偶策略的男性来说，如果他与同一个女人总是分分合合、藕断丝连，势必就会减少他与其他女性接触的机会，从而也就失去了短期择偶的繁殖收益。这就可以解释罗多尔夫为何如此绝情了。其实，男人的"绝情"，是由其进化而来的心理机制所支配的，与道德、品质、好坏无关；只是，这绝情的程度或行为表现，在不同的男人之间有个体差异。有的表现得明显、强硬、果断些（像罗多尔夫），有的表现得隐晦、柔弱，略显缠绵些（像莱昂）。目前，进化心理学已做了大量观察与实验研究，表明尽快而彻底的"分手"，是男性短期择偶的一个显著特征。

巴斯和施米特专门研究过男女相识后多久会发生性关系的可能性。在他们的一项研究中，假设和一个有魅力的异性相识只有一小时、一天、一个星期、一个月、半年、一年、两年或五年，要求男女大学生评估在不同时间间隔下同意发生性关系的可能性。结果表明，在更短的时间间隔内，男性比女性更有可能发生性关系。假如只认识一个星期，男性通常会接受对方的性请求；而女性恰好相反，她们通常不可能只认识一个星期就委身于人。即使只认识一小时，男性也会稍微倾向于考虑性交，而且没有很大的厌恶情绪。而对大部分女性来说，只认识一小时就发生性关系，是完全不可能的。

在男性进化而来的"欲望"中，他们倾向于在猎取性伴侣前只花费少量的时间，因为这有助于他们获取多个性伴侣。男性在很短时间的交往后就产生性交的倾向，目前已在美国不同区域和不同年龄层的男人中，得到了反复的验证。例如，进化心理学家苏尔贝（Michele Surbey）和他的同事在研究"发生随意性关系的意愿"中，得到了同样的结果。根据性魅力的程度、性格和行为表现在内的不同特征，他们得出这样的结论："在所有的情况下，男性都比女性表现出发生性关系的更大的意愿"，而且，男性发生随意性关系时会降低标准。此外，在婚外择偶背景下，男性更青睐那些拥有"更容易发生性关系"特征的女性。

幻灭三：厌倦私通的"平淡无奇"

第一次外遇失败后，尽管爱玛付出了患脑热病43天的惨痛代价，并且很长时间脑力未能完全恢复。但她并不认为她与罗多尔夫的相爱是一个我们所说的"错误"。她仍坚持阅读，每当一本书读完放下之时，总觉得自己沉浸在最纯洁、最正直的"伤感"之中。

至于对罗多尔夫的回忆，她把它埋在心灵的最底层。它待在那里，比坟墓里国王的木乃伊还要庄严肃穆。他们之间那不寻常

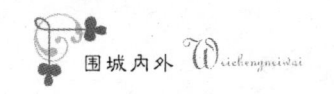

的爱情，仿佛涂上了防腐香料，散发着一股芳香，渗透一切，连她立意生活其中的纯洁空气，也清香缠绕，平添几分柔情。

尽管在爱玛的生活中那不寻常的爱情消失了，但仍然散发着阵阵芳香，少不了几分柔情。她平静地期待着。直到再次见到永维镇过去的那位见习生，她便自然回忆起他们俩"那段可怜的爱情"：那样平静、长久，那样谨慎又那样甜蜜，而她竟然把它忘到了脑后！现在，在莱昂新的诱惑之下，她纵然知道自己的"贞操"岌岌可危，可还是义无反顾地再次越轨了。

可爱玛的悲剧在于，她又爱错了人！热恋的激情没过多久，她就发现，"他这个人没有一点大丈夫气概，软弱，平庸，比女人还优柔寡断，而且又小气，又胆小。"这句话概括了莱昂全部的人格特征。平庸！像夏尔一样平庸！

福楼拜有一句绝妙的话精到地揭示了这种平庸的难以复加的程度："他崇慕她心灵的热烈，也欣赏她裙子的花边。"似乎再也找不到一个男人像莱昂这样，对一个女人如此盲目而又"无我"地崇拜了。他无谓地欣赏她媚俗的一面，如考究的服饰、睡鸽般的姿态、琥珀色的肌肤、细长的腰身、雪白的胸脯；他也崇慕她举止的高雅、情感的丰富、语言的优雅，一句话，即"心灵的热烈"。正是这后一方面，凸显出莱昂的极度平庸。连爱玛那种时而高深莫测，时而笑逐颜开，时而喋喋不休，时而沉默寡言，时而热烈奔放，时而又倦怠疏懒的变化无定的性格，都激起了莱昂无穷的欲望，唤醒了他种种的本能以及悠远的回忆。每次幽会，他总是只知道一味地讨爱玛的欢心。有一次，爱玛要他写一首专门为她写的情诗，可他写来写去，第二行怎么也押不上韵，最后只好在别处抄一首十四行诗"交卷"了事。更为可笑的是，对于爱玛的所有想法，他从来不持反对意见；而爱玛的兴趣爱好，他统统接受（这点，很像夏尔）。以至于福楼拜讥讽道"与其说爱玛是他的情妇，倒不如说他是爱玛的情妇"！

莱昂的平庸，到了所谓"关键时刻"——他就要成为"见习生领班"了——就彻底暴露无遗了。现在该是"正经"的时候了！为此，他不再吹笛子，也不得不抛弃浮华的感情和不切实际的幻想；他开始寻思爱玛会继续给他带来种种麻烦和流言飞语，更何况同事们早就已经说三道四了。以至福楼拜对莱昂这样的人做了入木三分的刻画:"即使最没有出息的浪荡子,也会幻想幸遇东方王后;每个公证人身上,都残留着诗人的浪漫气质。"

爱玛的爱情,最终必然幻灭:"婚姻生活的平淡无奇,爱玛在私通中又全部体会到了。"

爱之不能:"另一种更厉害的毒药"

福楼拜对爱玛从开始服毒到最后咽气这期间的心理活动的描写,是全书中最令人揪心的一幕。这一幕再好不过地表明了,爱之"不能"或"绝望",才是爱玛自杀的真正原因。或者说,爱之"不能"或"绝望",是致使爱玛死亡的"另一种更厉害的毒药"!

爱玛在药店主家服下一大把"白色粉末"之后,突然平静了下来,几乎像完成了一项任务之后那样安详。直挺挺躺在床上后,她想道:"我睡过去,就万事皆休了!"她觉得,那一切"背弃"的卑鄙行为,还有那"折磨她的无穷无尽的欲望",都与她不相干了;此刻她不再恨任何人。她要求把小女儿带到床前,白尔特还以为是像过去在新年接受礼物一样;当不见礼物时,她问道:"是奶妈拿走了吗?"

> 听到奶妈两个字,包法利夫人想起了自己的私通和不幸,情不自禁掉开头,好像有另一种更厉害的毒药,从胃里反到嘴里,令她一阵恶心。

此时,使爱玛恶心的倒不是砒霜,而是另一种更厉害的毒药——"自己的私通和不幸"。似乎只是到了临终之际,她才把自己的私通与"不幸"关联到了一起,而她以前无论如何都是不愿承认这一点的。也许,福楼拜是想让爱玛——也让读者——最终醒悟:哪怕是私通,也不能使你得到爱情的幸福!而"不幸",倒是所有追寻爱情之梦的人不可避免的结局!

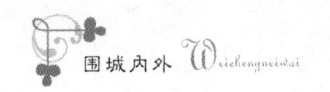

1.3 "包法利夫人,就是我"

如果我的论断——《包法利夫人》的主题是爱情的幻想与幻灭——是合理的,那么,为了使读者更深入地理解这一论断,我们必须追究到作者本人。因为福楼拜说过:"包法利夫人,就是我!——根据我来的。"

好一个"根据我来的"! 根据"我"的什么来的? 从心理学的观点看,所谓"根据我来的",就是根据"我"的人格形成和人格特征来的。也即是说,在《包法利夫人》这一"文本"中,总是要深深地打上福楼拜本人的人格烙印——尽管他总是声称,一个小说家,"没有权利表达他的意见"。

在这章中,我试图表明,福楼拜在《包法利夫人》中,表达了他基本的爱情心理学思想(《情感教育》与《布瓦尔与佩居榭》也当属他爱情心理学的代表作);而在这一思想的背后,深蕴着他多姿多彩的爱情历程和爱情经验。也就是说,不了解福楼拜的爱情,你就不能理解"包法利夫人"的爱情;不弄清福楼拜本人的爱情观,你就无法解读《包法利夫人》的爱情心理学思想。

"幸福"有三个先决条件,但不包括爱情

福楼拜不仅在他的文学作品中,更是在一些随意、任性的私人信件,特别是在写给女友路易丝·科莱的情书中,直接表达了他对所谓"幸福"的看法。有评论说,他的幸福观带有虚无主义色彩。的确,他曾在给科莱的信中这样写道:"正好,我要是没有孩子! 我的隐晦的名字和我一起消灭,而世界则继续它的路程,就好比我留下了一个不朽的名字。这是一个我自己欢喜的观念,就是绝对的虚无。格言:生慰死,亦慰生。"

作为福楼拜带有虚无色彩的幸福概念,他曾这样说,幸福有三个先决条件:愚蠢、自私和健康。这其中,愚蠢又是自私和健康的基础。他自认,在这三个条件中,他肯定只能拥有第二条即自私。李健吾在《福楼拜评传》中揶揄地说:"福楼拜'有一个久病的身子,同时一点也不愚蠢,他只有抓住自私,作他幸福的池塘的土岸。因为幸福,如果有的话,却在一潭死水里面,因为池塘没有风波。'"

　　福楼拜还写道:"然而绝不要向往幸福。这会招来魔鬼的,因为这种观念,就是他造出来,好叫人类吃苦。天堂的概念比起地狱的概念,其实更加地狱。幸福的假设,比起永生苦难的假设更加惨苦,因为我们命里注定了达不到。好在我们绝想象不出它来;这还令人欣慰。"

　　而最能隐晦地表达《包法利夫人》之主题的,是福楼拜说的这样一句话:"幸福是一个债主,借你一刻钟的欢悦,叫你付上一船的不幸。"在这里,我不妨斗胆地将这句话中的"幸福"一词换成"爱情",就更能贴近福楼拜所要表达的含义:爱情的收益与代价,就等于"一刻钟的欢悦"与"一船的不幸";从古至今,概莫能外!

　　爱玛的婚外恋正是这样。无论是和罗多尔夫,还是与莱昂,爱玛的所得至多只是一刻钟的欢悦。爱情所给予爱玛的幸福,实在是太短暂、太有限了。诚然,在与罗多尔夫第一次发生性关系后,她确实感受到了"爱情的欢乐、幸福的迷醉",她发现自己的身体被某种神奇的东西注入,已焕然一新。特别是到了相恋的高潮阶段:

　　　　包法利夫人从来没有这个时期漂亮,简直漂亮得难以形容。这是喜悦、热情和成功所致,是性情和环境调谐的结果。她的贪欲、苦恼、声色方面的体验和永远天真烂漫的幻想,犹如肥料、雨水、风和阳光之于花木,使她天生的特质逐步展露,最后鲜花怒放般彻底展开了……夏尔像在新婚期间一样,觉得她楚楚动人,无法抗拒。

　　而与莱昂的"第一次",更是浪漫、惬意甚至情色极了:

　　　　一辆马车,放下窗帘,比坟墓还密不透风,不停地到处奔跑,像海船一样颠簸,这种事在外省实属罕见。中午时分,车子驶到了田野里。强烈的阳光直射在镀银的旧车灯上。这时,一只没戴

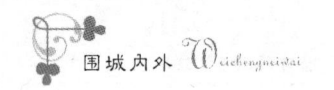

手套的手,从黄色的小窗帘下伸出来,把一些碎纸片扔到车外。

随后,是堪称"真正的蜜月"的充实、甜蜜和瑰丽的那三天……

但是,不管爱情多么的炽热、癫狂、如痴如醉,最终等待爱玛的,都是活生生的"一船的不幸"。爱玛的自杀,不过是这"一船的不幸"的一个表征。

福楼拜:患"婚姻恐惧症"的解剖师

1857年,《包法利夫人》出版。当时法国著名的评论家圣波甫(Sainte-Beuve),用一个绝妙的"隐喻"道出了福楼拜写作风格的真谛:"福楼拜先生出自医生世家,他写作时就像在操作解剖刀。从他的手上,我看得出来,就像个解剖师和生理学家。"正是基于这一评价,当时著名漫画家勒莫(A. Lemot)为福楼拜画了一幅这样的漫画:福楼拜左手持着一把解剖刀,刀上翘着爱玛血淋淋的心脏,右手拿着一个大型放大镜,而左后方的桌上则是爱玛身体的其他部分。这幅漫画恰到好处地展现了福楼拜的所谓"解剖式风格"。那么,他要解剖的究竟是什么呢?

在这幅漫画里,福楼拜被喻为是性、爱情与婚姻的"解剖师"。

说到底,他要解剖的是爱情(还有性和婚姻)的本质。但令我们感兴趣的是,他解剖的结果,让我们看到了他对婚姻的恐惧!这种"恐惧",既体现在《包法利夫人》中,也体现在他的个人爱情生活中。

福楼拜力图揭示这样一个颇具心理学意味的主题:爱玛始自少女时代的爱情幻想(包括一定程度的性幻想),最终导致她再也无法忍受那平淡无味的婚姻生活!她不得不——的确是"不得不"——走向婚外恋!从而表明"永恒的婚姻"(福楼拜语)不过是人类的一种无聊之举。爱玛与罗多尔夫、莱昂的婚外情,尽管对她来说是一个悲剧,但对福楼拜来说,则是一个表明婚姻必然要失败,且令人恐惧的悲剧。

看看福楼拜本人爱情生活的实情,可以说,他对婚姻的恐惧支配了他的一生。尽管他在去世的前几年,曾对他的外甥女说他后悔自己没有结婚,但他一直非常清楚"婚姻"这种形式并不适合他这种人。他认为自己只适合"短暂的"恋爱。1845年(那时他24岁),他在致朋友的一封信中说:"我需要恋爱,但可不要太长久。那种正常的、规律性的、维持得很好的稳定两性生活,会叫我付出太多,会令人厌烦。一旦进入这样的生活状态,对肉体世界的专注就会让人分心,无法好好做正经事。我每次企图干这类事情,就会给自己带来伤害。"

与巴黎女诗人路易丝·科莱的情人关系,是福楼拜一生中最著名的爱情事件。他们相识时,福楼拜24岁,科莱35岁。科莱虽大11岁,但她是被称为"征服了巴黎"的美丽女人,情场经验丰富,也不知有多少情人,因此也就丝毫不影响她对福楼拜的性魅力。但福楼拜毕竟是福楼拜,他很善于在他放荡逸乐的天性与他的文学事业之间保持必要的平衡。他需要一个美妙的距离——他住在鲁昂,而科莱住在巴黎。据说,当科莱第一次去福楼拜居住的克鲁瓦塞那"低矮的白色房子"看他时,福楼拜居然不让她进门,而是坚持去旅馆(在芒特斯的"大鹿旅馆")见她。

据英国作家朱利安·巴恩斯(J. Barnes)在《福楼拜的鹦鹉》(1984年)中的记述,科莱认为福楼拜对她的爱是"没有心肝的、使人受不了的、褊狭的"。科莱说,"居斯塔夫给我写信从来不谈别的,只谈艺术——或者谈他自己。"的确,福楼拜为了与这位"可爱的缪斯"保持适当的距离,总是鼓励她要爱艺术多于爱他:"在我看来,爱情不能摆在生命的前头,而必须摆在后头才行。"有一次,科莱写信对福楼拜这样说:"你的爱不算是爱。总之,爱在你的生活中没有什么地位。"他则回答说:"你想知道我是否爱你?好吧,我说,我爱你,就像我能爱的那样多;这也就是说,爱情对我而言不是第一位的,而是第二位的。"

福楼拜在认识科莱之后,的确曾爆发过一次对婚姻生活的突发性想象:他假想他们俩在一起的生活,他们的"婚礼",一种美妙的相爱

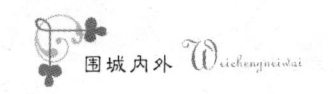

相伴；他想象他们会有一个孩子在一起，并想象科莱的死去以及他自己随后如何悉心照料失去母亲的婴儿。然而，对这婚姻的异常"想象"，却没有超过一个月，就变成了："在我看来，一旦我成了你的丈夫，我们在一起会感到快乐。等我们感到快乐以后，接着我们就会互相憎恨。这是正常的。"

巴恩斯借科莱之口，表达了福楼拜害怕婚姻，甚至害怕爱情的原因："他怕我：这就是他为什么要残酷地对待我的缘故……他怕我，因为他怕自己。他害怕他可能完完全全地爱上了我。那不是简单的恐怖，以为我可能侵入他的书斋，侵入他的独居生涯；那是一种生怕我可能侵入他的内心的恐怖。他残酷，因为他想要把我赶走；但是之所以要把我赶走，是因为他生怕自己可能完完全全爱上了我。"

至此，我们可以看到，福楼拜的爱情生活，完全符合我所谓的"性伴侣之爱"的一种特质：既要满足性欲，又要尽量保有个人隐秘的生活空间。这也就是许多性伴侣关系的双方——当然包括福楼拜——不愿结婚的心理原因之一。

热恋的激情何以慢慢褪色？

说起来，爱玛的一生并不复杂，也说不上传奇。如果要高度概括她的一生，不过是经手了三个男人，外加四次居住环境的变迁。当爱玛一家搬到永维镇的那天，福楼拜这样写道：

> 爱玛有生以来是第四次在陌生的地方过夜。第一次是进修道院，第二次是嫁到道斯特，第三次是在沃比萨尔，如今是第四次。每一次都标志着她的生活中一个新阶段的开始。她相信，在不同的地方，事物不可能按老样子重复，过去的那段生活既然很糟，未来的这段生活也许会好一些。

的确，爱玛是一个彻底的浪漫主义者和理想主义者。她总是对未来充满信心，渴望着奇遇，笃信着巧合的缘分，也时常沉溺于虚幻的爱情冲动中。即使在爱玛已经对莱昂彻底失望，考虑该怎么样"摆脱"他时，她仍然不断地给莱昂写情书，因为她觉得，女人就应当不断地给情人写信。但是，就在给莱昂写信的时候，她眼前恍惚浮现出另一个男人来,一个由她最销魂的回忆、最美好的阅读和最强烈的欲望形成的幻影。久而久之,这个幻影变得那样真切,那样实在,她情不自禁心灵震颤,神摇目眩,但又无法清晰地想象出他的模样,因为她赋予他的特征太多,结果像一位天神,忽隐忽现……

爱玛的不幸也许正是在于她"赋予"理想男人("丈夫")的特征太多,以致这个男人成了一个"天神式的"幻影。在爱玛心中,理想的男人到底是什么模样?尽管连爱玛本人都说不清楚,但福楼拜给读者埋下了一个伏笔:就是那个"跳华尔兹舞的子爵"。这个"子爵",曾在爱玛面临生活的转折时多次出现——至少是作为一个"幻影"而闪现!特别吊人胃口的是,那天,爱玛向莱昂借钱,准备返回永维镇。突然一辆双轮轻便马车擦身而过,而赶车的是一位穿貂皮大衣的绅士。

那位绅士是谁?爱玛认得他……马车风驰电掣般消失了。车里是他,是子爵!

这一绝望中的爱玛的"子爵"意象,极具象征意义:也许只有"子爵"这样的理想男人能救她!但这样的"子爵",却始终没有出现在爱玛的生活中。

这是为什么?谁能解释这一点?纵然福楼拜是天才,他充其量也只是提出了这个问题,有谁能解决这个问题吗?

"性"是使爱情褪色的终极原因

在《包法利夫人》中,爱玛以炽热、癫狂、痴迷的爱之激情开始,结果却总是以失望、幻灭、绝望而告终。福楼拜借此向我们表明:爱情不是永恒的!再伟大的爱情,最终不过"宛似一条河流,河水慢慢干涸,露出了河床的污泥"。

我猜测:也许福楼拜隐约地悟出了爱情总是要"褪色"的某种原因,而这种原因势必与"性"有某种内在的关联。虽然他不是今天所谓的"进化心理学家",但他确实感受到了其中的某种蹊跷。

按我对福楼拜的解读,他首先是感悟到了作为爱情的"性对象"是中性的。在具体鉴赏福楼拜的观点之前,先要解释一下我所说的"性

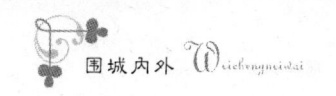

对象是中性的"这一概念。

从进化的观点看,性行为、性活动,是大自然赋予人类的一种"中性的"(neutral)活动。这种"中性"(neutrality),起源于"性"的"自然性"。也就是说,"性",是生物世界的长期进化所赋予人类的一种"天性"(柏拉图在《会饮》中称之为人的"原本的自然")。这就意味着,追求快感的性冲动是完全符合人的"天性"(自然性)的,它是我们所有人类的共同本性;在这个世界上,也许没有什么比"性"更重要的事情了。正如弗洛伊德所说,我们每个人都逃不脱与性的干系——儿童一生下来就已经是"有性的人了"。

性既然是大自然的产物,那它说到底就是一个中性的东西。所谓"中性",在日常或一般的意义上,可以说是"无特征性",也就是没有任何独特的、典型的、必不可少的甚至必然的特征。在日常语言中,当我们说某个东西具有中性的特征时,无非是说,它既可以是这,也可以是那(或者既不是这,也不是那);既说不上好,也说不上坏;既无所谓道德,也无所谓不道德;既不算合理,也不算不合理,如此等等。

在这个意义上,所谓"性的中性",其具体的表现形式就多种多样了:像性的自然性(天性)、无目的性、相对性、随机性、可替代性、非道德性等,都是中性的表现。我必须强调,认识到性的中性特点,对于建立科学的爱情心理学,至关重要。因为认清了这个特点,就可以剥去某些传统文化或意识形态所笼罩在"性"上面的神秘面纱。

首先,性,就其本身来说,与"道德"无关,这正是性之中性的突出体现。任何正常的性活动,无论是"一个人的性活动",还是"两个人的性活动",其本身都是与道德无关的。而"性道德"这个概念,只有在涉及利用权力、暴力、攻击、欺骗等进行性侵害时,才有意义。任何用"性道德"这一标签肆意扼杀正常性行为的做法,都是对天赋"性权利"的践踏。

性的"无目的性",是性之中性的第二方面的表现。性欲、性冲动、性行为的发生,都是在本能的无意识水平上发生的无目的活动。一般说来,性当然是一种本能,而按美国心理学家詹姆斯(W. James)的定义,"本能"是一种能够以某种方式产生特定结果的行为,但它对结果没有"预见性",之前也不需要任何"学习"。在这个意义上,我们通常才说"性本能"。性本能是没有目的性的。因为"目的"这个词,一般适用于在有意识的水平上发生的行为,比如当你"意识到"为什么要这样做时,就是一项有目的的行为。但当男性和女性对有效的性刺激做出反应时,这种反应就是一种无目的的活动。当男人偏好多样化的性伴侣、对性刺激信号特别敏感而急于性交的时候,他都不能意识到他这样做有什么目的——正如男人的每一次性交并不是为了生出一个孩子那样;当一个女人与婚外男人私通时,她并不能意识到她这是为了"更换配偶"。

根据瑞士学者方迪(S. Fanti)的"微观精神分析学"观点,我们正是通过性活动的无目的性而"出生、生活和死亡"。"无论人们是否愿意承认,女人和男人首先是卵子与精子盲目的分发者……此外,不存在妊娠目的性。假如人的诞生真的是妊娠的目的,孕妇就不会总在念叨:但愿一切顺利!其实,孕妇比任何人都更接近动物,她知道或者至少感到胎儿对她的威胁。正是因为这类威胁的确存在,地球上今天才只有数十亿居民,而不是数千亿居民。"也许,这种关于"子宫战争"的观点显得极端,但它要说明的是,从性的无目的性来看,我们的生命完全偶然产生于性活动的一次盲目的喷发。

正因为性活动是发生在无意识水平上的无目的活动,因而难以得到有意识或理性的控制。这样你就能理解,人们为什么要去做那些偷情、嫖妓等甘冒风险,甚至付出生命代价的事情了。

性的"相对性",是性之中性的第三个表现。从功能的观点看性,其"相对性"是我必须强调的一个重要的功能特性。在日常生活中,当我们说什么东西是"相对的"时,就意味着它是有条件的、不确定的、可变化的。就性的相对性来说,又具体表现为如下两种情形:

第一,性是"守恒的"——这就暗含着它是"有限的"。这是弗洛伊德一再强调的观点。他用 Libido(力比多)一词表示"性的能量"。这种性能量遵循着"恒定原则",即 Libido 在"量"上是守恒的、固定的;不多,也不少。性的能量(或爱欲能量)可从一种形式转换为另一种形式,但它既不能被创造,也不能被消灭。例如,献身于科学的人,就比一般人的性行为要少,因为科学家可用以支出的 Libido 比较少;相反,文学家、艺术家能支出的 Libido 则比较多,因为"艺术家的创作很可能

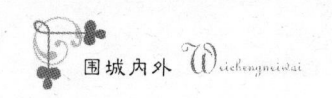

强烈地受到其性体验的刺激","他们在其艺术中拥有一把万能的钥匙,能轻而易举地开启所有女性的心扉"。

第二,性对象是可替换的。这是性之"中性"最突出的体现。看看杜拉斯的《情人》,正是表达了关于性对象的这样一个主题:这"情人"的身体("瘦瘦的,绵软无力,没有肌肉"……),"差强人意,勉强可取,换一个也差不了多少"。而且,性对象不仅可以换一个男人(这个男人可以是任何一个男人),而且还可以(甚至需要)换成一个女人,甚至不止一个女人。《情人》向我们暗示,性对象可换成多个女人:海伦·拉戈奈尔、玛丽·卡彭特、贝蒂·费尔南代斯。在最后,情人的性对象换成了"一个16岁的少女,一个20世纪30年代的中国未婚妻"。《情人》还以所谓"孩子"和"物"的隐喻,说明即使在性交过程中,特别是在性高潮的时刻,男人和女人相互之间仍然是深深隔离的,彼此很不了解,甚至并不"认识"。

罗多尔夫的性对象:所有女人"都落在同一个爱情水平之下"

在《包法利夫人》中,罗多尔夫恋爱的行为方式,恰到好处地表现了男人的性对象的中性特征——特别是"可替换性"。罗多尔夫一见到爱玛,即刻就把她当做性对象:"啊!我一定要把她弄到手!"他叫起来,眼前浮现出爱玛的情影,仍是刚才见到的装束,"但他把她脱得精光"。在这样一种想象性的"视觉性欲"(我姑且暂时使用这样一个杜撰的词语)支配下,他开始寻思诱惑方略。第一次约爱玛骑马在森林里逛游,他跟在她后面,出神地、色迷迷地看着她的黑呢裙与黑靴子之间那"细柔的白袜":"在他眼里,那部位简直与裸露的一样"。

但性对象一旦得手,其性质就发生了突变。这个性对象是可替换的:"爱玛与其他情妇没有什么不同。"你看爱玛那炽热的爱情表达:

> 爱到离开你,我就活不成了,你知道吗?有时候,我渴望见到你,因为爱折磨着我,把我的心都要揉碎了……别的女人你一个也看不上,是吗?更漂亮的女人有的是,但我更懂得爱!我是你的女仆,你的相好;你是我的君王,我的偶像。你善良!你英俊!你聪明!你强壮!

可惜呀！此类缠绵的话，罗多尔夫不知听过了千百遍，一点儿也不觉得新鲜有趣。因为不少放荡或贪心的女人都曾对他说过这类话，他也就几乎不相信爱玛的爱情话语是出于真心。再说，如此这般的爱之言语又如何？听起来"就像一口破锅"，示（求）爱者以为可以感动星宿，结果呢？"却只引得狗熊跳舞"。对于罗多尔夫来说，"爱情的新鲜劲一过去，恰如一件衣服被脱掉了，只剩下赤裸裸的、单调乏味的老一套，从方式到语言都千篇一律"。

更有甚者，当罗多尔夫最后决定"脱手"的时候，在他心目中，爱玛已经退到了"遥远的过去"。为了追忆她的一点什么东西，他从床头的五斗柜里取出一个饼干盒，里面全是些女人们的信件和信物。他拿起一张爱玛的小照，久久地端详着，回忆着爱玛本人的模样。不料，爱玛的容貌在他的记忆中却愈来愈模糊，仿佛活人的脸和照片上的脸，相互摩擦，结果两者都给"抹掉"了！他又欣赏着女人们的那些信，"有的问他要爱情，有的问他要钱"，最后怎么着？

说实话，这些女人同时跑进他的思想，相互挤来挤去，结果都变小了，都落在同一个爱情水平之下，彼此都不相上下了。于是，他胡乱抓起一把信，让它们一封封从右手落到左手里，又一封封从左手落到右手里，以此消遣了几分钟。最后，他感到腻了，困了，便把盒子放回五斗柜，自言自语说道：

"全是扯淡！"

这句话概括了罗多尔夫的看法。他的心已被一桩又一桩风流艳事折腾够啦，就像操场被学生们踩过来踩过去，已经寸草不生；他的心灵所经历的那些事情，甚至比孩子们还漫不经心，孩子们还可能在墙上涂画上自己的姓名，它们呢，什么也没留下。

这段话值得反复玩味。我认为，福楼拜借用一个"操场隐喻"，深刻地表达了男人的性对象的可替换性。在罗多尔夫那里，所有他经手过的女人——无论是爱玛，还是他所包养的那个卢昂女戏子，甚或什么别的女人，本质上都没有区别，都不过是彼此彼此、不相上下，都处在同一个爱情水平之下。而对于风月场老手罗多尔夫本人来说，他的"心灵"就像被学生踩来踩去的"操场"，上面光秃秃的，什么样的女人

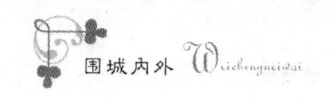

(连一个女人的"意象")"也没留下"!

爱玛的最终感悟:外遇与婚姻一样"平淡无奇"

福楼拜揭示性对象的可替换性,似乎是法国文化的时代背景所赋予他的一种专门才能。例如,他的同时代人波德莱尔、左拉、莫泊桑等,都擅长对他们那个时代男女性关系的随意性(包括偷情)进行描写。而按福楼拜的传记作家巴恩斯的说法,福楼拜在他的多个性伴侣中曾做过一次"石蕊试验":福楼拜必须在埃及名妓库楚克·哈内姆(Kuchuk Hanem)与巴黎女诗人路易斯·科莱之间做出"选择",而最终,福楼拜发现结果是"势均力敌"!

这个埃及名妓哈内姆的事情,还得提一下,因为此事反映了福楼拜对男女性关系的态度和他的性生活方式。1849 到 1850 年之间,福楼拜去埃及旅行(和他"社交上的知己"马克西姆·迪康一起)。据说这是一趟"性狂欢之旅",其中最令福楼拜销魂的一次,是跟埃及的"基戈尼街"的那个妓女——哈内姆。1850 年 3 月 13 日,福楼拜写信给他最好的朋友路易·布耶(Louis Bouilhet)说:"我狂热地吸吮着她,她的身上满是汗水,跳舞之后很疲惫,身体发冷。我帮她盖上毛皮大氅,她就睡着了,她的手指和我的紧紧相扣。我几乎没有合眼,整夜都在无边无际地幻想……"

巴恩斯在《福楼拜的鹦鹉》中,借科莱之口道出了福楼拜的同性恋倾向:

> 在我之前,当然,有那些妓女,年轻且轻佻的女缝纫工和朋友们。欧内斯特、阿尔弗雷德、路易斯、马克斯等这一帮学生,我就是这样想象他们的。他们因为鸡奸而交情牢固。不,也许这样说不公平;我不能确切地知道是谁,在什么时候,究竟是怎么回事。然而我确实知道居斯塔夫(指福楼拜)从不厌倦于"双重串通"(同性的鸡奸和异性间的私通)。我也知道,在我脸朝下躺着的时候,他眼睁睁望着我也从不厌倦。

联系到福楼拜本人性生活的背景,再来理解《包法利夫人》中关于性对象之中性的观点,就好办了。他不仅以罗多尔夫为蓝本展现了性对象的可替换性,而且以爱玛的恋爱经历和结局,向我们告诫了性对象之中性的另一表现——"无目的性"。

在与莱昂热恋的高峰,爱玛一方面"放纵"到了极点,另一方面也担心以后会失去爱情(可能是基于"第一次"失败的经验),她使出种种招数,对莱昂关心得无微不至,从服饰的讲究,到菜肴的精美,甚至见他目光里流露出的倦意,也不放心。爱玛深知爱情需要"浪漫"情怀的支撑,她从永维镇来卢昂幽会的时候,"常常怀里藏几朵玫瑰,一见面就抛到他脸上。"

但是,再浪漫的举动也掩饰不了爱情的贫乏。随着爱之激情的日渐消弭,他们俩开始彼此"贬低"对方,甚至考虑该是"摆脱"的时候了。但是,爱之对象是我们人为地,或"由我们内心的看法投射到他身上而成的"(普鲁斯特语),因此,"贬低我们所爱的人,总免不了会使我们与之疏远一点。偶像是碰不得的,一碰手上就会留下金粉"。

后来呢,他们俩越来越经常谈一些"与爱情无关的事"。爱玛在给莱昂写的信中,谈的是鲜花、诗歌、月亮和星星。福楼拜绝妙地讽刺道:"这些正是爱情减弱之后天真烂漫的话题,无非是试图借一切外在因素的帮助,给爱情注入新的活力。"既然要借助超出于爱情本身之外的"因素"来挽救爱情,那这样的爱情就已经没有任何意义了!就连莱昂自己的"身体"也感觉到:从爱玛那"冷汗涔涔的额头"、"喃喃低语的嘴唇"、"失神的眸子"、"双臂的搂抱"中,有一种"异常的、模糊的、令人寒心的东西",正在神不知鬼不觉地潜入他们之间,仿佛要把他们"分开"。

而爱玛的"感觉"更糟糕。有一天,他们俩分手早,爱玛经过那座她生活过的女修院的围墙,在榆树下的一条长凳上坐下。想当年在女修院的生活,她按照书本上的描写"想象爱情",那种感情真是妙不可言,可如今,那样的想象还是多么令她向往啊!于是,结婚后头几个月的情形,骑马在森林里的逛游,跳华尔兹舞的子爵,歌唱的拉嘉尔狄……一幕幕重新浮现在她眼前……突然之间,她觉得莱昂与其他人一样"遥远"!

无论是作为爱玛实际的性对象(罗多尔夫、莱昂),还是作为爱玛"想象的"性对象(子爵、拉嘉尔狄),都不过是彼此彼此,所有的男人都

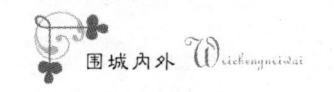

一样地"遥远",一样地"靠不住"！以致爱玛不得不如此愤懑地反思"爱情"的本质了：

> 爱又怎么样！反正她不幸福,而且从没幸福过。为什么人生总不如意,为什么世界上什么东西都靠不住？世界上到底有没有这样的男人：他强壮而又漂亮,勇敢、热情而又感情细腻,具有诗人的心灵和天使的外貌,怀抱竖琴,仰望长空,铿锵的琴弦奏出柔婉缠绵的情歌？如果有,她为什么就不能凑巧遇到呢？啊,真是人生如梦！没有任何东西值得追求,一切都是虚假的！每个微笑都掩藏着一个无聊的呵欠；每个欢乐都掩藏着一个诅咒；每种兴趣都掩藏着厌恶；最甜蜜的吻在嘴唇上留下的,只不过是对更强烈的快感无法实现的渴望。

这里,"微笑"与"呵欠"、"欢乐"与"诅咒"、"兴趣"与"厌恶"、"最甜蜜的吻"与"无法实现的渴望"——爱情生活中的一个个"对子",作为爱情必然伴随物的对子,极其精到地刻画出了人类爱情生活的最深刻的悖论！天啊,有谁能为人类指出一条跨越这一悖论的通道呢？福楼拜当然也不能,但他毕竟给我们提供了某种暗示：

> 他们彼此太熟悉了,再也感受不到云雨的惊喜和百倍的欢娱。他厌倦了爱玛,爱玛同样厌倦了他。婚姻生活的平淡无奇,爱玛在私通中又全部体会到了。

这里,福楼拜不仅暗示了爱情不可能永恒的原因——彼此"太熟悉"、彼此"厌倦",而且又提出了关于人类爱情的另一个悖论：外遇,又能怎么样？外遇能得到婚姻之外的幸福吗？爱玛的外遇结果却表明：说到底,外遇与婚姻同样平淡无奇！

Secare：性对爱情的截断与否定

据微观精神分析学家方迪的考证：sex(性、性欲)这个词源于拉丁语 secare,原本的意思是切断、分开、截断、使痛苦。这就意味着,sex 与爱情的终结有着某种必然的联系。爱玛的情况正是如此。

根据《包法利夫人》中的描写,爱玛似乎是"为性而性"的女人,她的纵欲("折磨她的无穷无尽的欲望")几乎到了可怕的、难以复加的程度:"偷情点燃的欲火,一直在心里燃烧,有时烧得特别厉害,气喘,心跳,不能自已"。最近我在网上浏览到一本新书,名字非常奇异有趣:《包法利夫人的卵巢:达尔文主义文学观》(大卫·巴拉什和纳尼尔·巴拉什著,2005年出版)。其主题是,进化心理学与文学相结合,将产生一种新的"达尔文主义文学观"。根据人类进化而来的心理机制,尽管小说是来自人类的想象,但在所有虚构的主人公身上,也同样有着与动物一样的生物性本能(如异性择偶、同性竞争等)。像莎士比亚笔下的奥赛罗的性嫉妒,就是为了与其他男性竞争;而包法利夫人其命运大多决定于她的卵巢。

更耐人寻味的是,福楼拜似乎在给爱玛"盖棺定论"的时候,也忘不了向读者展示她那情欲化的一生:

> 神甫口里念着"我主慈悲"、"宽恕罪孽",同时将右手大拇指在油里蘸了蘸,开始敷圣油:先是涂抹曾经贪恋尘世浮华的眼睛;接着涂抹喜欢呼吸和煦微风和爱情芬芳的鼻孔;然后涂抹曾经说过谎,为虚荣而呻吟,在淫荡中叫喊过的嘴;再次涂抹曾经在舒服的触摸中兴奋得发抖的手;最后涂抹过去为满足欲望而跑得飞快,如今跑不动了的脚底。

爱玛的身体似乎就是为情欲而生的:她的眼睛——贪恋尘世的浮华;她的鼻孔——喜欢呼吸和煦的微风和爱情的芬芳;她的嘴——说谎,呻吟,在性高潮中叫喊;她的手——在舒服的触摸中兴奋得发抖;她的脚——为满足欲望而跑得飞快……但是,这样一个情欲化的身体及其性欲的满足,恰恰是她断送爱情的一个致命的手段。下面,我就借此发挥一下:"性"是怎样切断、分开、截断爱情的。

我的一个核心命题是:爱情本身就意味着性,但性并不意味着爱情。也就是说,前者的逆命题是不能成立的,这是性与爱情分离的实质性含义。爱情"本身"就意味着性,即是说,爱情本身就内在地包含着性,或者说性是爱情本身的应有之"意"。当爱情降临之际便是性活动发生之时——性活动是爱情的必然伴随物。

正是因为爱情本身就意味着性,所以任何一部经典的爱情故事之

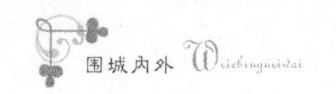

所以感天动地,像电影《泰坦尼克号》,男女主人公情到深处时发生了自然而热烈的性接触,让人震撼地感受到爱情是如此之美好;而男主人公不久之死亡,则进一步凸显出爱情悲剧的崇高。还有沃勒的《廊桥遗梦》,在那古老的廊桥,两颗中年人的心撞出火花,他们不停地做爱,使寻觅已久的灵魂找到了永恒的归宿:在他们做爱过程中,女主角弗朗西丝卡"多年以前已经失去了性欲的亢奋,现在却和一个一半是人、一半是别的什么的生命长时间地做爱。她对他这个人和他的耐力感到困惑不解,他告诉她,他能在思想上和肉体上一样到达那些地方,而思想上的亢奋有它自己的特性"。这里沃勒的妙笔在于,在爱情的最高境界中,"思想上"和"肉体上"能同时达到高潮("亢奋"),而思想上的"高潮"更别具风味,也更有意义。

性与爱情:彼此否定的"怪圈"

爱情自身便意味着性,这几乎是用不着论证或证明的事情。但"性并不意味着爱情"这一命题,则需要做反复的论证。我的总的论证要点是:这是由性的中性、无目的性、相对性、可替换性等功能特性所决定的。正是由于性的功能特性决定了它与爱情是完全可以分离的。

首先,性对象的选择是中性的,可与爱情分离。在《不能承受的生命之轻》中,昆德拉的男主角托马斯一再强调:"爱和做爱完全是两回事"。他还认为,跟一个女人"做爱"与跟一个女人"睡觉",是两种截然不同,甚至几乎对立的感情:"爱情并不是通过做爱的欲望(这可以是对无数女人的欲求)体现的,而是通过和她共眠的欲望(这只能是对一个女人的欲求)而体现出来的"。这里,昆德拉借主角之口表达了这样的观点:"做爱"(或"做爱的欲望")是一种纯粹的性活动,因它与爱情分离,故可以是对"无数"女人的欲望,这正是性对象选择的中性特点;而"爱情"只能是对"一个"女人的欲望,并且是通过"和她共眠(的欲望)"或"睡觉"而体现出来的。这欲望对象的"无数"与"一个"之区分,恰到好处地表达了性与爱情的区分和分离。

进化心理学关于短期择偶的研究表明,在"零点现象"、"酒吧效应"、"一夜风流"、卖淫与嫖娼、性幻想、随意性关系的意愿、性伴侣多样性的欲望等研究中,性与爱情的分离具体表现在:在猎取性对象时,往往是理想的性伴侣数目越多越好;与性对象分手得越快越好(以使投资最小化);从见到异性到发生性关系所需的时间越少越好(以便短期内得到多个性对象);择偶标准(如年龄、美貌、智慧、性格等)降得越低越好;发生性关系后作出的承诺越少越好(以便免除责任和义务);在特定时刻(如"零点")随着性的可接触性下降而择偶标准越低越好;在特殊场景(如骚乱和战争)下侵占的性资源越多越好;在一个性幻想情景中性对象越多或更换得越快就越好,等等。此外,婚前性行为越多,则婚后"越轨"的可能性越大;性伴侣的数目越多,其中每一个性伴侣的价值就越小;性经历越丰富,则真正爱上一个人的能力或可能性就越小。

其次,性交的过程本身是中性的,可与爱情分离。斯马特斯和约翰逊对人类性活动和性刺激过程中的生理反应的研究证明了这一点。他们使用的被试主要是卖淫者和志愿者。为了观察和记录特定的性反应,"被试在各个时段的性活动将包括各种人工操纵和机械操纵,男性被试与其女伴以仰卧、跪式或最习惯的姿势进行自然的性交。女性被试则以仰卧或跪着的姿势进行人工操纵的性交"。这样,研究者不仅观察和测量被试以各种姿势进行的自然性交,而且还观察和测量在人工或机械装置的帮助下所进行的手淫活动。可以想见,如果你相信这项研究的"科学"价值的话,你就应该假设性交活动本身是不带情感色彩的中性活动。

昆德拉在《不能承受的生命之轻》中形象地描述了性交的中性过程。既然男女主角彼此没有爱情,那他们的性交就是一个彼此"否定"的过程。昆德拉用"闭眼"("黑暗")的隐喻说明这一点。男主角托马斯与性伴侣萨比娜做爱,让床的上方亮着一盏小灯。"但在进入萨比娜身体的那一瞬,他还是闭上了双眼。吞噬着他的极度快感所企求的是黑暗。那黑暗是彻底的,绝对的,没有形象也没有幻影,无穷无尽,无边无际。那黑暗是我们每个人内心所在的无限。就在快感在他全身蔓延开来的那一刻,弗兰茨在无边的黑暗中渐渐展开,融化,化作了无限。但是,人在内在的黑暗中变得越大,他的外在形象就越小。一个紧闭双眼的人,只是一个毁弃了的自我,看起来让人心生厌恶。因

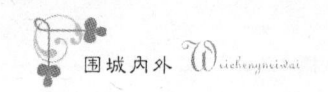

此萨比娜不愿看着他,也闭上了眼睛。但这种黑暗对她来说并不意味着无限,而仅仅是对她所见的东西的拒绝,是对所见之物的否定,是拒绝去看。"这里的要义在于,两个性伙伴都闭上了眼睛,同样面对的是黑暗,但"黑暗"的意义对他们两人是不同的:托马斯的快感的结果不过是"毁弃了的自我",而萨比娜兴奋的结果是对弗兰茨这一性客体的"否定"。

再次,性高潮后的心理感受是彻底的"孤独"。如果说爱情是为了避免孤独的尝试,那么性高潮的后果将彻底消除这一尝试。弗洛伊德最先强调这一点。他把性高潮与"死亡"(至少是对死亡的感受)联系在一起。他指出,Libido 作为尚未解除的性欲,其要求是直接满足。但它有一个特殊的满足形式,即通过性物质(精液)的发泄。这个性物质是性张力饱和的媒介物。在性高潮中,性物质的射出,相当于躯体与"种质"相分离的意思。这说明,随着完全的性满足而来的状况像"消亡"的状况,也说明死亡与一些低级动物的交配行为是相一致的。这些造物(如蜘蛛、螳螂)在生殖的行为中死去,因为"爱的本能"(性本能)通过满足的过程被消除以后,"死的本能"就可以为所欲为地达到它的目的。

弗洛伊德关于性本能随着满足(性高潮)的过程而被消除的思想,在方迪的微观精神分析学中得到了进一步的验证。他指出,性高潮的后果就是取消一切"客体之间"的相互关系。无论男女,在性高潮状态中,均独自处于虚空(或孤独)的门口。不可避免的结论是:"性高潮越成功,爱情越失败。"难怪莫泊桑要说:"爱情是耻辱的虎头蛇尾。"那么,性高潮与爱情是什么关系呢?方迪分析了以下两点:

第一,性高潮的出现意味着彻底的孤独。这是因为,处于性高潮状态中的人发生了"性心理分裂"。在那气喘吁吁、欲死欲仙、不再属于自己的瞬间,他(她)脱离了现实的世界,成为孤独者,摆脱了精神与肉体,在虚空中蔓延、消散。因此,那些所谓"令人神往的"、"美妙无比的"、"成功伟大的"性交或性高潮,其实是人为了摆脱个人内在的孤独而进行的绝望的尝试;更何况,性高潮的出现很有可能并不取决于性交伙伴。

第二,"伪装性高潮"不过是为爱情戴上了假面具。如果性高潮是伪装的,那么还可以对那可怜的性伙伴说"我爱你"。其实,性交伙伴与"潜意识地伪装性高潮的动机"没有任何关系。方迪认为,在性活动中,伪装性高潮的现象比人们一般想象的更普遍。在他的一对夫妻个案中,丈夫在上午说:"很少有比我妻子更走运的女人了。我可以告诉您,她快乐得都快要窒息了。当我在她身上立起,再来最后那一下子时,我既是她的上帝,也是我自己的上帝。"可他的妻子在同一天下午说:"我丈夫很粗野。他把我弄得很疼,结婚16年来,我从来就没有过乐趣。"

所以,即使在性高潮的最兴奋的时刻,作为性伙伴的男人与女人相互之间仍然是深深隔绝的,彼此很不了解。方迪说,性高潮的这一特点"暴露了最令人满意的性交伙伴所具有的中性功能,表明他(她)是可以替换的。微观精神分析学的这一观点完全符合'性'这个词的本义。该词源于拉丁语 secare,意为切断、分开、截断、使痛苦"。方迪运用他独创的"长分析方法",记录了这样一位处于"自由联想"状态的女性所说的话:

> 其实,性交对象,他的性器官,出身、优点、缺点,所有这些对于我来说都不重要……我感到欲望来了,就找一个性客体,假装挑选一下,因为我很有教养。但是,我很清楚自己根本不挑,碰上一个算一个……随便什么样的人,只要能降低身体里的压力。我对别人也没有其他要求。很久以来,我已经不再以为他或她看上我,是因为我的美丽的眼睛……我对能从性方面满足我的人没有一点感情。有时我甚至对自己说:"看下一个了。"可是,我能非常爱一个根本不碰我、我自己也没有任何欲望的人。

最后,所谓"一个人的性活动"将使性与爱情完全分离。在这个"后情感主义"时代,手淫的重要性似乎被空前地强化了,成了人类追求性快感的合理的源泉。

1976年,谢尔·海特(S. Hite)发表了影响甚广的《海特性学报告》,其中一个中心主题就是给手淫正名——一种"自然的本能"。她主张应该把手淫当做女性性活动的主要模式,因为它才是获得性高潮的最为有效的方式。她写道:"显而易见,30%的女人声称自己能够

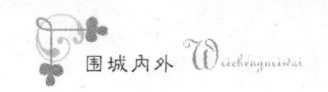

在性交的时候定期地达到性高潮,她们其实常常是在吹牛。"至少,通过性交而产生性高潮的比例"很可能有些偏高"。于是她建议:"别指望能够等到某个合适的男人可以依赖(以获得性满足),自己创造好的状态吧——完全让你自己成为最完美、最迷人的女性。"

手淫之于性高潮为什么会有如此优越的地位呢?其奥妙多多。首先,"手淫提供了一种几乎纯粹是生物学意义上的反应的方法——它是我们拥有的本能行为的几种形式之一"。其次,根据海特的研究,在所有的性高潮中,心脏跳动频率最高的时候都发生于女性进行手淫的时候。最后,尽管有约30%的女性能够从性交中获得高潮,但性交绝不意味着能刺激女人达到高潮;在性交中产生的高潮只不过是我们"身体的一种适应方式"而已。

无独有偶。1991年,伦敦出版了南希·富雷迪写的《高高在上的女人》,这是一本关于女性手淫幻想报告的畅销书。其中在"我们从手淫中赢得了什么?"一章中,她列举出了手淫的七点好处,其中有两点是这样的:"2. 手淫是学习把爱情与性分开的绝好的练习,对于那些混淆爱与性的女性来说,尤其重要。3. 通过自学熟悉可以引起我们兴奋的方式,我们更容易达到性高潮,从而成为更佳性伴侣。承担应有的责任,为对方提供快乐,在寻找使我们兴奋的东西时更加有方向感。"

如果真是如上所说的那样,人的性活动的本质就是身体感觉,且最大的身体感觉就是性高潮,而性高潮又是性活动的终极目的;还有,达到这一终极目的仅仅靠手淫就能够实现,那么,性与爱情的分离就真的——如果不说"完全、彻底地"的话——实现了。说到底,在性与爱情之间最终形成了这样一个"怪圈":爱情本身内在地趋向于性,而性(特别是性高潮)又不可避免地造成普遍的性心理空虚,最终导致对爱情的否定!

我不得不佩服福楼拜,他居然在19世纪就发现了这样一个"怪圈"!

"柏拉图式的爱情"之精髓或实质

在《柏拉图的〈会饮〉与"柏拉图式的爱情"》[①]一文中,我对所谓"柏拉图式的爱情"做了富于个人特色的解读或诠释。我认为,柏拉图式的爱情之要旨,可概括为以下四个方面:

1. 柏拉图式的爱情,不是所谓纯粹的"精神恋爱"——没有任何肉体接触的纯浪漫情怀,而是指"身体爱欲与灵魂爱欲"的统一,或"身心合一者"。

2. 柏拉图式的爱情也强调爱情高于性("爱欲"高于"快感")。

3. 柏拉图式的爱情也暗示着性与爱情(像"属民的爱若斯")、爱情与婚姻(像"凭灵魂生育"、"身体方面的生育欲")、性与婚姻(像"男童恋")的可分离性(或功能独立性)。

4. 柏拉图式的爱情,不过是通过爱慕一个又一个美的身体而追求"美本身"("美的理念")的一种永无止境的"理想"。换句强势的语气或口吻说,柏拉图式的爱情是指,爱情说到底是属于理想世界("理念世界")的东西,在现实(世俗)世界中实际上是不可能的。

我强调指出,这里的第 4 个要旨,可视为"柏拉图式的爱情"之精髓或实质。当然,对于一般读者来说,要理解这一点还是有一定难度的。下面,我再将第四个要旨的大意说一下:

在"苏格拉底忆述第俄提玛的教诲"中,柏拉图借苏格拉底之口,绝妙地描述了人们从爱慕"一个"美的身体到"美本身"(美的"理念")这整个的"爱欲奥秘"——"最终的、最高妙的奥秘":人从小就得开始向往美的身体。他首先当然是爱慕"一个"美的身体(受到这个身体的性吸引)。然而,即使这个美的身体再令人赞叹不已(美轮美奂),他也不得不承认,如果他真的爱美,他就必然会被其他不同的美的身体所吸引。"他就得领悟到,美在这一身体或那一身体中其实是相同的,也就是说,他该追寻形象上的美,若还不明白所有身体中的美其实都是同一个美,那就太傻了。"既然一个人必定至少要爱两个身体,那就似乎没有理由不去多爱几个。"一旦明白这个道理,他就会成为爱所有

[①]《中华读书报》,2008-1-2;2008-1-23。

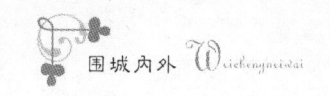

美的身体的有情人,不再把强烈的热情专注于单单一个美的身体,因为,对这有情人来说,一个美的身体实在渺小、微不足道。"

于是,人们"游于爱欲的正确方式"是:先从那些"美的东西"(比如一张面孔、一双手或身体上某个地方的美)开始,为了"美本身"(美的理念),顺着这些美的东西逐渐上升,好像爬梯子,一阶一阶从一个身体、两个身体上升到所有美的身体……直至达到"瞥见美本身"的境地。要是一个人瞥见美本身的样子,那晶莹剔透、如其本然、精纯不杂的美,不是人的血肉、色泽或其他"会死的"傻玩意一类的美,而是那神圣的纯然清一的美。只有达到美本身并与之融为一体,人的生命才值得,才是值得过的生活。

这样一来,柏拉图式的爱情,又不过是通过爱慕一个又一个美的身体而追求"美本身"("美的理念")的一种理想。但这种理想的实现不可避免地使人的爱情陷入一个悖论:爱的忠贞和背叛都变得既可能又合理。一方面,人的一生中总是会被许多美的身体吸引和诱惑,从而导致背叛;另一方面,只与一个伴侣长相厮守、白头偕老也有某些美妙和值得赞赏之处。我们如果再分析一下柏拉图关于"欲求自己另一半"的隐喻,这一点就更加清楚了。

柏拉图借阿里斯托芬之口,表达了关于爱情起源的这样一个隐喻:"凡欲求自己另一半的就是在恋爱","同所爱的人融为一体、两人变成一个,早就求之不得。个中原因就在于,我们先前的自然本性如此,我们本来是完整的。渴望和追求那完整,就是所谓爱欲"。我们自己的"另一半"怎么会失去呢?这就涉及最初我们"人的自然"是何等状态。我们人的自然从前可不是现在这个样子。太古之初的时候,人的性别有三种,除了"男人"(原本是太阳的后裔)和"女人"(大地的后裔),还有个第三性——"既男又女的人",也就是男女两性的合体(月亮的后裔)。这三种人的样子整个儿是圆的,呈球形。

这三种人都不安分。特别是既男又女的人,其体力和精力都非常强壮,因此常有非分之想——竟要与神们比高低,甚至想冲到天上去和神们打一仗。于是,宙斯和其他神们在一起商讨应对的办法。既不能干脆把人都杀光,又不能让人们这样无法无天。后来宙斯说,"我想出了个法子,既能让人继续活着,又让他们不会再捣乱,这就是让人虚弱。现在我就把人们个个切成两半"。宙斯说到做到,把人切成了两半。

这样一来,人的原本的自然就被彻底改变了。人被这样切成两半之后,每一半都急切地欲求"自己的另一半",紧紧抱住不放,相互交缠,恨不得合到一起。由于不愿分离,饭也不吃,事也不做,结果就死掉了。要是这一半死了,另一半还活着,那活着的一半就再寻找另一半。而寻求的结果就是,出现了具有"爱欲"的四种类型的人:第一种是"追女人的男人":凡是由双性别的人——既男又女的人——切开的一半而成的男人就是这种。他们只对女人感兴趣,而且搞外遇的大多就属于这种男人。第二种是"追男人的女人":这是由双性别的人切开的一半而成的女人。这种女人热衷于追男人,还喜欢搞外遇。第三种是"女同性恋":这是由原来的全女人切开的一半而成的女人。她们对男人没有多大的兴趣,只眷恋女人。女同性恋者就是来自这类女人。第四种是"男童恋"——成熟的男性对英俊、雄壮、阳刚的少年的爱恋。

这个"另一半"隐喻对我们的启示至少有三点。一是性取向的多样性(异性恋、同性恋均出于自然)。二是婚外恋(外遇)的心理原因:无论男人还是女人,都源起于双性别的人。尽管他们迫于法律结了婚,但仍然非常在意异性恋关系,发现自己很难对虚假的另一半保持忠贞,并希望继续寻找真正的另一半。三是忠贞与背叛的悖论:自己"真正的"另一半,实际上是找不到的。因为人被切分之后,另一半有的死了,有的还活着;而那些还活着的另一半有可能与别的混杂了,直到最终并不存在真正的另一半。结果人们只能永远徒劳地寻找。于是,忠贞与背叛都是合理的。那些信守忠贞的人通过模仿身体的拥抱,回复了人某些原初的完整性,但他们实际上并不是真正的原来那个整体的两部分;而那些不断更换、尝试新伴侣的人似乎不再有找到另一半的幻想,但他们正在寻找的却是他们无法找到的东西。

福楼拜:"柏拉图式的爱情"的一个范例

如果我所诠释的"柏拉图式的爱情"之精髓或实质是正确的,那么我可以得出这样一个结论:无论是福楼拜本人的爱情生活,还是

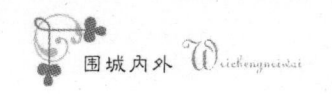

《包法利夫人》所表达的主题,都体现了福楼拜的这样一种爱情观:在现实的世界中,爱情实际上是不可能的。换言之,爱之"不能",或情路"难",始终支配着福楼拜本人和他的女主人公爱玛的一生。

就像包法利夫人对爱情总是抱着痴迷的幻想一样,福楼拜的一生都幻想着一个女人——他"永远的最爱"埃丽莎·施莱辛格夫人(Elisa Schlésinger),但始终没有如愿。评论家认为,这个女人是福楼拜"一生中唯一真诚、忠实、无私爱过的女人"。在他的晚年,据说有一次和朋友们一起吃饭,他说了一通听起来很古怪的话:他说他从未真正"拥有"过一个女人,自己还是个"处男",他交往过的所有女人都不过只是另一个女人的"床垫",而这个女人才是他梦寐以求的。

那个被路易丝·科莱讥讽为第一个愈合了他"青春期的心"的女人,那个他惯常"鬼鬼祟祟地夸耀"的女人,那个使他"把自己的心用砖砌围了起来"的女人,原来是福楼拜15岁时在特鲁维尔海滩上认识的年方26岁的施莱辛格夫人(她的丈夫莫里斯·施莱辛格是个音乐出版商,有时也做点投机生意)。他曾这样动情而优美地描绘这位美人:"她是个高高的浅黑皮肤的女人,一头漂亮的黑发一缕缕地垂到肩头;鼻子是希腊式的,两眼燃烧着炽热的光;眉毛细长,美妙地弯成弓形;皮肤油亮,好像有一层金色的薄雾;身材苗条而优雅,在她浅黑而带紫色的脖子上曲折地分布着一条条浅蓝色的静脉血管。她的嘴唇上有一层细微难察的汗毛,给她的脸带来一种刚毅的男性活力,从而使那些皮肤白皙的美人相形见绌。她说话很慢,声调抑扬顿挫,柔和而富有音乐感。"

后来,这位青年人便写下了《一个疯子的回忆》,描述他是如何爱上她的(此时主人公变成了"玛丽亚")。特别是在特鲁维尔海滩上曾发生的一幕,让他永生难忘:他看到玛丽亚解开上衣,露出胸部给小孩喂奶。"她的乳房既圆润又丰满,褐色的皮肤,我还可以看到那细嫩皮肤底下淡蓝色的血管。我从未见过女人的乳房,啊!好一个令人心旷神怡的乳房!好想用眼睛去吞噬,好想去摸一下!"他幻想着自己用嘴巴狂烈地猛吸个不停,"一想到吻她的乳房所能带来的快感,我的一颗心就快融化了!"

这个年轻时期由施莱辛格夫人化身成的"玛丽亚"意象,三十多年后,在1869年出版的《情感教育》中,便转换成"阿尔努夫人"意象。这个半是母性半是情人的"意象",不仅对于男主人公弗雷德里克来说,而且对于福楼拜而言,同样都是可望而不可及的梦中情人。

2

劳伦斯的《查特莱夫人的情人》

D. H. Laurence: Lady Chatterley's Lover

> 劳伦斯的这本小说讲述了一个婚外恋的爱情故事。小说中描述的婚外恋不是一般的婚外恋，而是超越等级和地位差别、为社会道德伦理所不容的贵族女主人（查特莱夫人）与男仆（猎场看守人）之间的偷情。这样一部看似有伤风化、曾被查禁30余年的小说，使人读起来竟然有种能唤起生命的壮丽、人性的崇高之美感，那就显然不能作为一般的婚外恋故事来对待了。

劳伦斯（David Herbert Lawrence，1885—1930）

2.1 作为"古老种族的静谧"的不贞节

英国作家劳伦斯的《查特莱夫人的情人》[①],迄今为止,仍然是以文学的方式表达婚外恋心理和性心理思想的未能被超越的经典之作。小说中所表达的婚外恋心理学和性心理学观,如女性外遇的心理机制、爱情与婚姻的关系、性与爱情的关系、性心理体验、性高潮(特别是女性性高潮)的意义等,也是今天的任何一本爱情心理学和性心理学教科书所无法比拟的。

遗憾的是,国内文学界,往往拘泥于小说中的"性描写"之得失的论争,目的仅在于确认它不属于"色情文学";而心理学界的性心理学专家,似乎还从未感到它对性心理研究有什么意义。在这种情况下,我们立足于当今进化心理学、行为遗传学和认知神经科学的成就,挖掘该书中的爱情心理学和性心理学宝藏,就成为首当其冲、责无旁贷的任务了。

这本小说讲述了一个婚外恋的爱情故事。小说中描述的婚外恋不是一般的婚外恋,而是超越等级和地位差别、为社会道德伦理所不容的贵族女主人(查特莱夫人)与男仆(猎场看守人)之间的偷情。这样一部看似有伤风化、曾被查禁30余年的小说,使人读起来竟然有种能唤起生命的壮丽、人性的崇高之美感,那就显然不能作为一般的婚外恋故事来对待了。

"人类的灵魂需要红杏出墙"

如果说,一部小说的社会影响力以它被搬上银幕有多少次来衡量

[①] 赵苏苏译,人民文学出版社,2004年版。以下引文除非特别说明,均出自该版本

的话,那么劳伦斯的《查特莱夫人的情人》,要算是最具社会影响力的了。2007年2月23日,法国电视台直播第32届电影"恺撒奖"的颁奖实况。由著名导演帕斯卡尔·费朗(Pascale Ferran)执导的《查特莱夫人》(Lady Chatterley)一举获得最佳影片、最佳女演员、最佳剧本改编、最佳服装和最佳摄影五个奖项。令人玩味的是,这已经是劳伦斯的原作被第六次搬上银幕。过去的五部电影分别为:一部法国片、一部英国片、一部日本片、一部意大利片,还有一部法德合拍片。

同一个题材或主题的影片,拍了又拍,难道不腻吗?而2007年获最佳影片奖的《查特莱夫人》,被影评界誉为"当今法国影坛的残花中一朵鲜艳的玫瑰"。说到底,无论是劳伦斯的小说本身,还是被拍成五花八门的电影,其中心主题不过就是带有色情意境的男女偷情。也许,劳伦斯早就一语道破了天机——人类的灵魂需要红杏出墙。

帕斯卡尔·费朗执导的《查特莱夫人》电影海报。

按一般心理学家的思维方式,描述和解释一个人的所作所为,首先是要分析他的内在的"人格"特质,然后再看看他所处的外部"情境"因素,最后弄清这两者之间如何相互作用。如此一来,一个人的"命运",包括他(她)是否发生外遇,就可以得到合理的解释了。这正是美国著名心理学家罗特(Julian B. Rotter)提出的"内外控制点理论"所表明的。简单说来,人们在某些事件的"原因"的归结方面存在很大的差异。"内控型"的人,把行为的结果归因于自身的行为以及人格特征,而"外控型"的人,则往往归因于外在的那些不可控制的因素,如运气、他人的行为和环境等等。"内控—外控"是一个稳定的人格特质。罗特通过对人们的赌博、政治活动、吸烟、从众和成就动机等的研究发现,那些具有"内控"(internal locus of control)倾向的个体,即那些相信命运掌握在自己手中的人,相比于"外控"(external locus of control)倾向的人,更有可能主动地改变生活状况,更加看重成就动机,更能抵制他人的影响;

同时，内控的人也更健康。

劳伦斯作为一个天生的心理学家，在《查特莱夫人的情人》中，绝不仅仅是描写了一个隐秘的偷情事件，而是一开始就揭示了女主人公康妮(也包括男主人公梅勒斯)为什么会不可避免地发生一场婚外恋。按罗特的理论来分析，康妮和梅勒斯都是"内控型"的人，他们相信生活的状况是自己可以主动改变的，爱情的命运也是掌握在自己手中的。我们在从进化心理学视角去解析《查特莱夫人的情人》时，正是要从外部情境和人格特质这两方面入手，来看看这场婚外恋发生的必然性。

小说的开篇一段话，对于我们理解康妮婚外恋的大时代背景(心理学家称为"外部情境")极为重要：

> 我们的时代说到底是一个悲剧性的时代，所以我们才不愿意悲剧性地对待它。大灾大难已经发生，我们身处废墟之中。我们开始建造新的小小生息之地，培育新的小小希望。这是相当艰难的：没有一条通向未来的现成坦途，但我们绕道而行，或爬过障碍。我们总得活下去，不管天塌下了多少。

"性无能者的残酷"

作为康妮第一个要面对的"现状"，就是她的那个"胯以下的身体永远瘫痪"了的丈夫，克利福德·查特莱男爵。终生残疾的克利福德知道自己永远不会有孩子，他携妻回到他家族的根基之地——拉格比府第，只是为了在自己的有生之年，尽可能使查特莱家族的"姓氏"保持下去。

问题是，克利福德不仅身体上残疾，对康妮来说，更严酷的是，克利福德"心理上的瘫痪"使得她都快要窒息而死了。克利福德在心理上的瘫痪，表现在多个方面。首先是他那近乎偏执、变态的性格特征。仔细体会劳伦斯的描写，克利福德的性格，有一个蜕变过程，其间经历了两个阶段：

第一阶段是打道回府的初期。克利福德的脸上呈现出一个残疾人的一丝茫然若失，一副警惕的神色。他那一对"既果敢又惊惧、既自

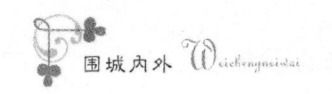

信又疑惑的眼睛",暴露着他的"天性"。他的举止常常傲慢得令人难受,可接下去又会谦虚、自卑起来,几乎到了怯懦的程度。他绝对地依赖着康妮,他每时每刻都需要她;当他独自一人时,就六神无主。只有康妮在他身边,他才相信自己是"存在"的。他雄心勃勃地开始写小说,仿佛他的全部生命都系于他的小说之中似的。这是一种"盲目迫切的成名欲":他想让这个难以琢磨的大千世界知道他,知道他是作家,一位"第一流的现代派作家"。

随着新雇的仆人博尔顿太太的到来,克利福德进入他性格发展的第二阶段。他开始对特弗沙尔的煤矿产生新兴趣。一个新的"逞强之心"萌发了。他要成为特弗沙尔的真正老板。这是一种新的权力。他想利用"工业生产的野蛮手段",去俘虏他渴望的"成功"这个"婊子女神"。他似乎真的"再生"了:一种新的权力感正在流过他的心田;他简直觉得生命从煤里、矿井里,涌进他的身体。在内心里,他开始像糨糊般软弱;但在外表上,他却变得坚强有力。在康妮看来,"克利福德正在原形毕露:几分庸俗,几分平凡,沉闷无味,相当愚笨。"

婚姻的"真谛":"形式上的完整"

克利福德心理瘫痪的另一表现,是他那关于"婚姻的真谛"的奇谈怪论。克利福德是本着"男人是需要在安全世界设一个锚的"想法,才与康妮结婚的。那是在风雨飘摇的1917年,他俩就像是"站在一条即将沉没之船上的两个人",相依为命。在事关婚姻的性质问题上,克利福德倒是有一番颇有"见地"的观点。

首先,婚姻构成人类的一种"完整的生活"。在与康妮争辩时,克利福德说:"难道生命的全部问题不是日月经年地慢慢建立一种完备的人格吗?不是过一种完整的生活吗?不完整的生活是没有意义的。"只有完整的生活才能缔造长久的婚姻和谐。说真的,这番话没什么不对。就连古希腊人,也许都是这样看的,特别是柏拉图在《理想国》中,曾非常深入地探究过婚姻的本质。那时的古希腊人,一般都把"生育"(获得后代)和"共享生活"(生命共同体)作为婚姻的双重职能。他们甚至认为这就是"婚姻的自然性"。古希腊哲学家穆索尼乌斯这样说:"假若有什么东西是符合自然的,那么这就是婚姻。"

但是，当怎样解释作为完整的生活的婚姻时，克利福德的观点就成问题了。他强调，婚姻是"在形式上完整"的生活，因为"生命就是依赖于形式的"。而究竟什么是形式上的完整呢？克利福德的意思是：

> 只有终生的伴侣关系才是重要的。日复一日地生活在一起，而不是睡一两个晚上就分手。你我是夫妻，不管发生了什么事都是夫妻。我们彼此有共同的习惯。我认为，习惯要比偶尔的兴奋重要得多。我们借以生活的，是那种长久、缓慢、持续的东西……而不是偶尔的发泄。生活在一起，一点点，一滴滴，两个人变成了一个整体，相互间发出默契的共鸣。这就是婚姻的真谛，不是因为性，至少不是因为性的简单功能。你我在婚姻中交织为一体。

克利福德看起来使人觉得很开通，他甚至煞有介事地吹嘘：在私生活上，人可以爱怎么样就怎么样，爱怎么想就怎么想，爱干什么就干什么，只要保持生活在形式上完整就行。但克利福德式的完整，令康妮窒息。就连通常夫妻之间那不得不进行的谈话，在康妮与克利福德之间，几乎变成化学反应的性质："他俩一直是近乎于化学反应般地在头脑中调制着他们的谈话。"

夫妻"超乎性爱的亲密"

克利福德的婚姻观中更难以让人接受的是，为了保持形式上完整的婚姻，"性"是可有可无的；越是没有"性"，夫妻就越是亲密无间——克利福德所津津乐道的夫妻"超乎性爱的亲密"：

> 性事只不过是偶然为之的，或者说是一种点缀，属于那种奇怪的退化行为，是身体器官非要做的笨拙的机体过程，其实它并不是必需的。

的确，克利福德结婚时，尚是童男，性事对他来说就那么回事。他并不像一般的其他男人那样，热衷于自己的"满足"。他认为，夫妻间的亲密比性事更为深刻，更有个性。这是因为，随意的性行为根本无法与婚姻长期的共同生活相比，或者说，性事应该服从婚姻长期生活

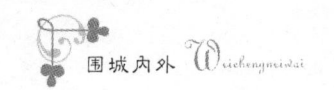

的需要。对于婚姻来说,那些偶尔为之的关系,特别是"偶尔为之的性关系",有什么要紧的?暂时的性兴奋要紧吗?如果人们不将其可笑地加以夸大,那它就会像鸟儿的交尾一般,完了就完了。因此,婚姻的真谛不是因为性,至少不是因为"性的简单功能"。

根据克利福德的"论证",婚姻不仅可以与性相分离,而且,外遇,以致"借种",都是可能的,甚至是合理的:

> 如果由于没有性,你的生活就不完整,那么出去找外遇好了。如果由于没有性,无法生育,那么就想办法弄一个。不过做这等事的目的只是为了使自己的生活完整,只有完整的生活才能编造长久的和谐。只要我们坚持这样的基本点,那么我们完全可以像去看牙医那样安排借种,因为命运已经在肉体上打败了我们。

但是,克利福德的这番高论不过是"滔滔的言词"。他与康妮的婚姻,他所说的他俩基于亲密习惯而形成的完整生活,却变得极度的苍白,空虚!他俩婚姻的真正现实是空虚,"空虚上面是言词的虚伪"。

为了使康妮始终生活在或死守在婚姻坟墓里,克利福德经常大言不惭地谈论所谓"精神生活"。在他看来,只有精神生活才是至高无上的,永恒的;夫妻关系正是建立在追求永恒的精神生活之上的。他通过写小说来践行他的精神生活。他获得了"成功",几乎名扬天下,他的书给他挣了一千英镑。凭着一个严重残疾者的作秀才能,在四五年的时间中,他摇身一变成了最著名的青年"才俊"。可是,克利福德式的精神生活,到底是个什么玩意儿呢?

这种"精神生活"的一个层面是,所谓爱情,充其量只是男女之间在纯精神方面的交流、沟通,甚至还可以比喻说,"性交是一种与谈话一样的交流"。借用一个"精神生活者"杜克斯(小说中人物)的话说:"我简直无法和一个女人产生共鸣。没有一个女人可以让我面对她时觉得自己真想要她,我不想强迫自己……天哪,不!我要依然如故,过自己的精神生活。这是我唯一能做的诚实之事。同女人聊聊天,我很快活;但那是非常纯洁的,非常非常纯洁的。"

"精神生活"的另一个层面则是,肉体是个多余的累赘。克利福德断言,上帝会把人类肉体中的肠胃和消化系统慢慢地淘汰掉,使人类

"进化"成一种更高级、更具精神性的生命。如果女人喜欢自己的肉身的话,那么"女人是无法享受精神生活的最高乐趣的"。确实,康妮也曾被丈夫所蛊惑,一开始,她也是非常喜欢精神生活的,而且从中得到了巨大的激奋。随着岁月的流逝,她才逐渐感觉到,克利福德的精神生活,以及她自己的精神生活,都是空洞无物的,只是生命之虚无的表现!

康妮发生外遇的"生态环境"

根据进化心理学的研究,女性的外遇还有某些"背景性的影响因素"——或称"生态环境"——在起作用。择偶的心理机制是进化而来的,每个女性对于短期的随意择偶的"偏好"都是不同的,特别是由于生态环境的作用,即便是同一个女性,她也可能在不同时间、不同环境下转换或改变自己的择偶偏好。总体上说,人类择偶策略的变化,要依赖于大量的社会文化和生态环境的变化;外遇的发生,当然是要依赖于某些文化和生态的环境变化的。

目前,心理学家确认了三类可导致女性外遇的背景影响因素:一是缺乏父爱和继父的存在;二是生活状态的转变;三是与性别比例有关。

先看第一类影响因素。研究表明,女子使用短期择偶策略(如外遇、情妇、性伴侣、一夜情等),与她成长过程中父爱的缺乏有着密切的关联。例如,据人类学调查,伯利兹的玛雅人和巴拉圭的阿契人声称,父亲不愿承担义务,是因为他们不愿意花费时间、精力和资源去维持长期婚配关系。关于男女两性的性心理发展研究发现,在没有父亲的家庭中长大的孩子(特别是女孩),可能会"发育"得更快,并更早接触到"性",更早开始短期的性关系。

更为有趣的是,有研究发现,继父的存在,甚至比父爱的缺乏,更可能促进女孩的"性成熟"——这是采用短期择偶策略的一种可能的预兆。因为继父有可能引诱女孩过早地接触到性(看看美国大作家纳博科夫的著名小说《洛丽塔》吧),也可能对她实施性侵犯,造成其性心理发展障碍。相反在有父亲的家庭环境中,生父会给予女儿更多的关爱和保护,使她心目中树立起理想的"男子汉"形象,并帮助她找到合

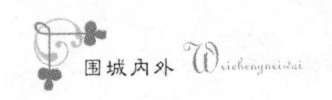

适的长期配偶。这里的关键在于,生父会采取必要的行动来阻止女儿过早涉足性行为,或推迟她第一次发生性行为的时间,并避免今后出现多个性伴侣的可能性。

最后,有证据表明,与父母关系的疏远,更有可能导致女性阅读色情书籍,也就更有可能导致她们日后生活的放荡。这对男性来说也是如此。

康妮的外遇,显然与她父亲的态度及其所扮演的角色有关。康妮的父亲曾经是闻名遐迩的皇家艺术学会的会员,是一个享受过生活之乐趣的健康男人,一辈子养尊处优的苏格兰骑士。尽管有点发福,他却在苏格兰续娶了一位太太,虽然比他年轻,可他总是尽可能地离开她去度假,就像与他的第一任妻子在一起时一样。"他那招人讨厌的自私,他那固执的独立,他那不知悔改的纵情声色,康妮觉得这一切都可以从他两条结实笔直的大腿上看出来。"

康妮的父亲一向最疼她。事实上,他对康妮"男子汉"形象的形成,甚至康妮的性观念和性取向的孕育,都起着重要作用。1913年康妮和姐姐暑期回家时,父亲就已看出了端倪,知道宝贝女儿们已经恋爱了("爱情已在此留下痕迹")。不过老爸本人也是个"过来之人",所以便听其自然了。

在康妮和克利福德住在拉格比的第二年冬天,父亲对她说:"康妮,我希望你不会因为客观原因而不得不独守春闺。"后来,父亲又再次提醒她:"你干吗不找个情人,康妮?这对你大有好处。"再后来,当他得知康妮的情人梅勒斯的身份时,尽管开始还略带嘲讽地说:"他倒像个掘金的,而你显然是个很容易开采的金矿。"但他并不介意女儿跟一名猎场看守人私通,而只是介意被闹得沸沸扬扬的"丑闻"本身。实际上,当他和梅勒斯第一次见面时,还大肆赞扬了他一番:"你给她注入了生机","你点燃了她的干草垛","反正你是只好公鸡,这我闭着一只眼睛就能看出来",等等。

第二类影响因素与女性人生的发展阶段、或生活状态的转变有关。也就是说,在人生发展的不同阶段,人们对随意的性生活方式的需要是不一样的。青少年发展心理学家弗赖瑟(S. Frayser)发现,在许多文化中,青少年更倾向于利用这种随意的性生活方式,来评估自己在将来"择偶市场"中的自身价值:他们"试验"不同的性策略,训练诱惑异性的技巧,弄清自己的性喜好。等到一切都"尝试"完毕,他们就能更好地为结婚做准备。这使我想起了福楼拜在《包法利夫人》中所描写的,19世纪中叶巴黎上流的"贵夫人社会":"公爵夫人们个个脸色苍白,下午四点钟起床——女人们,可怜的天使!裙子下摆镶针织的英国式花边;而男人们,外表平平,怀才不遇,一心寻欢作乐,马跑死了也不在乎,夏天去巴登避暑,到头来,四十岁左右娶一位女继承人拉倒。"即使现在,青少年的"婚前性试验",也是可以容忍的,在某些文化中甚至是被鼓励的,例如亚马逊地区的 Mehinaku。这种现象表明,人们短期择偶的方式与人生发展的阶段相关。

对女性来说,在人生的发展阶段中,与现任配偶关系的转变,就为风流韵事提供了机会。例如,女性离婚后,重估自己的择偶价值就十分必要。此时的配偶价值,既有利,也有弊。假如你有孩子,那婚后子女的存在往往会降低离婚女士的性吸引力。但从另一方面看,你正处于女性成熟期,你的职场地位的提升,也可能使得你的吸引力要超过上次择偶时的水平。

第三类影响因素是"性别比例"。从理论上说,适宜婚嫁的"男女比例"如何,是影响婚姻关系持久性的另一个重要因素。性别比例要受到多方面的影响,例如战争中会战死更多的男性;格斗、搏击等危险性活动也更多地影响到男性的数量;故意杀人案中死亡的男性约为女性的 7 倍;随着年龄增长,女性的再婚率比男性要低。进化心理学家佩德森(F. A. Pedersen)认为,一般来说,一旦有很多女性可供选择,男性就会转向短期择偶。这是因为性别比例对他们有利,能更好地满足他们对"性伴侣多样性"的需求。例如阿契人,女性比男性数量多出 50%,所以男性常常显得十分"放纵"。相反,在男性数量大于女性数量时,两性都会转向使用长期婚姻择偶策略,此时表现为稳定的婚姻,以及较低的离婚率。

"初尝爱情甘露":康妮青春期的性经验

写到这里,我们已经大致地弄清了康妮发生婚外恋的外部情境因素。下一步,我们再看看劳伦斯是如何描述康妮的人格特征的。根据

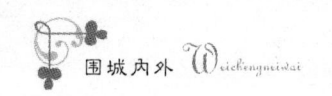

人格心理学家的一般观点,人格的"特质"(traits)才是决定人的行为(哪怕是外遇行为)的内在动因。

埃里克森是美国新精神分析学派的代表人物,他对心理学贡献最大的是关于"心理的社会发展理论"的提出,特别是"自我同一性"理论。他认为,人格的发展贯穿人的整个一生,并有八个阶段,每一个阶段都有它独特的、需要解决的"一对矛盾",而每一对矛盾的解决对人的成长来说都具有十分重要的意义。

他把"青少年期"(第五阶段)看做是"同一性获得"对"同一性混乱"的时期。这一阶段的青少年,必须将自己以前学到的知识与发展的能力加以整合,完成"我是谁""我要成为一个什么样的人"等问题的认知,并将自己在别人眼中的形象与对自己的认知二者结合起来,方能获得"自我同一性";反之,就会出现同一性危机,表现为角色混乱,无法正确地认识自己。

第六阶段是"成人早期"——"亲密感"对"孤独感"。这一阶段的个体开始发展恋爱和婚姻关系。如果上一个阶段能够很好地完成"自我同一性",那么就会与他人发展出健康的亲密关系,形成"爱的品质";如果没有发展出与他人的亲近关系,就会形成孤独感,严重者甚至会丧失爱的能力。

用埃里克森的"自我同一性"概念来分析康妮,可以肯定的是,她青春期的自我同一性得到了健全的发展。康妮出身于富裕的知识分子家庭,她父亲是皇家艺术学会会员,她和姐姐希尔达从小就在艺术家圈子耳濡目染的熏陶之下,得到了一种堪称为"非传统的美学教育"。姐妹俩被带到巴黎、佛罗伦萨、罗马、德累斯顿呼吸艺术的空气,自由自在地生活在那些学艺术(主要是音乐)的学生们中间,并就哲学、社会学和艺术方面的问题与大男人们辩论。

对康妮的人格发展具有重大意义的事件是,她和姐姐都是在18岁时"初尝爱情甘露"。这似乎是不可避免的!因为,在艺术和理想主义政治的开放世界中,她们与小伙子们热情交谈,纵情歌唱,树下野营。在如此的自由之中,当然想来点爱的关系。于是,她们就像"王后赏赐臣子"那样,把自己的身体给了对方。当然,她俩赐身的都是平时与自己最谈得来的那一个,或者说,她俩都是在和年轻男子极为"知心"地交谈之后才爱上对方的。不用说,在这些推心置腹、无所不言,并使自己的灵魂得到升华的亲密交谈之后,发生性接触或性关系,在某种程度上来说就是水到渠成、自然而然的事情了。

这样,康妮青春期的"自我同一性"发展的正常轨迹就形成了:艺术的熏陶——灵魂升华的"亲密交谈"——炽热的"爱情"——自然而然的"性关系"。康妮健全地完成了对"自我"(同一性)的认知:"我"是什么样的女人;"我"的精神层面的需要是什么;"我"会爱上什么样的男人;"我"会在什么情境下与我心爱的男人发生性关系;等等。

正是由于康妮顺利、健全地完成了"自我同一性"阶段,所以她在"成人早期"(也就是她与克利福德结婚以后),便与他人发展出了健康的亲密关系,形成了她那独特的"爱的品质"和爱的能力。在拉格比府第,乃至整个特弗沙尔矿区,人们都喜欢她。我甚至可以作出这样的假设:如果她不是嫁错了人,她的婚姻关系应该不会有太大的问题的。

"爱情的痕迹":婚前性经验与婚后越轨的可能性

从人格发展的观点看,康妮青春期的性经验对于她日后的婚姻关系,特别是婚外恋,具有举足轻重的意义。劳伦斯之所以要写康妮在18岁就初尝爱情甘露,正是为了给康妮后来的婚姻生活作前期的铺垫。劳伦斯巧妙的给康妮青春期性经验的心理效应做了这样的隐喻:"爱情已在此留下痕迹。"到底留下了什么"痕迹"呢?原来呀,是"肉体的爱情"!

"肉体的爱情",是《查特莱夫人的情人》中的一个新颖的重要概念,下文我还要专门论及它,这里只是说一下这种肉体爱情在康妮那里所引起的改变。首先是身体上的生理变化:说来神奇,肉体爱情使康妮的身体发生了微妙但却确凿无误的变化:更为艳丽,更为圆润,少女的骨感淡化了,表情要么焦虑凝重,要么洋洋得意。其次是性高潮的心理效应:一方面,在不折不扣的性高潮中,康妮几乎要向那陌生的男性权力屈服了,但她很快就找回了自己,把性高潮当做了一种感觉,仍然保持自由自在。或者说,女人可以在顺从男人的同时而不放弃内心中"自由的自我",即可以接受一个男人而不真正奉献出自

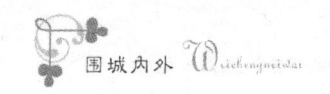

己。另一方面,与男人亲密交谈是高雅之事,而肌肤相亲只是某种原始本能,多少有点煞风景。性事发生之后,康妮对自己郎君的爱意似乎反而变少了,甚至有几分怨恨对方,仿佛对方侵犯了自己的隐私和内心的自由似的。按当时康妮的性心理状态:"女孩子的尊严和生命意义完全在于获得绝对的、完整的、纯粹的、高尚的自由。女孩子活着不就是要摆脱那种古老而污秽的两性关系和主奴状态吗?除此之外还有什么别的意义?"

无论如何,肉体的爱情,即青春期的性经验,已经在康妮身上留下了"痕迹"。这就引出了进化心理学关于人格特质与女性短期择偶策略的关系问题。进化心理学家认为,某些人格特质,如"自我知觉倾向"、"自尊"等,对于预测女性外遇的可能性是很有帮助的。

人格特质对外遇的影响,这是一个非常复杂的问题,就连进化心理学对此也研究不多,目前主要只是涉及"自我知觉的配偶价值"和"自尊"两个方面。我们知道,"配偶价值"关系到某个人对异性成员的全面的性吸引力。现在进化心理学家编制了一种叫做《自我知觉的择偶成功量表》,可以用来测定和评价人的配偶价值。"自我知觉"(Self-perceive)是社会心理学中的一个专门术语,是指个体对于"自我"的知觉。诸如,我自己的形象、自己的身体特征(如漂亮还是不漂亮)、自己在别人心中的地位、自己有没有性吸引力等,都属于自我知觉。而《自我知觉的择偶成功量表》,就包括人们在择偶中所自我知觉到的这样一些方面:"注意到我的异性的数量","我得到了许多异性的赞美","异性被我所吸引";以及"相对于我的同伴,我可以轻而易举地得到约会"等。

研究发现,无论是男性还是女性,他们在"配偶价值量表"上的得分,其高低都与他们的"性经历"有相关性。一般来说,人们对自己的配偶价值,有的估价较高,有的估价则较低。身材高大英俊的男性,显然比其貌不扬的小个子男人,对自己的配偶价值评价要高;美艳惊人的女性,往往比相貌平平的女人,对自己的配偶价值评价要好。

就个人的"性经历"来说,研究表明,较之于自我知觉配偶价值较低的男性,那些自我知觉配偶价值较高的男性,往往较早地发生第一次性关系;青春期以来拥有的性伴侣较多;在过去的一年内拥有的性伴侣也较多;过去三年内受到的异性邀请更多;性交的次数也更多。他们甚至认为,在性交前没有必要让对方"爱慕"自己。这说明了男性有多样化性伴侣的偏好。

与男性截然相反的是,女性自我知觉的配偶价值与其外遇策略的采用并没有显著的相关性。目前已有很多研究重复证实了这一结论。这就意味着,与男人不同,并不是配偶价值高的女性,就一定会搞婚外恋。

不过,女性的"自尊"程度如何,可以有效地预测是否有外遇,这是近来研究的一项新进展。"自尊",是人格中的一个重要的要素。有的人自尊很强,有的则很弱。在自尊与外遇的关系问题上,男性与女性差异极大。研究结果表明,自尊较低的女性,较之自尊高的女性,往往自青春期以来拥有更多的性伴侣;在过去的一年内拥有更多的性伴侣;还有更多的"一夜情"。这样的女性往往表现出对短期性关系的偏好。她们在《社会上的性取向调查表》(SOI)上的得分也表明,她们使用的是短期的性关系策略。

总之,尽管"自我知觉的配偶价值"和"自尊"与是否发生外遇尚不存在高度的相关,但这些差异对男性和女性的影响方式是不同的。这就是说,自我知觉的配偶价值较高的男性,往往更容易发生短期性关系,而女性自我知觉的配偶价值与短期择偶之间却没有相关性;与男性相反,自尊较低的女性更容易发生短期性关系,而男性的自尊与短期择偶之间不存在相关。

这一结论具有重要的进化心理学意义。和女性不同,大多数男性都进化出了对"性伴侣多样性"的欲望。对该现象的一种解释是,只要条件允许(如女人不过分纠缠,不要求承诺等),男性就会去外遇或一夜风流。这表明,对女性有诱惑力的男性(如影视男明星、体坛男明星、时尚男模特等),实际上确实和许多女人发生过性关系。这种行为表现出他们对随意的性关系的需求。

当然,女性的情况要更为复杂些。就她们来说,婚外择偶策略的采取与自我知觉的配偶价值无关,却与较低的自尊相关。事实上,自尊较高的女性,往往会采用"有承诺的"长期婚配策略;而自尊较低的女性,往往会采用短期的随意择偶策略。像那些热衷于性伴侣关系的

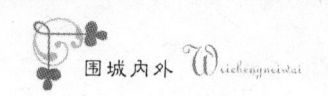

女性,乐于风流韵事(一夜情)的女性,还有妓女,她们的自尊程度大多偏低。所以,进化心理学家认为,自尊,可以有效地预测外遇是否发生。

康妮对丈夫的"肉体厌恶"

康妮的外遇具有必然性,除了她青春期的性经验造成婚后越轨的更大可能性之外,还与人类的婚姻制度对"性"的否定,或者婚姻与"性"的分离有关。我在解析《包法利夫人》一章中,根据我的爱情的模块理论,谈及了性与爱情、爱情与婚姻的可分离性。按照我的论证逻辑,如果性与爱情可以分离,而爱情又可以与婚姻分离,那么必然的结论是:性与婚姻也可以分离。事实上,分离真的发生了。

性与婚姻分离的第一个表征就是夫妻之间长期的"无性婚姻"。据上海市的一项关于知识分子性生活的调查显示,在45岁左右的中年知识分子中,平均每个月的性生活次数只有1.1次。如此之少的性活动说明了什么?你要相信,中国知识分子的婚姻是最稳定的。

无性婚姻是一个客观的事实。要解释这一事实,还是要从功能独立的观点来看。也就是说,我们要探讨的问题是,也许婚姻的功能从本质上说是抑制、束缚性的功能的?

根据福柯(M. Foucault)在《性经验史》中的研究,古希腊时期的哲学家把婚姻界定为"快感享用的独一无二的关系"。这一定义要求性关系的"配偶化"——一种既直接又相互的配偶化:所谓"直接",是指性关系在本质上应该排除婚外的性关系;而"相互",是因为夫妻之间形成的婚姻应该排除在别处寻找性的快感。但遗憾的是,这种性关系的配偶化主张,充其量只是一种"婚姻道德"的理想,人类的婚姻史一直在总体上破坏这种理想。婚姻使夫妻之间的性关系"合法化",但性的功能却反其道而行之:越是合法的东西就越是不构成肉体器官的享受。

法国哲学家乔治·巴塔耶(G. Bataille)在《色情史》中,专门探讨了人们为什么需要色情。他指出,"性"的本质是对禁忌和限制的根本上的侵越。这是为什么呢?原来,我们人类是一种"不连续的存在"——一种有限的、封闭的存在,无法与他人进行深入的"交流",因为他人的身体对我们都是封闭着的。而在不期而遇的性活动中,这种不连续性和身体的界限被突破了——哪怕只是暂时的。在性交过程中,一个身体进入了另一个身体,突破了另一个身体的"墙壁",进入了它的身体入口,这就可以解释为什么需要色情了。其实,所有的色情作品都是为了消除他人身体的封闭状态;而决定性的行动就是使之变成"裸体"——裸体是相对于身体的封闭状态而言的。这样一来,裸体就构成了"交流的条件",超越了对自我的封闭。

荣格(C. G. Jung)则通过研究什么是"禁忌"而进一步解释人们为什么会有婚外性关系。他认为,被"禁忌"的东西或事情,往往是人们各种"心理投射的存储器"。原始人对"性"是缄口不言的。要暗示性交,他们只用一个字,那个字等于"别出声"。性方面的东西对他们是禁忌,正像对我们这些现代的"自然而正常的人"一样。正是在这个意义上,荣格说:"性,根据其定义,是你跟配偶之外的人发生的事情。如果是夫妻之间的事,神秘感就会消失。性是神秘的、有魔力的,含有禁忌的意味。"

巴塔耶和荣格的观点都表明,性,就其本质上来说,只有在被禁止的、"不合法的"、隐秘的,甚至是"不道德的"状态下,才真正构成刺激和乐趣。如果你本"可以"或"应该"这样做,那么性就没有什么可兴奋的了。而婚姻,正是消除这种刺激和兴奋的"安定剂",安定得致使夫妻躺在同一张床上却不想做爱。

性与婚姻分离的第二个表征是人们在婚外恋中得到了性满足。正如安妮特·劳逊在《通奸:爱情与背叛的分析》中表明的那样,20世纪70年代,英国男性的变化在于,他们对偶尔偷腥或一夜情已不太感兴趣,转而认为正儿八经地搞婚外恋更有吸引力,尤其是在婚外恋的初期阶段,他们对与之有性关系的女人还有一种陌生感,性活动的频率极高。还有些男人的确在婚外恋中达到了情感高峰,或者说他们明显被从未有过的情感体验所折服。而女性婚外恋的原因,有的认为是婚姻正在阻碍她们获得浪漫的爱情;有的认为是没有性生活证明了她们的婚姻是失败的。"这就是说,女性正在克服有关性方面的拘谨刻板心理,已经能够说性对她们而言极其重要——性在正常的充满激情的两性关系中已成为爱情不可或缺的辅助手段——所以只有爱情

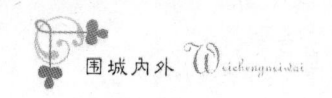

而没有性（而非只有性而没有爱情）就足以成为她们搞婚外恋的理由和动机。"

我们再回到康妮。正如劳伦斯形象地描述的那样，康妮是"死守在坟墓里"——婚姻的坟墓。正是因为待在这个"坟墓"里时间长了，康妮渐渐滋生出对克利福德的"肉体的厌恶"：

> 康妮为自己对克利福德的厌恶感到惊讶，特别是，她觉得自己一向就极为讨厌他。这不是恨，因为其中没有热情。这是一种肉体上的深深厌恶，她似乎觉得她之所以嫁给他，就是因为厌恶他，一种秘密的、肉体上的厌恶。但是当然了，实际上她之所以嫁给他，是因为他在精神上吸引了她，使她兴奋。在某些方面，他似乎是她的主人，比她高明。
>
> 现在，精神上的兴奋已经衰萎了，崩溃了，她只感觉到肉体上的厌恶。这种厌恶从她内心深处升起：她意识到它曾是怎样地一直吞噬她的生命。

康妮显然是误信了克利福德宣扬的所谓"精神生活"而嫁给了他。一开始，康妮和他相依为命，与他保持着一种若即若离的颇为现代的关系。康妮甚至是充满感情地支持着他（特别是支持他写小说），因为他的终生残废对他的心灵打击太大了。他俩之间保持一种超乎性爱的亲密关系，"对于这种超越男人'满足'的亲密，康妮倒是颇有几分欣赏"。

直到有一天，康妮在镜子面前照着自己的裸体，才发现自己的身体日渐失去了价值，变得沉闷晦暗，现在只是一个无足轻重的"物质"了。她的整个身体仿佛没有得到足够的"阳光和热量"，有点发灰，有点枯萎，一种近乎衰萎的松垮消瘦。康妮才27岁就老了，还没真正的生活就已经老了！渐渐地，在她的悲伤与痛苦里，燃烧着一种对克利福德这类"欺骗女人甚至欺骗她们肉体的男人们"的义愤填膺！

这样，在康妮的内心深处，开始燃烧起一种"不公平"与"受欺骗"的感觉。这种实实在在的不公平感，一旦觉醒，是非常危险的。它必须发泄出来，否则就会把怀有这一感觉的人给吞噬掉。一旦康妮被压抑的反叛意识开始泄洪，那么一场使她热血沸腾、使她享受全身心清爽的健康性爱的婚外恋情，就势如破竹地发生了。

2.2 "肉体的爱情"

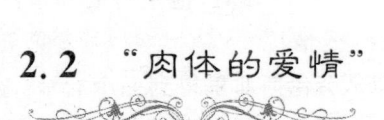

康妮外遇的适应性收益

我们已经知道,根据进化心理学关于女性短期择偶的研究,目前已确认女性外遇有五种"适应性收益":遗传收益——通过外遇得到比现任丈夫的基因更优秀、更性感的儿子;更换配偶——通过外遇以驱逐、取代和储备的方式得到满意的新配偶;获得性的技巧——通过外遇直接获得性欲满足或间接学会体验性高潮的技巧;操纵配偶——通过外遇作为支配、控制丈夫的手段;资源获得收益——通过外遇获得额外的经济资源或提高自身的社会地位。

就康妮的收益情况来说,最不可能的是"资源获得收益"。梅勒斯不过是特弗沙尔一名矿工的儿子,一名受雇于克利福德的卑微的猎场看守人。康妮不仅不可能从梅勒斯那里得到任何经济资源或社会地位的提升,而且她还得承受家族门弟、爵位等级、私通丑闻等社会舆论的压力。这就意味着,康妮为她的外遇付出了沉重的代价。就连最后他俩的命运,也可以说是前途未卜:克利福德不同意离婚,康妮只好再次离开拉格比,和姐姐一起前往苏格兰;梅勒斯则去了乡下,在一个农场里找了份工作。

他们的计划是,无论康妮能否离婚,他都要尽可能地把自己的婚离掉。他先干六个月的农活,最终他和康妮会有一个他们自己的小农场……所以他们得等到春天来临,等到孩子出世,等到初夏的再度到来。

既然康妮外遇不是为了获得资源收益——作为一种心理机制,康妮本人是意识不到她的外遇是为了什么的,那么从我们今天对康妮进

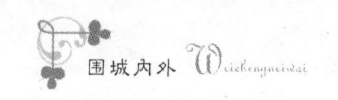

行解读的角度讲,是为了什么呢?劳伦斯为我们作了很好的回答。当康妮和克利福德最后一次谈话时,他坚持要知道:"是什么使你背叛一切?"康妮回答说:"爱情!"

这里,我们可以从劳伦斯那里得到一个启示:真正的爱情是要付出代价的!可以说,是否付出了"代价",甚至是付出重大的、惨痛的代价,是衡量一种感情是不是爱情的一个标准。因为"代价"总是与幸福相关,或者说,代价的付出与幸福的获得有内在联系。既然付出代价是为了追求幸福,而幸福又是我们爱情的唯一目的,那么为爱情而付出代价,就是顺理成章的了。在这个意义上,康妮的代价是值得的。

康妮倒是获得了"遗传收益"——她怀上了梅勒斯的孩子。当然,不言而喻的是,康妮也从梅勒斯那里得到了性的满足。这两个适应性收益对于康妮来说是最有意义的,下面要专门谈谈。

"性感儿子基因":女性外遇的"遗传收益"

在第一章中,我说过爱玛外遇的适应性收益,主要是获取性满足、提高性的技巧和更换配偶这两种。而康妮的外遇,则获得了在进化心理学看来是最重要的一种收益——"优秀基因"或"性感儿子基因"。

"遗传收益",被进化心理学家假定为女性外遇的最重要的一项收益。这表现在三个方面:首先,最明显的收益是能提高女性的"生育力"。生育力是指女性繁殖的实际成果,一般以存活的后代的数量来衡量。对人类而言,女性25岁左右生育的子女最容易存活,所以说女性的生育力在25岁左右达到顶峰。可以假设一下,如果一位女性已结婚多年,丈夫由于有某些先天的生理缺陷,而长期无法使她怀孕,那么外遇就有可能帮助她生育后代。这就是中国人所说的"借种"。从繁殖角度来说,这种通过外遇而借种也是无可厚非的。

遗传收益中最大的、也是最有意义的收益,被称为"优秀基因"或"性感儿子基因"。分子遗传学家断定,这是目前"具有前景的假设"。这就是说,婚外配偶可能比原配偶提供"更优秀的基因",或叫"更性感的儿子基因"。假如一位女性与一名社会权贵发生外遇,那么这种基因可以使她的后代更好地生存和繁殖;如果女性与一个特别有性魅力的男性发生关系,那么她也将生育一个更有魅力的儿子。这样,由于她的儿子也特别有魅力,那就有机会接触更多的女性,并生育更多的子女。这也就意味着给这位女性生育了更多的孙子。

遗传学家史密斯(Martin Smith)还提出了遗传收益中的"多样化基因"假设:婚外配偶可能会为女性提供相对于原配偶的"不同的基因",从而提高了她后代基因的"多样性",以便抵抗环境的不利变化。

尽管在婚外择偶所有假设的收益中,"基因假设"是最难验证的,但进化心理学家还是找到了许多经验证据:在原则上,女性可以从短期的婚外恋伴侣那里获得比丈夫更优秀的基因。这已被称为一条"择偶市场的经济学原理":只要女性不要求"承诺",或不过分纠缠,一个十分性感的英俊男人通常是愿意和一个普通女子发生性关系的。一些心理学家已经开始着手证明优秀基因假设。我们已经知道,女性偏好"身体对称性"较好的男性。于是,研究者使用专门的测量器测出男性身体的对称性,由此鉴定他的基因的质量。面孔和身体的对称性,是男性健康的遗传性标志,表明这种男人能够更好地抵御疾病和外界环境的损伤。研究结果发现,身体对称性好的男性,比那些对称性差的人,往往更容易与已婚女性发生性关系。这就意味着,女性往往挑选身体对称性好的男性作为"外遇男主角"。这从另一个方面说明,女性可能是利用婚外择偶来选择优秀的基因。

此外,巴斯在他的系列研究中也发现,在婚外择偶中,女性十分看重"男人的性魅力";不仅如此,还要加上"对其他女性的诱惑力"。很有意思的是,在婚外恋中,女性不仅要求某个男性对她本人有性魅力,而且还要他对别的女性也有诱惑力,以此来衡量这个男人的繁殖价值。这些发现都表明了这种可能性:女性会选择那些能使后代"更性感"的基因。巴斯表示,尽管他的这些研究都只是粗浅的,但在一定程度上,证明了优秀基因假设作为女性婚外择偶的一种可能解释的可行性。

1998年,心理学家汤森(J. W. Townsend)做了一项对婚外伴侣的"承诺要求"的研究,也很能说明问题。为了考查对婚外对象的承诺要求,使用"我想知道他或她对我们这段关系是否投入(例如,同时不和其他人纠缠)"这样的项目来测量。结果发现,比起专注于婚姻关系的女性,那些使用婚外恋策略的女性,往往更愿意在"没有承诺"的情况

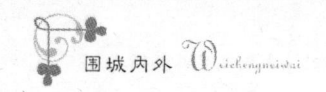

下,与男人发生性关系。同时,她们也非常重视对方的性魅力和"受欢迎的程度"。这显然是支持了"性感的儿子基因"假设。

女人性高潮的秘密

劳伦斯是一位天生的或本能式的进化心理学家,他在《查特莱夫人的情人》中对女性的性欲、女性性高潮的描写,具有相当的进化心理学维度和视野。例如,他把"性"界定为"情欲的自然财富",是人的(第一)"天性"。例如,在第十章,当梅勒斯与康妮在林中小屋第一次发生性关系后,梅勒斯对刚刚发生的过程进行回味反思时,劳伦斯写道:

> 怀着奇异的情欲……在林中巡逻。他喜欢黑暗,他把自己投身于黑暗的怀抱。夜色正适合他那膨胀的情欲,这情欲,不说别的,倒很像是一笔财富;阳具不肯安定地跃跃欲试;丹田处火烧火燎!啊!要是有人和他一起,去抗击外面那闪着电光的"物",去维护生命的温柔,女人的温柔,去维护这情欲的自然财富,那有多好!

劳伦斯在这里告诉我们,"性"是人生的"一笔财富",但这笔财富却不是外面世界那闪着电光的"物"——无情的钢铁世界和机械化的贪婪财神,而是指人的天性中的"自然财富"——"情欲"。"情欲"(Erotic)是"自然"(Nature)的东西;而"自然"不过就是"天性"。

很显然,劳伦斯对"性"的本质的看法,与整个西方文化传统、特别是柏拉图的观点是一脉相承的。性或性高潮是"生命中的最秘密之处"——"生命中的情感秘密之处,敏锐的感悟之涛",而女性性高潮的秘密在于:

> 她整个生命中的最美妙处触了电,她知道自己触了电,飘飘欲仙,方死方生,她消失了,她出生了:一个女人。

在具体解析劳伦斯关于女性性高潮的见解之前,有必要先介绍一下目前进化心理学关于女性性高潮的有关研究成果。

现在,进化心理学家相信,事实上确有进化线索表明:远古女性曾经有过短期择偶行为,而女性性高潮的生理机制,是我们了解女性短期择偶之秘密的"线索"之一。应该说,得出这一看法还很不容易呢!

这里关键的进展取决于对女性性高潮的看法:女性性高潮的功能是什么?具体来说,女性为什么会有性高潮?它起什么作用?它与男性性高潮有什么不同?特别的,女性性高潮在进化史上有什么意义?自20世纪70年代以来,进化生物学家、心理学家对此提出了几种有代表性的理论。下面我们简单了解一下。

至少在20世纪60年代,灵长类动物学家还认为,在野生的灵长类动物中,雌性的性高潮是极其罕见的。著名的性学家金赛(Alfred Kinsey)曾写道:"在灵长类动物中,雌性有性高潮的证据,到目前为止仅能从被俘获的动物中取得。在可以观察到有明显雌性高潮证据的案例中,雌性高潮均是由直接并持续刺激其阴蒂或阴蒂区而得到的,或是由实验所设计的,或是由她与另一动物摩擦身体而得到的。"雌性动物虽有"剧烈反应",但这并不意味着它们已达到性高潮。

到了70年代,学术界开始了重新评估:"雌性灵长类多半可以达到性高潮。"有人认为,这种重新评估与人类的女性解放运动有关。进化生物学家马古利斯(Lynn Margulis)写道:"母猿猴的性高潮受到动物学界的肯定,正好是女人性高潮受到人类社会的肯定之时。母猿猴被视为进化舞台上的重要角色,也正是女人在社会上变得越来越有权力之际。"现在,"女性性高潮成了女性价值独立于男性价值的象征,成为女人的金科玉律。"学术界不仅开始肯定女性性高潮的存在,而且还把它与男性性高潮作比较。一般认为,女性性高潮绝非是一种"翻录"男性性高潮的疵品,而是一种强烈的身心反应;其反应模式及高潮持续的时间上都不同于男性性高潮——的确比男性的高潮来得更强烈、更持久,快感区域分布也更广。

现已确认,不仅女性的性能力——相对于男性——有与生俱来的优势潜能,而且女性对性高潮的体验,比男性要强烈、深刻而丰富得多。换言之,尽管男女在性高潮中都处于极乐或"热血沸腾"的状态,但男女双方对这种性高潮的体验却是相对不同的。为了解释女性性高潮的功能,目前已出现了几种竞争性的理论假设。主要有:"中奖"假设,"保护"假设,"好情人即好父亲"假设,"平躺"假设和"子宫吸吮"

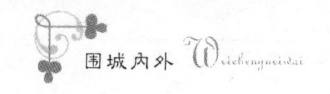

假设。

　　进化生物学家、心理学家威尔逊（E. O. Wilson）提出了女性性高潮的"中奖"假设。这一假设源自他对动物行为的实验。他用食物（如糖水之类）来奖励动物走跷跷板。他发现，如果这顿食物只是"偶尔"给一下，它们反而更乐意再爬上跷跷板。于是他推测：我们的远古女性本来是不容易达到性高潮的，但是她们偶尔也会中到性高潮的"大奖"。由于这些女性祖先断断续续地得到了高潮快感的报酬，于是便受到激励，一次又一次地尝试去做爱。这样，女性性高潮就像是赛马中的"赌徒"一样，正是由于女性不是每次都可以得到高潮，也无法预测什么时候才会得到快感的报酬，所以这种"偶尔"尝到的甜头，反而就驱使她们一再地重复做爱——即使还没有"上瘾"的话。马古利斯指出："威尔逊的理论也有不足之处：动物即使没达到性高潮，照样可以交配繁殖，生出后代。凭什么说女性有了'性高潮瘾头'，才会更成功地传继她的后代？这种捉摸不定的性高潮，虽然强烈但不是经常出现，那它的优点（如果有的话）究竟是什么？"

　　灵长类动物学家赫尔迪（Sarah Hrdy）为解释女性性高潮的起源而提出了"保护"假设。观察发现，许多哺乳动物在怀孕期间，对性完全没有兴趣，而且在哺乳期间也不能再怀孕。此时，雄性为了自身的繁殖利益，便残忍地杀死婴儿，以使雌性排卵和受孕的循环过程重新开始。于是赫尔迪假设：远古时代怀孕的女性，为了"保护"襁褓中的婴儿免遭雄性的杀害，只好答应雄性的性要求。雄性是如此残暴，以杀掉婴儿来胁迫女性投入于性，这有助于解释女性会渴望得到性高潮——至少是阴蒂高潮，即使是她还处在哺乳和抚养婴儿的时期。赫尔迪的保护假设似乎揭示了一点远古女性短期择偶的迹象。按照这一假设，把性交与性高潮分开，不仅不会限制一个女人的性，反而鼓励她去和许多男人共享云雨之欢，从而也避免了男人去伤害她的孩子。

　　动物学家阿尔科克（John Alcock）则从女性的繁殖利益——"好情人即好父亲"——来看女性性高潮。他假设，如果一个关心对方是否达到性高潮的男人，会是一个关爱子女的父亲的话，那么从进化观点看，女性祖先就可以根据前者来衡量后者。换言之，假如在床上的好情人会成为家庭的"好父亲"的话，那女性在择偶时，心里想找到这种体贴情人的好处就会比较多。得到性高潮的女人就筛选出会当好父亲的男人。经由选择得到了好丈夫,她们便可以确保子女得到较好的关爱。

颇有竞争力的一种假设是邓肯(Richard L. Duncan)提出的"平躺"假设:女性性高潮的功能,就在于可以使女性困倦并保持"平躺",由此防止精子流出,从而提高受孕的可能性。邓肯注意到,女人往往在性交之后会站起来,让男人的精子从阴道流出来。于是他推测:对于我们的远古祖先来说,这个动作会损失精子或糟蹋精子。因此,男人在射精后让女人仍保持平躺姿势,或让女人在性高潮后稍事休息,都可以提高受孕的几率。这个假设初看起来很有道理,但现在面临这样一个挑战:假如性高潮的目的,仅仅是为了让女性保持平躺以防精子流出,那么女性体内应该留存更多的精子。然而事实并非如此:精子流出的时间与女性体内遗留的精子量没有任何关系。也许,还有更好的假设能解释这一事实?

私通的"子宫吸吮效应"

马斯特斯和约翰森这两个名字,之所以成为"人类性行为研究"的同义词,是因为他们于1966年出版的《人类的性反应》对女性性高潮的研究做出了突破性贡献。他们有一个重要假设:为了理解女性性高潮,必须研究女性对"性刺激"做出的真实反应,而不仅仅是关注女性自己报告她们的性高潮体验。基于这一假设,他们做了大量实验室研究,仔细观察男女的性交过程,从而发现了著名的"子宫吸吮效应":女性在性高潮过程中,子宫内的压力会增加;随着这种压力的增加,会导致身体不由自主地吸入更多的精子,从而造成受孕概率的提高。

他们观察到,男女如果采用面对面腹贴的性交姿势,女性最容易达到阴蒂性高潮。从生理反应看,女性达到性高潮最顶点的时候,阴道外部会有节律地收缩3到15次,而阴道内侧则会膨胀,子宫也会收缩好几秒钟。女性的阴蒂受到刺激,脑垂体就会释放出一种收缩激素——"后叶催产素",这种荷尔蒙可能就是促成上述生殖器反应的媒介。阴道的节律性收缩就会把精液送入子宫,从而提高了怀孕的概率。

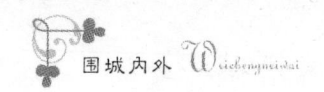

这些观察结果显示,女性的性高潮绝妙地体现了一种女人"身体的智慧":可能会主动地将精子拉向卵子,从而赋予了能给她们带来性高潮的男人的精子一个"生殖优势"。形象地说,女人这种身体智慧就像一扇砰然关闭的"阴道之门",能把后来的男人的精子拒之"门"外,而把她最喜欢的男人的精子迎进子宫内。

事实正是这样。目前对阴道排出精子量的测查表明,一般情况下,男子射精后的30分钟内,女性排出的精子量约为总量的35%。如果女性达到了性高潮,则会保留70%,而只排出约30%的精子。这5%的差别似乎不大。但心理学家假定,如果这种5%的差别始终存在,并且一代传给一代,那么叠加起来就会变成进化过程中的一种"选择压力"。这就意味着,如果女性没有达到性高潮,那就会浪费更多的精子。因此,子宫吸吮效应证明,女子性高潮的功能,就在于把精子从阴道送入子宫颈而后直达子宫,从而提高怀孕的几率。

这样一来,女性婚外恋或随意择偶的心理机制的进化起源,就可以得到一定程度的解释了:由于女性性高潮——无论是阴道高潮还是阴蒂高潮——在起作用,女人婚外受孕的概率很高。现经测查显示,女性阴道内保留的精子量,和她是否与婚外男人"私通"也有关系。从某种程度上说,外遇的女性,往往会调整(当然是无意识地)性交时间使之对情人更为有利,从而削减了丈夫的繁殖收益。这就是说,由于性高潮"作祟",女性会让她的婚外性伴侣或"好情郎"喷出的精子,抢先到达子宫内,即使先前她丈夫的精子早已置于她的阴道内。

1995年,性学家贝克在英国一项全国性的有3679名女性参与的性学调查中,要求所有的女性记录她们的月经周期,与丈夫的同房时间;如果有情人的话,也要记录下幽会时间。调查结果显示,有外遇的女性似乎"有意"把和情人的幽会安排在排卵期周围——也就是最有可能怀孕的时间,当然她们自己并无觉察。更有研究显示,有外遇的女性和情人"翻云覆雨"时,比和丈夫在一起时更有可能达到性高潮。有关这方面的女性自我报告也屡见不鲜。

"肉体的爱情"与"柏拉图式的爱情"

我认为,劳伦斯在《查特莱夫人的情人》中确立了一种崭新的爱情观。这集中体现在他的"肉体的爱情"这一概念上。按我的解读,这一概念涉及劳伦斯对爱情与性二者之间的关系的理解。它的实质含义是:爱情必然意味着性。或直截了当地说,爱情就等于性(当然,反过来说则不能成立)。没有性的爱情是虚假的、没有意义的。与"肉体的爱情"相对立的一个概念,便是劳伦斯所嘲讽的所谓"精神生活"。

必须强调指出,劳伦斯对"精神生活"的嘲讽,有助于我们从根本上破除长期以来对所谓"柏拉图式的爱情"的误解。

我在《柏拉图的〈会饮〉与"柏拉图式的爱情"》[①]一文中,曾将所谓"柏拉图式的爱情"的要旨概括为四个方面。其中"第一个"要旨是:柏拉图式的爱情,不是所谓纯粹的精神恋爱——没有任何肉体接触的纯浪漫情怀,而是指"身体爱欲与灵魂爱欲"的统一,或"身心合一者"。下面我再作简单的介绍:

也许是由于历史上文学家们的大肆渲染,通常所说的"柏拉图式的爱情",就是指"纯粹的精神之爱"——没有任何肉体接触的纯浪漫情怀。但我必须指出,这不是柏拉图本人的意思,更不是他在《会饮》这一专论"爱欲"(Erotic)的对话中要表达的主题。也就是说,要真正弄清什么是柏拉图式的爱情,我们必须返璞归真、追本溯源——回到《会饮》的文本中去。

首先要指出,《会饮》中把爱欲分为"身体爱欲"和"灵魂爱欲"。身体爱欲就是指性。不过,按布鲁姆在《爱的阶梯》中对《会饮》的义疏:"希腊词汇中没有'性'(sex)的概念,这个19世纪晚期的发明是对科学徒劳和懦弱的模仿。关于身体吸引的言辞,总是要么和'爱若斯'神(Eros)有关,要么和阿佛洛狄忒女神(Aphrodite)有关。"[②]特别值得注意的是,柏拉图借泡赛尼阿斯之口说:"没有阿佛洛狄忒,就没有爱若斯。"因为,阿佛洛狄忒作为神有两个,一个是"属天的",一个是"属民的";与此相应,就有"属天的爱若斯"和"属民的爱若斯"。

属民的爱若斯或爱欲,是一般人所沉湎的爱神。这类人在爱的时候,不是爱女人就是爱男孩,而且更多爱的是他们的身体(而非灵魂);

---

① 《中华读书报》,2008-1-2;2008-1-23.
② [古希腊]柏拉图著,刘小枫译.《柏拉图的〈会饮〉》.北京:华夏出版社,2003.

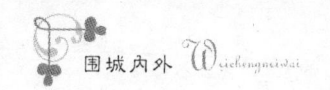

这类人的爱随机而生,只看重或只管去爱一回,不管这爱一回是好还是不好,爱得美还是不美。"所谓坏人,就是前面说的属民的有情人,爱身体而非爱灵魂的那种人;他对所爱不专一,自己就不会是个专一的有情人。一旦他所爱的人身体如花凋谢,他马上'高飞远走'"。

身体爱欲必然导致"身生子女",或叫"身体方面的生育欲"。那些身体方面生育欲旺盛的人,都喜欢亲近女人,他们就是以这种方式来爱,通过"生育子女"使自己永生,为自己带来永世的福气。在这个意义上,"爱欲就是欲求不死"。甚至动物也这样沉溺于爱欲。在欲求生育的时候,所有动物都变得非常强悍,像害了爱欲病,先是急切地要交媾,然后是哺育自己生下来的后代。这样,动物的爱欲和人的爱欲没有什么不同。正是靠生育,生命才会绵延,"会死的"(自然或天性)才会成为"不死的"。

当然,也有宁愿不结婚的人,即"男童恋"。这是由原来的"全男人"切开的一半而成的男人。他们寻求的都是男的。还是少男的时候,他们就亲近男人——因为他们是由全男人切开的一半,喜欢和男的交缠在一起。在少男和小伙子当中,这种男人最优秀,因为他们最具男人气概。"一旦到了壮年,他们就成了男童恋,因为他们天性上对娶妻生子没有兴趣。要不是迫于法律,他们宁愿不结婚,而与同类男人相守。"这里不仅说明同性恋者没有把婚姻当回事(不过是迫于义务和责任),而且隐含地道出了婚姻不过是一种契约制度。

根据我的解读,柏拉图式的爱情也许蕴涵这样一个核心命题:爱情本身就意味着性,但性并不必然意味着爱情。也就是说,前者的逆命题是不能成立的。说"爱情本身就意味着性",就是说爱情本身就内在地包含着性,或者说性是爱情本身的应有之"意";当爱情降临之际便是性活动发生之时——性活动是爱情的必然伴随物。

这样一来,所谓"柏拉图式的爱情",并不是通常所说"纯粹的精神之爱",而是像柏拉图所说的"身体爱欲与灵魂爱欲"的统一,或"身心合一者":"由于要生育,他当然钟情美的而非丑的身体;要是遇到一个美好、高贵、天资优异的灵魂,他就会神魂颠倒地爱慕这样一个身心合一者。"就拿苏格拉底本人来说,尽管他最富于关于"爱欲"的知识,但他仍然有身体,无论他灵魂的爱欲多么强大,都无法消除身体及其欲望。他仍然会体验到身体强烈的性吸引。他会饮酒,也会体验肉体之欢。他不是一个以肉体禁欲来夸耀自己的圣徒。爱慕苏格拉底的学生阿尔喀比亚德略带嫉妒地说:"苏格拉底对长得漂亮的人何等色迷迷的,总缠着他们献殷勤,被美色搞得不知所以"。但对苏格拉底来说,他的智慧在于把握好了身体爱欲与灵魂爱欲之间必要的平衡:身体的爱欲总是倾向于把"精神渴求"吸纳进来,而灵魂的爱欲又从身体的爱欲中获得能量。

"肉体的爱情"真谛

以上关于"柏拉图式的爱情"的第一个要旨的阐述,表明劳伦斯的"肉体的爱情"概念与柏拉图是完全一致的。劳伦斯讥讽"精神生活",实际上是反对在爱情问题上作"精神"与"肉体"的二元划分。

根据劳伦斯的早年恋人吉西·钱伯斯在《一份私人档案》中的回忆,在他们的关系发生危机的那段时期,正好是劳伦斯热衷于阅读叔本华的《爱的形而上学》的时候。他好像是在这本书中找到了他的观点的依据:"因为爱情的核心是希望孩子的出世,而其本质是与友谊不同的,在一对年轻貌美的男女之间,则不可能存在一种不掺有任何性爱的友谊。"莫泊桑的小说也对他产生了很大的影响,使他愈加相信爱情是一种肉体的东西。他在给钱伯斯21岁生日的信中这样写道:

> 当我看着你时,我看到的是你的不可亲吻和不可拥抱的那一部分,虽然你看上去很令人喜欢,尤其是你耳朵旁那些卷曲的细发很美。我看到的是内心深处的东西。那才是我爱的和我会永生挚爱的东西……瞧,你是一个修女,我能给你的是我能给予一个圣洁的修女的东西。所以,你必须让我娶一个我能亲吻和拥抱的女人,一个能成为我的孩子们的母亲的女人。

既然爱情出现了"不可亲吻和不可拥抱"的部分,那就意味着它将要终结了。

劳伦斯的"肉体爱情"概念,最集中地表达在康妮反驳克利福德所谓"女人是无法享受精神生活的最高乐趣的"时候:

> 最高乐趣?就是那种白痴梦呓的精神生活的最高乐趣吗?

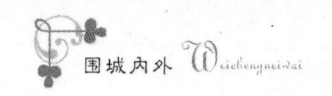

谢谢你了,免了吧!我只要肉体。我相信肉体的生命比精神生命更真实:只要这肉体被真正唤醒。但是世上太多的人,都像你那著名的鬼机器一样,精神仅仅依附在自己行尸走肉般的躯体上!

在劳伦斯看来,人类的肉体只是刚刚开始真正的复活。劳伦斯赞叹道:"人类肉体的生命,将是这美丽宇宙间最为美丽的生命!"

肉体爱情最直接的意义,是它在恋爱者那里造成的身心效应。借用一句古老的格言:"爱情已在此留下痕迹。"肉体爱情使不论男女的身体都会发生微小,但却确凿无误的变化。在《查特莱夫人的情人》第十章所描写的康妮和梅勒斯第三场景的做爱(这是康妮首次达到性高潮):

> 她沉醉在了自己的温柔之乡中,好像是一片森林,充满了朦胧愉快的春天呻吟,发芽含蕊。她可以感觉到那男人,那个没有名字的男人,和她在同一个世界上优雅地行进着,因男性生殖器的神秘而优雅美丽。在她身上,在她每一根血管里,她都感觉到他和他的孩子。

肉体爱情绝对不是没有精神愉悦的纯粹肉欲(lust)。劳伦斯形象地将性交比作"肉体上的正常谈话"。如果你与一个女人没有共同的看法,你就不会同她谈话;同样道理,如果没有某种情调和共鸣,你是不会和一个女人睡觉的。直截了当地说,如果你同一个女人有了某种情调和共鸣,你就应该和她睡觉。

肉体爱情观强调,男人想从女人身上得到自己的快乐和满足,但如果女人不是同时也从男人那里得到她们的快乐和满足的话,那么男人也是绝不可能得到自己的快乐和满足的。劳伦斯借助梅勒斯之口这样说:

> 我尤其相信对爱情要有热心,要有热心地去做爱。我相信,如果男人怀着热心去做爱,女人怀着热心去接受,一切就全都正常了。导致毁灭和麻木的就是那种冷淡的做爱。

肉体爱情是男女的激情与肉欲的融为一体。康妮有一次对姐姐希尔达说:"你从来就不知道什么是真正的温情,什么是真正的肉欲;假如你从同一个人身上懂得了这两样东西,你就会觉得大为不同了。"

2.3 女人在性高潮中再生

视觉性欲：男性"纤美的肉体"

在西方的文学传统中，对性欲化身体的描写大都是男人的视角：在男人的眼中，女性人体是如何如何的美，劳伦斯则不落俗套。为了歌颂女性性欲的合理性，特别是女性性欲发生的心理机制，他着力描写了康妮是如何看梅勒斯的身体美，并由此诱发性欲的。

当康妮在猎场看守人的农舍后面，猛然发现他在冲洗身体时，

> 她看见肥大难看的马裤褪到纯净、精巧、洁白的臀际，胯骨若隐若现，那种孤独感，那种一个生命的纯粹的孤独，深深感动了她。那完美、洁白而孤独的胴体，它是属于一个独自居住、心灵也孤独的生命的。除此之外，还有那纯洁生命的美丽。那不是物质之美，更不是身体之美，而是一种闪光，是热度，是个体生命的白色火焰，以可以触摸的轮廓显现出自己：肉体！

基于进化心理学的研究成果，我一直认为，男人是一种"视觉动物"。也就是说，男人性欲的激发或启动主要靠视觉。法国自然主义作家左拉的《娜娜》[①]，恰到好处地描写了这一点。《娜娜》的写作主题可以说是"暴露"其女主人公娜娜的身体。

娜娜是巴黎的一个妓女，十八九岁，身材高挑，丰满性感。她本无表演才能，但经游艺剧院经理的一番包装而推上舞台，从此走红。使她一夜成名的是主演一部轻歌剧《金发爱神》。按左拉小说的叙述，她成功的秘诀是裸露：

---

① 罗国林译，中国书籍出版社，2005年

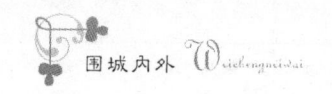

第二场戏一开始,月神就与火神商量好,火神佯装外出旅行,让爱神与战神大胆幽会。火神刚走,只剩下月神时,爱神就登场了。全场产生了微微的骚动。原来娜娜是裸体的。她泰然自若、毫无顾忌地裸露着全身,对自己的肉体不可抵抗的魅力充满信心。她身上只裹着一层薄纱。浑圆的双肩,丰满的胸部,两个硬撅撅像枪头般挺立的玫瑰色乳头,肉感地扭来扭去的宽大的臀部,滚圆的金色大腿,总之全身上下每个部位,都透过那层薄薄的泡沫般的白纱,隐约而清晰地呈现在观念面前,宛若正从波涛中诞生的爱神,只有一头秀发风帆般飘荡。当娜娜抬起双臂时,在舞台脚灯映照之下,她腋下金色的毛看得清清楚楚。

紧接着是观众——当然是男人——的视觉性欲化反应:

没有人鼓掌,也不再有人笑。男人们的脸都十分严肃,绷得紧紧的,鼻息艰难,嘴里干渴,一点唾液都没有。场子里仿佛刮起过了一股无声的、令人战栗的微风。突然,从这个天真的姑娘身上,人们看到了一个骚女人,她施展着女性颠倒众生的魅力,敞开着未知的欲望的大门。娜娜脸上一直挂着微笑,一种急不可待要吞噬男人的微笑……

渐渐地,娜娜控制了观众,所有男人都被她迷住了。从她身上流露的春情,犹如从发情的禽兽身上流露的一样,不断地感染着观众,渐渐主宰了全场。现在,她的每个细小动作都煽起欲望之火;她的小指头动一动,就能挑起肉欲。许多男人弓起背,浑身瑟瑟发抖,仿佛有人拨动了他们肌肉里无形的琴弦;他们后颈上毛茸茸的短发,仿佛被什么女人嘴里呼出的温暖而游动的气息吹得微微飘起来……面对全场痴迷的观众,面对一千五百名精疲力竭、神经麻痹的看客,娜娜凭着她白嫩结实的肉体,凭着她足以摧毁所有人而不受任何损害的性感,始终保持着胜利。

对这一场暴露情境的描述,我可以从中解读出两个性心理学问题:其一,为什么娜娜的裸露还是要"裹着一层薄纱","都透过那层薄薄的泡沫般的白纱,隐约而清晰地呈现"?假设一下,如果没有"裹着一层薄纱",那将会怎么样?其二,为什么娜娜的性感"足以摧毁所有人",而她自身却"不受任何损害"?

尽管早在20世纪60年代马斯特斯和约翰逊(《人的性反应》,1966年)就发现了性欲激发的男女性别差异,但只有进化心理学才能对这种差异作出解释。简单地说,这是由于在人类的进化史上,视觉对于远古男性的自然选择和性选择,比远古女性更重要、更有意义。今天的男人喜欢"看"年轻美貌的女人,并基于此而诱发性欲,说到底是与女性的"繁殖价值"有关,或者说,一个女人越"美",那就说明她的繁殖价值越"高"。这算是目前进化心理学的一大新发现。在进化史上,我们的男性远祖可利用两种可觉察的证据,来识别女性的繁殖价值:第一是"外貌"特征,例如,嘴唇是否丰满、性感,皮肤是不是光洁、有质感,眼睛是否明亮有神,头发是否亮泽妩媚,肌肉是不是丰腴、有弹性,体型是否匀称、苗条,等等;第二是"行为"特征,例如,轻盈的步伐、生动的表情和充沛的精力等等。总之,凡是能标志"年轻"和"健康"的身体线索,都体现了女性的生育力与繁殖价值。这些标志性的身体线索,应该是男性判断"美女"进而激发性欲的一些关键因素。

如果说男人是"视觉动物",那么女人就可以说是"听觉动物"。这就意味着,在人类的进化史上,听觉对于远古女性的自然选择和性选择,比远古男性更重要、更有意义。今天的女人都喜欢"听"动人的情话,而往往是最擅长甜言蜜语的男人,最容易俘获女人的心;在做爱时,女性最喜欢听缠绵的情话,"我爱你",自然是少不了的,而且说得越多越好!

当然,视觉在女性性欲的启动中也是非常重要的。劳伦斯极其敏锐地揭示了这一点。在小说中的一个性爱场景中,康妮是这样"看"——动情地、销魂地看——梅勒斯那"纤美的肉体"的:

> 他全身上下洁白如雪,纤秀的身体肌肉匀称。他的后背是白嫩的,小小的屁股精巧而充满阳刚之气,红润的后脖颈子妩嫩却有力。在这纤美的肉体里,有一种内在的而非外在的力量。骤然间,康妮再次感觉到他那夺人世间魂魄的俊美,就像那天下午她看见他洗身体时一样:"'你真美!'她说,'如此纯洁,如此美妙!来吧!'她张开了双臂……双臂环抱住他洁白的细腰,把他拉向自己,她紧紧地搂着男人。"

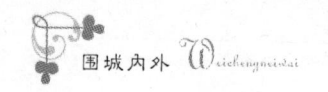

触觉性欲:"温暖生动的触摸之美"

劳伦斯不愧为天生的性心理学家。他不仅深谙视觉的性欲功能之要诀,而且还超前地——考虑到20世纪初的性心理学发展水平,的确是"超前的"——提出了一个新颖的观点:"温暖生动的触摸之美,比视觉之美深刻得多"。

触摸,在劳伦斯看来,正是"热心地"做爱的表现。而这种做爱所缺少的,正是那"温暖生动的触摸"。

当梅勒斯抚摸康妮的时候,总是那样地温柔、如此的甜美:

> 她觉得一只温柔的,不定的,无限渴望的手,触摸着她的身体,探索着她的脸。这只手温柔地,非常温柔地,抚摸着她的脸,无限的抚慰,无限的自信,终于,她的面颊受到了温柔的轻吻。
>
> 他那充满纯洁的温柔情欲之手,勾魂夺魄地轻轻爱抚着她,他温柔地抚摸着她丝绸般光洁的窈窕腰际,往下去,再往下去,抚摸她柔软温暖的臀部,移近着,再移近着,直到她最敏感的部位。
>
> "啊!抚摸你太美妙了!"他一边说,一边爱抚着她的腰部和臀部细嫩、温暖而隐秘的皮肤。他俯下头,用脸颊频频摩擦她的小腹和大腿。他那迷醉的神态,再次使她感觉有点惊讶。她不理解他抚摸她活生生的秘密肉体时在她身上发现的美,对这种美他几乎是欣喜若狂的。因为只有热情才可以意识到它……温暖生动的触摸之美,比视觉之美深刻得多。她觉着他的面颊在她大腿上、小腹上、后臀上温柔地滑动着。他的胡须和柔软的浓发,轻拂着她。她的双膝开始颤抖。

热心地做爱总是双向的抚摸。当康妮触摸梅勒斯时,伴随着的,是更痴迷的心理满足:

> 她把他的衣服拉开,露出他的肚子,亲吻他肚脐,然后把面颊贴在他小腹上,两臂环抱着他那温暖而静谧的腰肢。他们在这洪荒世界中相依相偎。
>
> 现在,她触摸着他,这是《创世记》中上帝的儿子们与人类的女儿们在一起时的情景。他摸起来多美啊,他的皮肤多纯洁啊!

多么可爱,多么可爱,如此的强壮,却又纯洁娇嫩!这敏感的身体多么安静!……她的两手在他后背上畏怯地向下探索,直到那柔软的小小臀部。美妙!真是美妙!一种新知觉的小小火焰,骤然从她身体里穿过。

更奇妙的是,身体触摸的心理效应是如此的持久,以致许多年后仍然断不了对触摸的思念。康妮家的仆人博尔顿太太的丈夫已死去了23年,但令人惊讶的是,她仍然忘不了她丈夫的触摸:"没错,男爵夫人!他的触摸!直到今天,我都没过去这个坎儿,怕是永远也过不去了。如果真有天堂的话,那么他就会在那儿,紧挨着我躺着,使我能够入睡。"这令康妮好奇:"但是他的触摸怎么能够持续这么久?这么久了你还能够感觉到他?""啊,男爵夫人,除此以外还有什么能持久呢?孩子们长大了便要离开你……可那感觉却是不同的东西。也许人最好不要去爱。不过,当我看见那些从未被男人真正彻底温暖过的女人,我便觉得她们毕竟是些可怜虫,不管她们打扮得多漂亮,不管她们多会寻欢作乐。"

劳伦斯对性唤起过程中触摸的重要性的强调,现已得到神经科学研究成果的证实。通过目前神经成像技术(如"正电子发射断层扫描术"等)的观测,发现人的性欲是由大脑中一个叫做"深层边缘系统"的功能部位掌控的。深层边缘系统处于靠近大脑中央的部位,只有一颗胡桃那么大,它直接调节人的性欲。现已发现,身体接触(如触摸、爱抚、亲吻等)对于深层边缘系统的功能的正常发挥,具有至关重要的意义。性心理学家建议,夫妻之间、性伴侣之间应经常相互触摸。因为触摸会使深层边缘系统处于平静状态(或不至于使它过分的活跃),有助于稳定对方的情绪。无论是性爱的触摸,还是非性爱的触摸,都有助于双方亲密关系的发展。

性高潮受阻的心理原因:潜意识抗拒

《查特莱夫人的情人》是一首颂扬女性性高潮的优美赞歌。让我们惊叹的是,他对女性性高潮的探讨与当今性心理学的新发现竟是如此之吻合;而他关于女性性高潮受阻的心理原因的分析,则是他一个最大的天才贡献了。

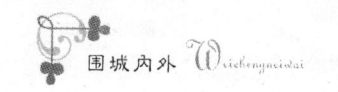

在这本小说中,共有八次做爱场景的描写,如果我没有误读的话,其中前两次,康妮完全没有达到性高潮;第三次和第四次,康妮是在克服了阻抗之后才有性高潮体验;后来几次则是直接达到性高潮。劳伦斯的这样一个写法是要探讨一个重要的性心理学问题:女性性高潮要具备什么样的心理条件?

按我的解读,劳伦斯把康妮性高潮受阻的心理原因归结为她"双重的矛盾意识和矛盾反应"。换成其他的相关表述就是:"灵与肉分离","她那奇异的女人之心","自己内心的愤怒和抵制之心","控制着她的抵制之心",等等。

在这里,所谓双重的矛盾意识是指,"她身体里的什么东西颤抖起来,而她的精神上,却有某种东西强硬起来进行抗拒:抗拒这可怕的肉体亲密,抗拒他此时此刻的匆忙占有。"这即是说,一方面是肉体的本能冲动和欲望,另一方面是心理上的潜意识压抑(或阻抗)。这两者之间的冲突,致使性高潮受阻。我们先看小说中对康妮性高潮受阻的描述(请特别注意康妮在性事过程中的心理活动):

受阻的表现之一——康妮置身于事外,如隔岸观火:

> 她躺着,两手无力地放在他舞动的身体上,无论自己做什么,她的精神似乎都在一旁作着壁上观,她觉得他屁股的拱动十分可笑,高潮来临时他的片刻排泄似乎滑稽透顶。是的,这就是爱,这可笑的拱动,这可怜的、微不足道的、湿乎乎的萎缩。这就是神圣的爱!毕竟,现代人藐视这一行为是有道理的,因为这是一种把戏。诗人说得好,创造人类的上帝,一定具有一种犯罪的幽默感,他把人类创造得非常理性,却逼迫人类做出这种可怕的姿势,驱使人类盲目地追求这种可笑的把戏。甚至莫泊桑都觉得爱情是耻辱的虎头蛇尾。世人看不起床第之事,却又乐此不疲。在冷淡与嘲笑中,她那奇异的女人之心如隔岸观火。

爱阻的表现之二——性伙伴是陌生人:

> 男人在神秘的静息中趴着。他感觉到了什么?他在想什么?她无从知道。他对她来说是个陌生人,她不了解他。她只好等待,因为她不敢打破他神秘的静息。他趴在那儿,双臂环抱着她,

2 劳伦斯的《查特莱夫人的情人》

他的身体趴在她上面,他那潮湿的身体挨着她的身体,这样的近。完全不了解。但却并非不平静。他的静息是平静的。她感觉到,他终于觉醒过来,从她身上抽退。这就像是一种遗弃。

但是她仍然一动不动地躺着,也不退缩。甚至当他爽完了,她也没兴奋起来……她还是毫无生气地躺在那儿,她注视着他,想到:陌生人!陌生人!她甚至有点恨他了。

受阻的表现之三——若即若离的心态:

当他以一种强烈的宽慰和对他来说纯属平静的完美感,进入她身体时,她仍在等待着。她觉得自己有点灵与肉分离了。她知道,这有几分是她自己不对。她的意志强迫她处于这种若即若离的心态。她现在也许注定是要这样的。

虽然她一动不动地躺着,但是她却极想挺起腰肢,把这男人扔出去,挣脱丑陋的紧抱和他那荒唐的后臂冲撞……他草草收场,一动不动地趴在她身上,陷入沉默,陷入一种奇怪的一动不动地疏远,他是那么的远,远得到了她意识的疆域之外。这时,她的心开始哭泣。

到此,我们可以明白,康妮为什么不能达到性高潮了。这主要是心理上的原因,也就是那"控制着她的抵制之心"。这抵制之心,正是她在潜意识里对性交的压抑或阻抗。在她意识的层面上,她能感受到她肉体的欲望,甚至能"感觉着他在她身体里动,感觉着他深深挺进的意图,感觉着他的骤然战栗"等。但在她潜意识层面上,却有某种东西强硬起来进行抗拒:抗拒这可怕的肉体亲密。在意识与潜意识的冲突中,根据精神分析学的一般观点,总是潜意识要占上风,总是潜意识要压倒意识。这样,康妮虽然被兴奋起来却达不到高潮,便是很自然的了。

康妮最初对性行为的潜意识压抑,可追溯到她以前的性经历。除了她长期与丈夫的无性婚姻之外,米凯利斯对她的性伤害更是致命的。米凯利斯是那种"进门就哭的主"(隐喻他早泄),还无耻地抱怨康妮:"所有的娘儿们都这样,要么不起性,死猪似的躺在那儿……要么等你完事了她才来劲,让你硬挺着。"

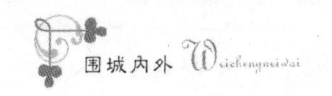

这番数落是康妮有生以来受到的最严酷的打击。它毁掉了她心中的某种东西。她最早的时候并不是非常想得到米凯利斯的；在他挑逗她之前，她并不想要他。她仿佛从没有确定无误地想要他。然而一旦他挑起了她的性欲，她便觉得从他身上得到快感似乎是自然不过的事情。为此她差点爱上了他……这个夜晚她差点想嫁给他。

也许他本能地知道这个，所以才粗暴地砸了台，破坏了这海市蜃楼。她在性方面对他的感觉，或者说在性方面对任何男人的感觉，都在这个夜晚崩溃了。她的生命与他的生命彻底分开了，仿佛他根本就没存在过。

她继续郁郁寡欢地过着日子。

两性冲突主要是"性冲突"

上面我说，康妮性高潮受阻的心理原因是潜意识压抑，这是根据弗洛伊德精神分析学得出的观点。从个体的童年经验和成人初期的性经历，来解释性高潮受阻的心理原因，这当然是有道理的，但这还不是最终的心理学解释。按进化心理学的观点，性高潮的问题还必须追溯到人类进化而来的心理机制上。

进化生物学家西蒙斯曾一针见血地指出："每个年龄阶段的两性冲突，大部分都是在性方面的冲突。"在性方面的冲突，事实上是令人触目惊心的。巴斯在针对美国中学生进行的一项研究中发现，36%的女生都报告说，她们曾经在"约会"过程中遭遇过暴力。特别令人匪夷所思的是，在那些曾经遭遇过"中度暴力"——包括踢、掐、抓、推和扇耳光——的女生中，还有44%仍然和对方维持着情侣关系；而曾经遭遇过"重度暴力"——包括使人窒息、拳击以及使用武器威胁——的女生中，36%还维持着这种关系。这说明，在性方面的冲突在青春期便如此普遍，更不用说成年男女之间的性冲突了。

问题在于，两性冲突特别是性冲突，其发生的实质是什么？根据巴斯的观点："进化心理学家预测，两性冲突的发生，不是因为男性和女性争夺相同的繁殖资源，而是源于两性之间性策略上的差异。"在他的《进化心理学》教科书中，我们可以看到，男女两性都进化出了长期择偶(婚姻)和短期择偶(婚外恋,一夜情等)的策略。但是,即使男女都进化出了相同的策略,却因为"性别"的不同,而使策略的性质也不同。

例如,在短期择偶策略上,就体现出了一个最重要的性别差异。我们已经知道,相对于女性而言,男性进化出了对多样化的性伴侣的强烈欲望。但女性也是针锋相对:她们对男性短期择偶策略进化出了更强的"辨别力",这典型地体现在故意拖延性交时间,对男性的性交欲望进行抑制,要求男性的资源或感情的承诺,等等,从而不像男性所渴望的那样很快就进入性交阶段。很明显,男女两性这些相互冲突的欲望,是不可能同时得到满足的。这种两性的欲望相互冲突、同时又不能被满足的心理状态,进化心理学家将此称之为两性之间的"策略冲突"。

"策略冲突"的含义,简单说就是:一方使用某种策略想要达到某个目标,而另一方却阻挠策略的实施以及欲望的达成。此时策略冲突便不可避免。

例如,在日常生活中,我们会看到女人往往会采用这样的策略:当一个男人向她求爱时,她通常会使用"拖延"的策略。也就是不直接作出回应,而是——如果她对这个男人尚有好感的话——要经历一个调情的阶段。所谓调情,按著名作家昆德拉的说法,"调情是一种暗示有进一步性接触的可能性的行为,但又不担保这种可能性一定能够兑现。换言之,调情是没有保证的性交承诺。"必须经由这样一个调情阶段,直到她感到自己在依恋这个男人,或者得到他的经济承诺和爱情承诺时,才打算进入与他的实质性关系阶段——性交阶段。

而与此同时,这个男人可不是这么想的——也即是他的策略不同。他往往会直接提出性请求。此时,他与这个女人的"性策略"冲突就产生了:一方急情难耐、欲火中烧;另一方喝令禁止、强行抑制。这样,女性采用的拖延策略,也就干扰了男性随意择偶策略的实施。

2004年诺贝尔文学奖得主耶利内克(G. Jellinek)在《钢琴教师》中,正好刻画了这样一种两性冲突的范例。女主人公埃里卡,一个年近40的单身女子,"一个因已经衰老而必然害怕与年轻少女竞争男人的女人",从事着高尚的钢琴教师职业。但她的母亲特别希望,"她的

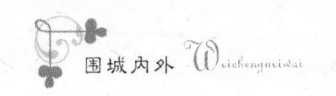

孩子宁愿拴在母亲的裤带上,也不在性爱激情的锅里煨熟";宁可要艺术的顶峰,也不要性的堕落。要不是一个年轻男人的闯入,她和母亲的平静生活将一直持续下去。一个叫克雷默尔的英俊高大的男学生爱上了他的钢琴教师,他始终不渝地想征服她。但他的出现,让埃里卡既得意又惶恐。得意的是,克雷默尔年轻英俊,他本应该和那些跟他一样年轻的漂亮姑娘约会。老师很乐意"一直刺激他的欲望,然后却让他得不到"。她不时挑逗一下,勾起他强烈的性欲,又转身走开。看着学生像一只"发情的小兽",她心里十分得意。另一方面,年迈的老师又害怕这个年轻的运动员一般健硕的学生,她不仅"委身的愿望没有一点与她献身于母亲的愿望相似",而且还"侮辱每一个希望从她那里得到爱的男人"。

当埃里卡最终决心把她的爱情"完全支付出去"时,她先是命令学生虐待自己的身体,而后是让学生"那软塌塌的家伙,没感觉的软木塞"在她嘴中的水域中"游动",但已经太晚了!学生已经失去了"爱"的能力,只感到一股恶心劲儿——"她那古董式的臭气"——往上翻,"一个爱的自动装置,就是用脚踢也不再有反应","因为他心中男性的东西被糟蹋了"。这个学生的"福星"陨落了!

上面的情形表明,男女在性交发生早晚上的冲突,是一种典型的性策略冲突。进化心理学家相信,"策略冲突理论"不单单用于解释这样的冲突,它几乎可以解释所有的两性冲突,如约会中的欺骗与暴力、性骚扰、性嫉妒、感情背叛与性背叛、性攻击与强奸等等。所有这些冲突的重点在于:既阻碍了他人策略的实施,又违背了他人的意愿。因此,在从"陌生"到"亲密"这两性关系的互动过程中,这些冲突都是广泛存在的。

"性抑制"——性高潮受阻的远古心理机制

女性不愿意轻易地与男人发生性关系,特别是女性在性交中不容易达到性高潮,或性高潮受阻,还有一种进化而来的心理机制——"性抑制"——在起作用。当劳伦斯说到康妮"那奇异的女人之心"、"抗拒这可怕的肉体亲密,抗拒他此时此刻的匆忙占有"时,他提出了一个重要的进化论的性心理学问题。

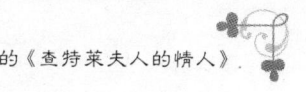

在关于性接触的两性冲突中,还有一项甚为严重的冲突,便是男性的性攻击与女性的性抑制之间的冲突。性攻击是指,男性无视女性的不情愿和抵抗,利用暴力获取性接触的行为。而与性攻击相反的一面则是"性抑制"(sexual withholding)。性抑制可以被定义为:女性一面进行性挑逗,一面又不愿发生性关系的行为。在实际情境中表现为,男性欲火中烧,性急难耐;而女性则喝令禁止。为此,我们经常听说,男性往往抱怨女性的性抑制。根据巴斯的测量,在七分量表上,男性评价性抑制为 5.03 分(最高为 7 分),而女性评为 4.29 分。这说明,男女两性同样为性抑制所困扰,但显然尤以男性为甚。

从心理机制的角度看,对女性而言,性抑制有以下几种功能。其一,可以保护她们的择偶能力,使得她们能够选择一个愿意付出爱和婚姻的承诺的高质量男性。女性对一些男性采取性抑制策略,而有选择性地把她的性资源分配给自己中意的人。用学术话语来说,女性通过性抑制,可以有效地使她的性资源得到"增值"。这样的女性的聪慧之处,在于她们视"性"为稀有资源,而"物以稀为贵"。从男性的角度看,如果大量的投资是男性获得性接触的唯一方法,那么他们肯定会做这个投资。而在性资源稀有(如男多女少)的情况下,没有成功投资的男性就无法获得性机会。这就造成了男女之间另一个冲突:女性的性抑制策略,与男性想以最少的感情投入尽快获得性接触的策略格格不入。

性抑制的第二个功能是,可以操纵男性对女性配偶价值的知觉。假如你年龄不小了,长得也不怎么漂亮,那么你如何让你心仪的男人爱上你呢?这里的建议是,你可以操纵他,改变他对你的配偶价值的看法,比如他先前认为你的配偶价值低,对你并不在意。而通过你的性抑制,局面就大不一样了。因为对于一般的男性来说,他想要获得最有魅力的女性的性机会,是难上加难的!因此,女性可以通过性抑制接触,来改变男性对自己的性魅力或性价值的知觉。

性抑制的最后一个功能,也是女性最初始的目的,就是激励男性把自己作为永久配偶而不是暂时的伴侣。常言道:愈是来之不易的东西,才愈加珍贵。越是轻易到手的东西,越显不出其价值。而男性的性心理研究表明,男性常常会把过早委身于人的女性,当做一个随

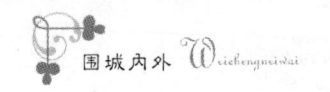

便的伴侣,甚至认为她性生活过于"开放"而难以与之建立长期配偶关系。

性高潮的心理效应:"生成一个新的女人"

尽管茨威格以《一个陌生女人的来信》而被高尔基称为"世界上最了解女人的作家",但我要说,迄今为止,还没有哪一个作家像劳伦斯那样透彻地了解女人的性高潮。性心理学发展到今天,我们已经确认,不仅女性的性能力(相对于男性)是与生俱来的优势潜能,而且女性对性高潮的体验比男性要强烈、深刻而丰富得多。换言之,尽管男女在性高潮中都处于极乐或"热血沸腾"的状态,但男女双方对这种性高潮的体验却是相对不同的。

大致上说,女性的性高潮一般可持续一到数分钟,而男性的性高潮一般只持续数秒钟。这"数分钟"与"数秒钟"的差别,真可谓天壤之别!从性生理上看,在一次性高潮过去之后,女性几乎立即可以得到恢复,而男性的恢复期则或多或少要长些。这就意味着,对于女性来说,出现兴奋或快感意味着性高潮才开始;而对于男性来说,射精,即意味着性高潮马上结束。

据此,现有一种观点认为,无论男性怎样吹牛,夸海口,说自己的性功能如何如何强大,但实际上,男性不会或不能使女性得到充分满足。男性在自己得到满足之后,他不可能满足女性。尤其是,由于潜意识的传统的性观念在作祟,男性一般很难想象,也很难承认:女性的性高潮体验几乎是无限的!

在这样一个当代性高潮观念的背景之下,再来品味劳伦斯对女性性高潮的心理效应的描述,则别有一番风味:

> 后来他突然兴奋起来,唤醒了她身体里新的奇妙快感,这快感飘呀飘,飘呀飘,像火焰一样飘逸交叠,像羽毛一样轻柔,直奔光辉之处,美妙,如此的美妙,熔化着她体内一切业已熔化的东西。就像是钟声,一波波登峰造极。她躺着,没有意识到自己终于发出狂野的细微呻吟。
>
> 她心中的恐惧消退了,又敢于心神荡漾了,毫无顾忌。她放胆尽情驰骋,彻底放纵,投身于这洪波之中。

她仿佛是大海，海中只有那幽暗的波涛，澎湃上升，澎湃上升，形成一个巨浪，于是慢慢地，整个幽暗都动了起来，她是那翻动着黑暗海水的海洋。在她下面，在里面深深的地方，肉体慢慢分开，波涛长长涌入，左右荡漾，悠悠地，一波波越荡越远，直抵她最敏感处，在那一下下温柔探索的着力部位，深深的海底继续分开，那探索越探越深，越探越深；她也越来越深，越来越深地暴露着，更为沉重的波涛涌向了海岸，把她暴露出来，探索一下紧似一下，探摸着那只可意会不可言传的东西，她自己也像波涛一般，越荡越远，离开了肉体，把肉体丢在一种突然而至的温柔、战栗的痉挛之中，她整个生命中的最美妙处触了电，她知道自己触了电，飘飘欲仙，方死方生，她消失了，她出生了：一个女人。

啊！太爽了，太爽了！在那波涛的退落之中，她体会到了个中的全部痛快淋漓。

性高潮后的认知反应（认知力）

劳伦斯的性高潮描写之所以给人以优美无比、荡气回肠之感，还在于你在阅读中能感受到：人们正是在性高潮中得以升华的！这种升华的表现之一是，性伴侣之间彼此获得了"直接认识"。从认知心理学的观点看，这就是人在性高潮中提高了认知能力（或认知反应力）。劳伦斯用了一个绝妙的词——"性觉悟"或"肉体的觉悟"：所谓性交不过是"自然的肉体柔情"，就是在身体上"觉悟"到对方；"性爱其实只是接触，最亲密的接触"。

请注意，这里劳伦斯的观点与杜拉斯《情人》[①]中的观点是不同的。杜拉斯所表达的是，即使在性高潮过程中，男女之间仍然是深深地"隔绝"的，彼此并不"认识"。下面我们可以顺便比较一下：

《情人》尖锐地触及了性行为过程中主客体的关系问题：在发生性关系的过程中，性的主体与客体是融为一体的，还是彼此分裂、分离的呢？请看一段有趣的描述：

[①] 王道乾译，上海译文出版社，2004年。

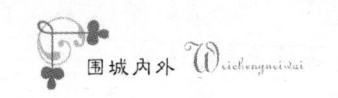

我注意看他把我怎样,他以我为用,我从来没有想到竟可以这样做,他的所为已经超出我的希求,却又与我的身体固有的使命相吻合。这样,我就变成了他的孩子。对于我,他也变成了另一种物……一切都在迎合他的欲望,让他把我捕捉而去,让他要我。我变成了他的孩子。每天夜晚,他和他的孩子都在做爱。

这里的中心意旨是说,在性行为过程中,性的主体与客体之间本质上是分离的:彼此之间不(或不需要)认识,不(或不需要)沟通,不(或不需要)理解,彼此成为对方的一个异己的(与自己疏离的)东西——无论是"孩子"还是"物"。

"他以我为用"。这里的"用"便意味着,我只是他的一个有用的性工具。"他把我当做妓女,下流货。"他的"所为"即他的性技巧超出了我的希求,但却能使我产生肉体快感——"强烈的快乐使我闭上了眼睛"。这样,在有意识的希求与潜意识的肉体本能不相一致的条件下,我就变成了他的孩子。"他抱着她就像抱着他的孩子一样。也许他真是在抱着他的孩子。"她成为了他的孩子,是因为她在一定程度上是他的一个造物,是在做爱过程中创造出来的一个东西;更是为了他的快感而塑造的一个东西。这样,我变成了他的孩子,岂不是顺理成章的事!

而对我来说,我充其量只是认识他的皮肤,他的性器官。至于他本人如何,那是在我的认识之外的。既然是这样,他,相对于我而言,也就变成了另一种"物"。

杜拉斯以所谓"孩子"和"物"的隐喻,说明即使在性交过程中,特别是在性高潮的时刻,男人和女人相互之间仍然是深深隔离的,彼此很不了解,甚至并不"认识":在堤岸房间即将发生第一次性关系时,"突然之间,她明白了,就在一刹那之间,她知道:他并不认识她,永远不会认识她"。

耐人寻味的是,当两人在一起时,"我觉得我隐约间又渴求孤独"。"我不愿意睡在他的怀抱里,我不愿意睡在他的温暖之中。但是我和他睡在同一个房间、同一张床上。"到后来,也就是临近分手的时候,他几乎没有什么话要对她说了;甚至他发觉,他们从来就不曾有过"真正的交谈"。

但是,在劳伦斯那里,性爱确乎具有一种直接的"认知"(或"觉悟")的功能:

> 他的醒来使她睡意全消。他坐在床上,低头看着她。她从他的眼睛里,看出了自己的赤裸,看出了他对她的直接认识。男性对她的认识像是一种流体,从他眼睛里流到她身上,舒适地把她包了起来:啊,这玉体横陈、半睡半醒、洋溢着热情的样子是多么撩人,多么可爱啊!

性高潮中或高潮后,男女之间的认知不仅是"直接"的,"像是一种流体",流到彼此的身体上。福楼拜在《包法利夫人》中,也有一段话表达了类似劳伦斯的"流体"隐喻。福楼拜用的词是"水波"和"环流":

> 看见爱玛的肩膀,莱昂就想起《浴女》琥珀色的肌肤。爱玛还有着封建城堡主夫人细长的腰身,又像'巴塞罗那面色苍白的女人',但她首先是天使!
>
> 往往,他看着她,就觉得自己的灵魂向她飘忽而去,像水波在她的头部环流,然后被一种力所吸引,流向她雪白的胸脯。

在性过程,特别是性高潮中,不仅男女双方彼此的认识像"流体"那样把爱人的身体包了起来,而且还达到了在一般心理状态或心境下所达不到的认识高度。对康妮来说,这种新的认识高度——"认知力"的提高——是:

> 诗人和世人真是骗子!他们让人相信女人需要的是情感。其实女人最需要的是这撕心裂肺、身心俱销、有点难堪的肉欲。……所谓精神的无上快乐!这对女人有什么用?而且事实上,对男人又有什么用!只能使男人变得龌龊宵小罢了,甚至在精神上。即使想净化精神世界,使精神活跃起来,需要的也是纯粹的肉欲。

请读者注意,劳伦斯在这里,也就是早在 20 世纪初就向迄今仍然盛行的传统观念发出了挑战。这种传统观念简单地说就是:男人看重的是"性",女人看重的是"情感"。按照这种观念的逻辑,女人是为

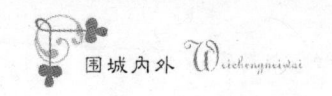

"情感"("爱")而不是为"性"活着的。对女人来说,情感便意味着一切！性或性高潮是一件多么空虚的事情——除非它充满了来自情感的某种东西,否则女人就大可不必需要性。或者说,如果没有情感,女人从性过程中将一无所获！

以上传统观念,正是劳伦斯所要批判的东西。在他看来,所谓"女人需要的是情感",这一说法是对女人之天性的粗暴践踏！

3 托尔斯泰的《安娜·卡列尼娜》
Lev Tolstoy: Anna Karenina

> 我对《安娜·卡列尼娜》作进化心理学解读的一个中心命题是：伏伦斯基对安娜的感情是爱情；安娜的自杀不是伏伦斯基"直接导致"的。要论证这一命题的合理性，就必须引入关于爱情的代价观：真正的爱情是要付出代价的；是否付出重大的，甚至惨痛的代价，是衡量日常所说的"真正的爱情"——真诚的、无私的爱情——的一个标准。
>
> "至少他担当了这样的角色"，这句话是托尔斯泰对伏伦斯基为爱情付出了代价的客观评价。理解这一点，对于我们破除长期以来对伏伦斯基的偏见——特别是动不动就对他作道德评判——至关重要。这同时也说明，托尔斯泰并不是简单地把伏伦斯基作为一个所谓的"花花公子"来写——如果这样的话，托尔斯泰殚精竭虑刻画的安娜形象就毫无意义了。

托尔斯泰（Lev Tolstoy, 1828—1910）

3.1 "上帝生就我这样一个人,我要爱情"

国人对《安娜·卡列尼娜》的误读

我没仔细查过,国人对托尔斯泰的伟大小说《安娜·卡列尼娜》有哪些误读——哪怕只是从心理学的角度来看。但仅仅是凭这部小说的中文版①,我就可以断言:误读还真不少!只要看看这个版本的"内容提要"和"主要人物表",就可做出这个判断。

其"内容提要"这样写道:

> 安娜是一个上流社会的贵妇人,年轻漂亮,追求个性解放和爱情自由,而她的丈夫却是一个性情冷漠的'官僚机器'。一次在车站上,安娜和年轻军官伏伦斯基邂逅,后者为她的美貌所吸引,拼命追求。最终安娜堕入情网,毅然抛夫别子和伏伦斯基同居。但对儿子的思念和周围环境的压力使她陷入痛苦和不安中,而且她逐渐发现伏伦斯基并非一个专情的理想人物。在相继失去儿子和精神上最后一根支柱——伏伦斯基后,经过一次和伏伦斯基的口角,安娜发现自己再也无法在这个虚伪的社会中生活下去,绝望之余,她选择了卧轨自杀。

如果是作为一般的内容介绍,本无可厚非。但这种写法必定会误导读者:第一,小说真的是说——或要表达的是——"伏伦斯基并非一个专情的理想人物"吗?第二,安娜的自杀真的是伏伦斯基直接导致——经过"一次"和伏伦斯基的口角——的吗?

特别是当我们看到"主要人物表"中对伏伦斯基的介绍时,这种误

---

① 《安娜·卡列尼娜》,力冈译,中国书籍出版社,2005年。

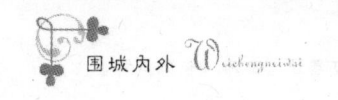

导就更加明显了：

> 年轻军官，彼得堡贵族。安娜的情夫。英俊、大方、有地位、有财产、有前程。典型的花花公子，曾真心爱过安娜，最终还是冷落抛弃了她，直接导致了她的卧轨自杀。

如果真是这样的话，那托尔斯泰写《安娜·卡列尼娜》就算是白费工夫了！我想，托尔斯泰无论如何不会同意这种观点。有鉴于此，我们从心理学，特别是进化心理学的视角，重新解读这部小说，就成为饶有兴味的事情了。

女人嫁错人比男人娶错了老婆的要多！

按照中国人的传统，"男大当婚，女大当嫁"，西方人亦如此。即使在18世纪下半叶的英国，简·奥斯汀在《傲慢与偏见》中第一句话也对此进行了调侃："有钱的单身汉总要娶一位太太，这是一条举世公认的真理。"这条"真理"，作为一种人类天赋的常识心理学知识，一直引导着人们过着自己的日常生活。

但这并不意味着，这一"真理"就得到了科学上的解释。因为在日常生活中，没有人认真思考过男人为什么要娶老婆、女人为什么要嫁人。或娶或嫁，似乎只是一种习惯——一种难以逃脱的宿命。更无奈的是，人们也许还没有注意到这样一种较为普遍的现象：如果把男人和女人的嫁娶两相比较，就会发现其结果是有差异的——女人嫁错人比男人娶错了老婆的要多！或者说，女人嫁错人的可能性比男人要大得多！

也许有的女性不愿意相信这是真的。可是，目前进化心理学已经专门把这种现象纳入了自身的研究领域。大致说来，这种现象的发生，是由男性和女性进化而来的心理机制的不同所造成的。

一个男人如果决定娶一个女人为妻（而不是只与她发生一场风流韵事），在大多数情况下，他是不会出错的。从进化心理学角度讲，这是由男人在择偶时所面临的适应性问题决定的。由于男人从总体上看已经掌握了经济资源，并拥有相当的社会地位，因而他在选择妻子时，用不着考虑她是否有钱，是否门弟高贵，而只要她年轻漂亮、身体诱人、健康活泼就可以了。说到底,男人爱的是女人的身体;对于男人来说,性即是爱。男人爱女人的身体,不爱女人的"身外之物"。这也许是男人与女人的最大的心理差异。如果说世界上有"纯爱"的话,那么男人的纯爱就是直接指向女人的身体本身,这是实实在在的对身体的爱。至于女人的"身外之物",如她的金钱、财富、社会地位或"事业心"(所谓"女强人")等,均不是男人所真正在乎的东西。

但是,对于一个准备嫁人的女人来说,男人的身体,如他的身材与体格、长相与阳刚之气、健康等固然重要,但毕竟不是"第一位"的东西。由于从远古时期开始女性从总体上就没有掌握经济资源,因而只有通过婚姻,女人才能获得对男性经济资源的拥有。从进化而来的心理机制的角度说,对男性经济资源的"偏好",是所有女性婚姻择偶的总体的、实质性的偏好。实际上,现代女性完全继承了她们成功的祖先在择偶时的那种明智和谨慎。较之于善于择偶的女性,那些不加区分就随意选择丈夫的女性,就会更少成功地生育后代,甚至她的基因也会被淘汰。因此,女性进化形成的择偶偏好,尽管其内容各异,但都与男人的"资源"有关,目的是为了帮助解决她生存与繁衍的适应性问题。

既然嫁人能够给女性带来一大笔宝贵的资产,那么挑选合适的丈夫就必须付出相当艰巨的努力——这比男人找一个好老婆要难得多。这就意味着,在这个择偶过程中,女人比男人更容易犯错误。关键的原因在于:男人的"资源"并非总是看得见、摸得着的。用俗语来说,一个男人是不是有钱,并不是一下子就看得出来的。尽管进化史特别"眷顾"女性,让她们的择偶偏好对男性的某些"品质"或"线索"特别敏感——这些品质或线索,往往会显示出男性可能拥有的资源,或者他未来的发展前景和潜在的财富。可问题是,这些品质或线索,可能是生理上显而易见的,如运动技能和健康状况;也可能是间接的,如人格特征(它表现为男性的上进心、勤奋等)。还可能包括声誉与地位,如社会环境、男性同伴对某个男人的评价。当然,对于女性选择丈夫来说,经济资源的多少还是最显著的线索。

但是,如果一个女性自身的智慧有限,或认知能力差,或人格有缺陷,或某些不可控的外在因素等,使得她对男性资源的线索的"敏感

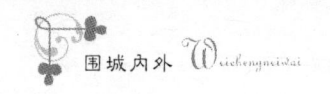

性"降低,或完全消失。在这样的情况下,她嫁错人,就势所难免了。

嫁给卡列宁:安娜悲剧的第一步

安娜是托尔斯泰最钟情的女主人公,他几乎是把世界上女人最美的外貌、最鲜明的人格魅力都赋予了她。可是,即便是这样一个如此雍容华贵、美貌绝伦、聪明文雅的女子,居然也嫁错了人!当然,作者没有向我们交代安娜何以错嫁给卡列宁,只是作为一个"既成事实"让我们接受下来。倒是安娜的哥哥奥布朗斯基道出了一点实情:

"我就从头说起:你嫁了一个比你大二十岁的人。你是没有爱情或者不懂得爱情就嫁人的。比如说,这是一个错误。"

"一个可怕的错误!"安娜说。

"不过我再说一遍:这是既成事实了。"

托尔斯泰在回顾卡列宁的成长史时,向我们交代了他是如何娶安娜的。卡列宁从小就是一个孤儿,由他那当大官的叔叔抚养成人。因为有叔叔作靠山,卡列宁大学毕业后一踏上仕途,便青云直上,从此就醉心于功名。到了卡列宁当省长的时候,安娜的姑妈,一位有钱的贵妇人,把侄女介绍给了卡列宁。当时卡列宁的年纪已不再年轻,但作为省长又算是年轻的人。这一"介绍"之事竟"使他处于必须有所抉择的境地,他必须有所表示,要么就是离开这个城市。"卡列宁犹豫了很久,因为他的原则是遇到疑难要慎重对待。可是安娜的姑妈通过一个熟人向他示意,"既然已经影响了姑娘的名声,如果他爱惜自己声誉的话,就应该求婚。于是他求了婚,并且把他能够有的感情都给了未婚妻和妻子。"这听起来让人觉得,卡列宁娶安娜,也颇有点无奈之感。

托尔斯泰的一个狡黠之处,是他不向读者交代他的三个主人公的具体年龄。当他们"出场"时,我们不知道他们各自实际上有多大。我们只知道,安娜依然年轻漂亮,魅力四射;伏伦斯基是年轻军官,风流倜傥。我们也得到暗示:卡列宁大安娜 20 岁,他们结婚已经八年,他们的儿子 8 岁。

这样一个年龄格局为安娜的外遇埋下了伏笔:夫妻俩的年龄悬

殊太大,安娜很难爱上卡列宁。那么,女性在选择丈夫时,什么样的年龄差距才合适呢?

年龄跨度与夫妻冲突

在现实生活中,当你听说一个年轻美貌的女子,嫁给大她好几十岁(往往是20至40不等)的老翁时,你也许会唏嘘不已:真是难以理解!其实,从进化而来的心理机制角度看,这种现象还是可以得到解释的,因而也是可以理解的。

显然,男性的年龄,为鉴别他拥有多少资源也提供了重要线索。就像灵长类动物学家所观察到的,年幼的雄狒狒只有在成年后才有可能进入狒狒社会的高阶层一样,人类社会的青少年和年轻人,也很少能拥有像成熟男性那样的地位和声望。甚至在西方发达社会,像在美国那样的文化里,男人的地位和财富往往也随着年龄的增长而积聚增加。

巴斯主持的那项国际性择偶研究证明了这一点。在所有37种文化中,女性都偏好年长的男性。平均而言,女性偏好年长约3岁半的男性。当然,不同文化下,这个年龄差别还有不同,例如,在加拿大说法语地区,女性选择的丈夫年长不到2岁;爱尔兰女性选择的丈夫年长5岁以上。在世界范围内,新娘和新郎的年龄差一般是3年。这表明,女性的婚姻决策或实际择偶行为,与她们的择偶"偏好"是相一致的。

为什么女性更看重年长的男性?从社会学角度看,必须考察人们随着年龄的增长而改变了什么东西。最普遍的变化之一是资源的增长。在目前西方社会,人们的收入一般都随年龄而增长,无论男人女人都是这样,只是男人增长得更快、更多。根据进化心理学的观点,在传统狩猎采集社会中,这种变化也许还与男性的体力以及狩猎本领相关。男性的体力往往随着年龄的增长而加强,一般在20岁末和30岁初达到顶峰。男性的狩猎能力将在35岁左右达到顶峰,随后他们体力会轻微下滑,而此时增长的知识、耐心、技能和智慧,则可以弥补这种损失。所以,可以推测,在资源对生存至关重要的"狩猎—采集时代",远古女性更偏好年龄较长者,而现代女性的择偶偏好可能正是这

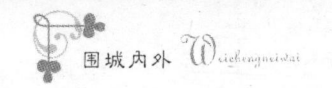

样进化而来的。

在巴斯那项涉及 37 种不同文化的国际性跨文化研究中,他发现一个很典型的偏好是,20 几岁的女性更愿意嫁给比自己稍稍年长、差距又不大的男性。女性平均偏好比自己大 3.42 岁的男性。从对人口统计数据的分析中,他获得了 37 种文化中新郎和新娘的年龄差。从这个样本中,新郎与新娘的平均年龄差是 2.99 岁。总体上看,在每个国家中,新郎都比新娘大几岁,从爱尔兰的 2.17 岁,到希腊的 4.92 岁不等。

爱之无能:卡列宁的人格缺陷

如果说,与卡列宁过大的年龄悬殊构成了安娜外遇的一个可能因素的话,那么卡列宁的人格缺陷——特别是爱之无能——则是安娜出轨的最主要的原因。

在国人的刻板印象中,卡列宁简直就是坏透了。请看中文版对"卡列宁"的介绍:

> 彼得堡官僚,省长,后升任沙皇政府部长。安娜的丈夫。典型的"官僚机器",自私、虚伪、刻板、冷酷,一心追逐名利,丝毫不懂风情。

我推测,在托尔斯泰心目中,卡列宁还不至于这么坏。如果我们对卡列宁的人格特质作一全面的分析,就不难看出这一点。

这里有一个人格分析的方法论问题——特别是在解读"文本"的时候。我主张,在解读卡列宁的人格特质时,要区分两个维度:一是作家本人对卡列宁的相对客观的描述;二是安娜、伏伦斯基等人对卡列宁的主观性评价。这一区分相当重要。特别是后者,因为在安娜与卡列宁的关系弄僵、破裂之后,安娜对卡列宁的看法免不了过于主观和偏激。如果我们稍不谨慎把安娜的看法等同于作家本人的看法,那就极有可能认为卡列宁坏透了。因此,下面我对卡列宁人格特质的解读,主要基于托尔斯泰的客观描述。

卡列宁兄弟两个,他们都不记得父亲。母亲死时,卡列宁也才 10 岁。这一童年经历的背景对于我们把握卡列宁的人格特征至关重要。

根据英国著名儿童心理学家约翰·鲍尔比(John Bowby)的"依恋理论",大多数适应不良的儿童都具有情感性障碍,而这种障碍与他们早期的"母亲剥夺"或缺失的经历是直接联系在一起的。鲍尔比发现,婴幼儿对母亲具有强烈的依恋感,并对母子的分离反应强烈。

他把婴幼儿情感性障碍产生的早期划分为三个阶段:第一是"抗拒阶段":一旦母亲离开视野的范围,婴幼儿就会哭,并抗拒别人的安慰,急着要找回母亲;第二是"绝望":当母子分离的时间延长,婴幼儿就变得安静、伤心和沮丧;第三是"隔离":此时幼童会避开或排斥其他人,包括母亲。

渐渐地,就算是母亲离开了他,这小孩也不会难过了。长大后,他也能适应社会,能与人交往,但这只是表面上的。他很少付出真感情,内心缺乏温情。所有这些都表明,婴幼儿能体验到母子"分离的焦虑",他并不能终止它,除非与母亲团聚,这种焦虑才能解除。因此,过度的分离焦虑通常是由不良的家庭环境造成的,比如,反复无常的威胁和放弃行为,家长的拒绝,父母或兄弟姐妹的疾病、死亡等,都会引起儿童的不良情绪反应。

正是由于早期亲子依恋关系的发展不善,致使卡列宁长大后形成一种突出的人格障碍——情感淡薄或冷漠。一般说来,情感淡薄的人,有一个典型的行为表现,那就是一心扑在工作上,醉心于功名。卡列宁一踏上仕途,就青云直上。就现在来看,他算是一个"好干部"。他竭力提高自己在官场中的声望,挫败自己的政敌,以便"可以对国家作出很大的贡献":

> 卡列宁作为一名政府要员的特性,也就是每一个步步高升的官员都有的特点,使他能够青云直上的特点,那就是,除了一心一意地追逐功名、稳健、廉洁和威信之外,还在于不看重官样文章,简化公文往返,尽可能直接接触实际,力求节省开支。

尽管公务几乎占去了他的全部时间,他认为还是必须时时注意知识领域出现的一切重大现象,故而晚上看书,已成为他必不可少的习惯。尽管"艺术跟他的天性是格格不入的",但正因为如此,他从不放过艺术领域有重大影响的现象,认为涉猎一切是自己的责任。在艺

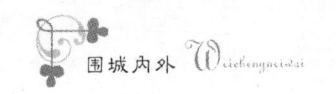

和诗歌,尤其是在音乐方面,尽管他一窍不通,他却有明确、最坚定的见解。他喜欢谈莎士比亚、拉斐尔、贝多芬,喜欢谈新的诗歌和音乐流派的影响,各种流派他都能分得清清楚楚,有条有理。以至于安娜在没有外遇前曾理性地在心里说:"他毕竟是一个很好的人,诚实,善良,在自己的事业上很有成就"。

就是这样,卡列宁过了一辈子,在官场上干了一辈子,却只是和"生活的映像"打交道——在这个意义上,托尔斯泰才说,卡列宁所过的是一种"虚伪的生活"。按现在的人格心理学观点,卡列宁具有典型的"社会退缩行为":在他碰到生活本身的时候,每一次他都躲避开去——就像当他第一次想到妻子有可能爱上别人的时候试图躲避一样。这个看似极其冷静、极其理智的人,却还有一个与他的整个气质格格不入的弱点:他见不得小孩子或女人的眼泪。他一见眼泪就心慌意乱,完全失去思考的能力。甚至当他见到情敌伏伦斯基流眼泪时,也感到"心里乱了"。

正是由于卡列宁多重的人格缺陷,他的情感淡薄的一面便不可避免了。特别是他在情感沟通中还有一个致命的弱点:"设身处地想别人之所想,感别人之所感,是和卡列宁格格不入的一种精神活动。他认为这种精神活动是一种有害的和危险的空想。"既然卡列宁认为与他人的情感沟通只是一种"空想",他与妻子之间长期不能想对方之所"想"、感对方之所"感",因而妻子发生外遇就只是个时间的问题了。

"我要爱情":安娜的天性

正如我在本书"序言"中所说的那样,"爱情"是人的天性中的东西。而对于安娜的外遇来说,不过是她的天性显现、展露得更加充分一些而已。要理解为什么婚外恋这种所谓"越轨"行为会发生在安娜身上,我们首先必须追寻安娜的人格特质,尤其是她人格特质中的"天性"方面。

要了解安娜的人格特质,离不开托尔斯泰对安娜的美的描写,因为外貌的美总是人的性格、气质的自然显露。特别具有心理学意味的是,托尔斯泰对人物的美(或丑)的刻画,喜欢(或几乎总是)站在"他人"的视角来"看",哪怕是"一瞥"。也许在托尔斯泰看来,他人的视角,比作家本人的视角更客观、更准确。在《安娜·卡列尼娜》中,安娜的美主要是从伏伦斯基、吉娣、陶丽和列文的眼中来展现的。

先讨论陶丽(安娜的嫂子)的妹妹吉娣看安娜的美。吉娣第一次见到安娜是在安娜的哥哥奥布朗斯基家里。她觉得"安娜不像一个上流社会的贵妇人,也不像有了八岁的孩子的母亲。""她倒是像一个二十岁的姑娘"。而在吉娣家里举行的那场舞会上,吉娣是这样连续两次看安娜:

> 安娜没有像吉娣一心希望的那样穿紫色衣裳,却穿了一件黑丝绒敞胸连衣裙,露出她那像老象牙一样光润丰满的肩膀和胸脯,以及圆圆的胳膊和纤手……她的发式并不引人注目,引人注目的是那老是在脑后和鬓角翘着的一圈圈任性的鬈发,这为她更增添了几分风韵。在那光润而丰腴的脖子上挂着一串珍珠。
>
> 吉娣现在才明白,安娜不能穿紫衣裳,她的魅力就在于她这个人总是比服饰更突出,服饰在她身上从来就不引人注目。这件镶着华丽花边的黑色连衣裙就不显眼,这不过是一个镜框,引人注目的只是她这个人:雍容、潇洒、优雅,同时又快快活活,生气勃勃。

安娜的性格和气质是用不着服饰打扮来衬托的。当吉娣第二次看到在舞场中跳舞的安娜时,安娜却又是一种完全不同的、令人意想不到的模样儿了:

> 她看到,安娜醉了,饮的是男子倾慕的美酒。她熟悉这种心情,也熟悉这种心情的表现特征,现在就在安娜身上看到了:看到了眼睛里那颤动的、闪烁不停的光芒,那情不自禁地浮现在朱唇上的幸福和兴奋的微笑,还有那格外优美、利落、轻盈的动作。

再看陶丽眼中的安娜。当伏伦斯基和安娜在乡下的沃兹德维任村过夏天的时候,陶丽去看望安娜。最使她惊讶的,是她熟悉和喜欢的安娜身上所发生的变化:

> 现在陶丽为那种难得一见的瞬间美所惊到,这种美只有女人

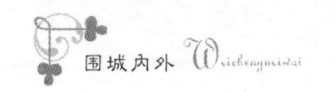

在热恋时刻才会出现,现在她就在安娜脸上看到了。她脸上的一切:腮上和下巴上那清楚的酒窝,嘴上那清晰的皱褶,荡漾在整个脸上的微笑,眼睛里的光彩,动作的优美和敏捷,声音的圆润,甚至在维斯洛夫斯基要她让他骑她的马,教马学会右腿起步,她回答他时那娇嗔的样子——这一切都格外有魅力。

安娜的美甚至能使像列文这样的"正派的已婚男子",在初次见面的那个晚上迷恋到能够迷恋的最高程度:

> 这是安娜的画像……列文望着这幅在灯光照耀下好像要从画框里走出来的画像,舍不得离开了。他甚至忘记了自己在什么地方,也不去听别人在说什么,只是目不转睛地盯着这幅美妙的画像。这不是画,是一个活生生的迷人的女人,一头乌黑的鬈发,露着肩膀和两臂,那长满柔软毫毛的嘴唇带着若有所思的似有似无的微笑,那一双使他心神荡漾的眼睛得意洋洋而又脉脉含情地望着他。

当安娜从屏风后面走出来迎接他时,尽管穿着、姿势和表情不尽相同,但也像画家在画里所表现的那样,"处在美的顶峰"。在与列文谈话过程中,安娜显示出上流社会女子处处雍容大方的风度。安娜说话不仅毫不做作,有条有理,而且又十分随意,不认为自己的见解有什么了不起,而是非常看重对方的见解。列文还在他异常喜欢的这个女子身上看出另外一个特点,除了聪明、文雅、美丽以外,她还非常诚实。列文一直在欣赏她,欣赏她的美,她的聪明、学识,同时也欣赏她的单纯和真挚。以至于当列文离开时,"他觉得自己对她产生了爱恋和怜惜之情,这是他自己也感到惊讶的"。

托尔斯泰通过他人眼中的安娜,恰到好处地向我们展示了安娜的人格魅力:美丽、雍容、潇洒、优雅、生气勃勃、聪明、

由著名法国女星苏菲·玛索主演的《安娜·卡列尼娜》电影海报。

大方、诚实、单纯和真挚等等。不难想象,这样一位处在美的顶峰的女人,对于爱情是何等程度的渴望!下面这段话,可以看做安娜与卡列宁决裂后所表白的爱情宣言书:

> 大家不知道,八年来他怎样摧残我的生命,摧残我身上一切像活人之处,他从来没有想过,我是一个活的女人,是需要爱情的。大家不知道,他动不动就侮辱我,而且还自鸣得意。难道我没有尽可能,尽一切可能好好过日子,求一个好名声吗?难道我没有想方设法爱他,在已经无法爱丈夫的时候,没有想方设法爱儿子吗?可是到后来,我明白了,我不能再欺骗自己,我是一个活人,我没有罪,上帝生就我这样一个人,我要爱情,我要生活。

3.2 "蔚蓝色的雾":安娜爱情的心路历程

安娜是一个对人生的真谛充满悟性,并具有一种崇高的、"诗意的精神境界"的女人。当她与吉娣谈话时,似乎作为"过来人"(与吉娣的年轻和美丽相比),她说了如下一段充满人生哲理的话:

> "啊!你正处在一个多么美好的时候呀,"安娜继续说下去,"我记得和熟悉这蔚蓝色的雾,就像瑞士那山里的雾一样。这蔚蓝色的雾笼罩着童年即将结束时那个幸福时代的一切,离开那又幸福又欢乐的广阔天地,路就越来越窄,等到走进那穿廊,那就有欢乐也有恐惧了,尽管那穿廊似乎也是光明和美好的……谁没有走过这条路呀?"

我把这段话解读为安娜的一个隐喻——"蔚蓝色的雾"。这种蔚蓝色的雾隐喻着女人一生所走过的路:只有少女时代,才笼罩着这"蔚蓝色的雾"——这是一个既幸福又欢乐的广阔天地;而后,女人的"路"就越走越窄;等到走进那"穿廊"即婚姻状态时,那就既有欢乐也有恐惧了——尽管似乎婚姻也有光明和美好的一面。哪一个女人没

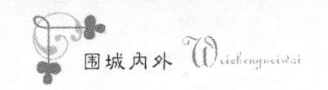

有走过"这条路"呀?

婚外恋作为爱情的特殊形态,其突出的特征就是:婚外恋的过程,总是当事人不可避免地伴随着内在的心理冲突的过程;这种"心理冲突"是如此之强烈,以至于时而使人进入一个痴迷梦幻的神奇世界,时而又把人带入阴郁绝望的"罪恶"之渊。而揭示婚外恋者这种内在的心理冲突背后的心理机制,则是进化心理学家才有可能完成的任务。

安娜外遇的初恋阶段:一见钟情的"羞臊感"

外遇的初恋与一般初恋在心理状态上有很大的不同。尽管爱情的发生都有刹那间一瞥的心动——通常所说的一见钟情,但这种"钟情"的心理效应有很大的差别,托尔斯泰深谙其妙。请看安娜与伏伦斯基的第一次见面:

伏伦斯基在火车车厢门口给一位下车的太太让路。他道了一声歉,就要朝车厢走去,可是觉得还需要再看她一眼,"不是因为她长得很美,不是因为她的整个身姿所显露出来的妩媚和优雅的风韵,而是因为经过他身边时,她那可爱的脸的表情中有一种特别温柔、特别亲切的意味儿":

> 在这短短的一瞥中,伏伦斯基发现有一股被压抑着的生气,闪现在她的脸上,荡漾在她那明亮的眼睛和弯了弯朱唇的微微一笑中。仿佛在她身上有太多的青春活力,以至于由不得她自己,忽而从明亮的目光中,忽而从微笑中流露出来。她有意收敛起眼睛里的光彩,但那光彩却不听她的,又在微微一笑中迸射出来。

作者接着向我们暗示:是安娜在主动——她抛给伏伦斯基"风情之球",紧紧握住他的手,并且"大胆地摇晃了几下"。第二次安娜看到伏伦斯基是在奥布朗斯基家里,"不知为什么她心里顿时出现一种又高兴又慌乱的奇怪心情"。在吉娣家里的舞会上,当伏伦斯基走过来时,吉娣发现安娜"有意"不理睬伏伦斯基的鞠躬。舞会还没结束,安娜就要走。"您一定要明天就走吗?"伏伦斯基问。"是的,我是这样想的。"安娜在说这句话时,她的眼睛和微笑中颤动着的压制不住的光芒

"把他的心燃着了"。

一想到伏伦斯基,安娜就觉得心慌,她所以要提前走(回彼得堡),就是为了避免再和他见面。当她上了火车后,脑子里首先出现了这样的念头:"好啦,感谢上帝,一切都过去了!"明天就可以看到儿子和丈夫了,"可以照老样子过我的安安稳稳的、过惯了的日子了"。

随后,安娜拿出一本英国小说看,也看得进去,

可是她看起来并不愉快,也就是说,跟踪别人的生活足迹并不愉快,她太想亲身经历一番了。她看到小说中女主人公照应病人,她就想轻悄悄地在病房里走走;看到国会议员发表演说,她也想发表这样的演说;看到玛丽小姐骑马打猎,捉弄嫂子,泼辣得令人吃惊,安娜也很想亲自试试。

这段心理描述让我们想起福楼拜笔下的包法利夫人,是那样的浪漫,那样地充满着不切实际的幻想。安娜一一回想了她在莫斯科所发生的事。想起伏伦斯基和他那张"多情的、温顺的脸",想起自己和他的全部关系。渐渐地,她的"羞臊感"增强了。但她又调动了她的自我防御机制——合理化:"难道我怕正视这事儿吗?那有什么呢?难道在我和那个军官小伙子之间,除了一般的熟人关系之外,还有或者可能会有什么别的关系吗?"

托尔斯泰在这里所刻画的安娜的"羞臊感",有其进化而来的心理机制,可以用特里维斯的"亲代投资"和"性选择"理论来解释。我们已经知道,特里维斯做出了两个意义深远的预测:(1)为后代投资更多的一方(通常是雌性,但不完全是),择偶时会更加挑剔;(2)投资更少的一方(通常是雄性)在争夺异性时会更具竞争性。对人类而言,女性显然必须付出更多的亲代投资。要得到一个孩子,女性必须忍受十月怀胎的痛苦,而男性只需要花上几分钟时间。

今天,女性对怀孕的恐惧确实减少了,也可以"为快乐而快乐"而发生短期的性关系。但是,进化心理学提醒我们,人的"心理机制"是进化而来的。在避孕技术发明之前,人类的性心理——特别是性心理的机制——就已经存在,它所起的作用在女性那里甚至更加明显。因此,女性在面临外遇的初期,总是会发生意识(渴望爱情)与无意识(压

121

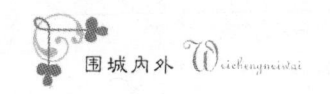

抑爱情）之间的冲突。而安娜的"羞臊感"——托尔斯泰精到地表述为"她心里希望而在理智上害怕"，这不过是这一机制起作用的表现。

从"羞臊感"到"噩耗般的梦境"

随着伏伦斯基对安娜的穷追不舍——"您到哪儿，我就到哪儿，我没法不这样"，安娜的那种心里希望而理智上害怕的心态愈来愈明显。一方面，她动用了精神分析学所说的自我防御机制，特别是合理化，来为自己的羞臊感和不安心情作辩护：伏伦斯基说了些"傻话"，说了就算完了，而且我也回答得很得体，这事不必对丈夫说。还暗自思忖：卡列宁"毕竟是一个很好的人，诚实，善良，在自己的事业上很有成就。"回到家中后，"她心中的火花现在好像熄灭了，也许是远远地隐藏到什么地方去了"。

另一方面，安娜又经常进出大的交际场所，常常遇到伏伦斯基，并在这种相遇中尝到欢乐，心荡神怡。尽管她从来不给他什么话茬儿，但她每次遇到他，心中就涌起一股兴奋劲儿，就像在火车上第一次见到他的那一天一样。她有时去参加晚会，原以为会遇到他却没有见到他，就会感到无限惆怅。因此"她完全明白了，她是在欺骗自己"。

在安娜的表嫂培特西公爵夫人家里的那次公开的谈话（后来卡列宁也来了），表明安娜在初恋阶段的心理冲突达到了顶峰：她不准伏伦斯基说"爱情"这个词儿——"这个讨厌的词儿"。（当然，她立刻也感觉出来，她一用"不准"这个词儿，就表示她认为自己对他有一定的权力，这也就是鼓励他诉说爱情。）"我所以不喜欢这个词儿，是因为这个词儿在我来说有太多的含义，远不是您所能理解的。"托尔斯泰在这里真是巧夺天工，一下子就道出了安娜与伏伦斯基之间的微妙的差异：安娜毕竟是"过来人"，她对爱情的理解——尤其是像她这样处于婚姻关系中的女人，与作为年轻人的、单身汉的伏伦斯基，是有相当的距离的。

《安娜·卡列尼娜》写到第二部第十一章，安娜外遇的初恋阶段方才收了笔——按我解读作者的观点看，因为这一次他们发生了第一次身体接触。但托尔斯泰的笔触给我们的心理学解读提出了一个难题：

> 她觉得自己罪孽深重，大逆不道，所以她只有低声下气，请求

3 托尔斯泰的《安娜·卡列尼娜》

饶恕；而现在她在这人世间除了他以外再没有什么人了，所以她就向他恳求饶恕。她望着他，浑身感到自己低下，什么话也说不出来。他这时的感觉，却像一名凶手看到被他夺去生命的尸体时的感觉。这被他夺去生命的尸体就是他们的爱情，他们初期的爱情。回想起这种为之付出羞愧难当的可怕代价的事，就觉得有些可怕和可憎。这种精神上被剥得一丝不挂的羞愧感使她受不了，也传染给了他。然而，不管凶手面对死者的尸体有多么害怕，还是要把尸体切成碎块，还要享用凶手谋杀的成果。

于是，凶手就像迫不及待似的带着一股狂暴劲儿扑向尸体，又是撕扯，又是切割；他就是这样在她的脸上和肩上拼命吻起来……

诚实地说，要把这一段读懂，还着实不易。我权且作如下尝试：

托尔斯泰在这里要表达的是外遇中"情欲"与"代价"的关系问题。对安娜来说，她此刻所体验到的东西，更多的是代价感：她与伏伦斯基的爱情，是不可能的，可怕的，至多只是"更使人神往的幸福的理想"；伏伦斯基的吻，使她既喜悦，又羞愧和恐惧——"一切都完了，除了你，我什么都没有了"。这种精神上被剥得一丝不挂的羞愧感、这种为之付出可怕的代价的可憎感，使她受不了。

而对于伏伦斯基来说，此刻更多地体验到的是情欲的满足。这差不多成为他整整一年来生活中唯一的欲望，代替了他以前的一切欲望。此刻，这一欲望得到了满足。由于伏伦斯基没有安娜那么多的心理负担，他的爱可以为所欲为，带着一股狂暴劲儿，就像一名凶手看到被他夺去生命的尸体时那样，享用"谋杀"的成果。由此，托尔斯泰戏谑而略带讽刺地比喻说：他们的爱情，他们的初恋，就是被伏伦斯基"夺去生命的尸体"。这里，作者也为这场爱情的悲剧性——安娜的自杀——埋下了伏笔。

如果说伏伦斯基的初吻并没有使安娜轻松宁静的话，那么后来接二连三的"噩耗般的梦境"，常常使她带着恐惧的心情醒来。她几乎夜夜都要做同一个梦。她梦见，卡列宁和伏伦斯基两个人一块儿给她做丈夫，两个人都拼命和她亲热。安娜的梦境极具象征意义，正是女性进化而来的一种心理机制——谋求长期的配偶关系——起作用的表现。

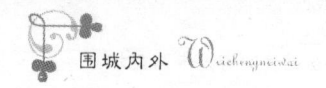

安娜的热恋阶段：偏离"知道而又不愿意知道的航向"

托尔斯泰向我们揭示，婚外恋的热恋阶段与一般热恋，在当事人的心理状态上同样有自身的特点。我认为，作者为我们提供了一个非常贴切的隐喻，我把它叫做"罗盘隐喻"。这个隐喻的提出与安娜的儿子谢辽沙有关。因为谢辽沙常常成为他们关系中的最大障碍，特别是伏伦斯基总是感到安娜的儿子那种带有疑问的，甚至带有敌意的目光：

>有这孩子在场，在伏伦斯基和安娜心中都会出现一种感觉，感到自己就像一个航海者，从罗盘上看到自己高速航行的方向远远偏离正确的航线，却又无法停航，看到一分钟比一分钟离正确的航线更远，也看到，要承认自己误入歧途，就等于承认自己灭亡。

>这孩子正因为用天真的目光看待生活，就好比是一个罗盘，可以指出他们偏离他们知道而又不愿意知道的航向有多远。

这个隐喻的深刻之处在于，它恰到好处地揭示了婚外恋者面临的一个爱情悖论：他们"知道"自己偏离了生活的日常航线，又"不愿意知道"自己偏离生活航线有多远。由于前者，他们依然我行我素，不顾一切地爱下去；由于后者，他们只好"自我欺骗"，为自己的行为给出一个合理的解释，以求心理平衡。

安娜就是这样——哪怕是处在热恋的阶段。热恋中的安娜仍然免不了心理上的落差，甚至连伏伦斯基也能感觉到："她以前是不幸的，但却是高傲的、心安理得的；现在就不能心安理得、不能骄矜了，虽然她尽量不表露这一点。"不论什么时候伏伦斯基问她在想什么，她都会这样回答：想着一件事，想的是自己的幸福与不幸。她在想，为什么这种事在别人身上，不算什么事儿，可是在自己身上就这么难受呢？安娜有时还想到："我是一个坏女人，一个堕落的女人。"她在内心深处认为自己过的是虚伪作假的、不清白的日子，一心想改变这种状况。于是在和卡列宁一起从赛马场回来的路上，安娜正式向丈夫摊牌："我爱他，我是他的情妇，我讨厌您，怕您，恨您……"

3 托尔斯泰的《安娜·卡列尼娜》

但是,第二天早晨她一醒来,首先想到的就是她对丈夫说的那番话,她觉得那番话非常可怕,现在她简直无法理解,她怎么会说出那样一些奇怪的粗鲁的话,她也无法想象,这会有什么样的后果。她一忽儿想到管家就要来把她赶出家门,她的丑事就要暴露在大庭广众之下;一忽儿又觉得伏伦斯基不爱她了。

> 她不仅觉得痛苦,而且对于她从来不曾有过的一种新的精神状态开始感到恐惧。她感觉到,她心中的一切都开始变为两重的,就好像有时物体在疲倦的眼睛里变为两重的。她有时不知道她害怕的是什么,希望的是什么。是害怕还是希望,害怕或希望的是已有的还是会有的情形,以及希望的究竟是什么,她都不知道。

当安娜收到卡列宁拒绝离婚的亲笔信时,就觉得有一种意想不到的可怕的灾难来到她的头上。她已经在内心深处感觉到,"她什么也无法撕破,怎么也无法脱离原来的处境,这处境多么尴尬,多么窝囊"。安娜向丈夫摊牌,本来是想使自己的状况明朗化,现在,这幻想永远破灭了:

> 她预料到,一切还会像原来一样,甚至比原来还坏得多。她觉得,她在上流社会享有的地位,今天早晨她还认为是微不足道的,现在对于她就是非常宝贵的了,她没有力量用这种地位去换取一个抛弃丈夫与儿子、和情夫姘居的女人的可耻地位。她觉得她不论怎样努力,都不能刚强起来。她永远享受不到恋爱的自由,倒是要永远成为一个有罪的妻子,一个瞒着丈夫、跟另外一个风流放荡、无法共同生活的男人过偷鸡摸狗的日子的妻子,时时刻刻担心被揭露。

托尔斯泰这一段对安娜心理冲突的刻画相当的到位。它揭示了一个重要的进化心理学的择偶原理:女人进化出了一种对男人社会地位的偏好;一旦获得了高社会地位的男性配偶,她的潜意识中就会有一种担心被失去的恐惧。这是怎么回事呢?

125

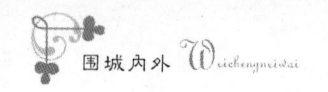

女性对高社会地位男性的偏好

灵长目动物学家发现,猩猩、大猩猩,特别是黑猩猩,是一个具有严密的等级地位的群体社会,那些地位高的便支配和统治着地位低的。而人类学家相信,社会地位的等级性,是人类不同社会文明的共同特征。在现代社会,女性往往偏好社会地位较高的男性——特别是在婚姻择偶中。从心理机制角度讲,这是因为社会地位是判断资源控制量的最通常的线索,或者说,高社会地位无非是体现资源丰厚的线索。具体来说,较高的社会地位就伴随着充足的食物,更广袤的领地,以及更优越的健康护理。除此之外,社会地位高的男性还能给子女提供更多的机会。就世界范围而言,地位较高的家庭的男孩长大后,往往也能得到更多更好的配偶。人类学家伯茨格(L. L. Betzig)在一项对186种社会的研究中,发现高地位的男性一般都拥有更多的财富和妻子,他们的子女一般也能得到更好的抚养。

除了人类学的考查外,心理学家还进行了大量实验研究,以证实女性确实有对高社会地位男性的偏好。例如,心理学家巴斯就想要探明与选择短暂的性伴侣相比,选择婚姻配偶时人们更看重哪些品质呢?他选择的实验参与者是密歇根州立大学的男生和女生。几百个参与者,对他们"想要的"和"不想要的"共67项品质进行了评估,按照-3("最不合意的")到+3("最合意的")打分。结果表明,女性把"职场成功"和"有发展前途"评为婚姻择偶时最合意的品质,平均等级分别高达+2.60和+2.70。而在选择随意的性伴侣时,这两项的平均等级分别只有+1.10和+0.40。显然,相对于选择性伴侣,这些体现未来社会地位的"线索",在选择婚配对象时更具有吸引力。这项研究还表明,美国妇女还很注重男性的"教育程度"和"职业水平",这些品质也和社会地位密切相关。

对此,我们能得出什么结论呢?地位的等级性是人类社会的一般特征,而"对地位的追求"男性比女性更甚。这样,物质资源往往就积聚到那些社会高层人士手中。从进化而来的心理机制看,远古女性偏好"高地位的"远古男性,也许能在某种程度上解决资源获取的适应性问题。而现代女性就是那些繁殖成功的女性祖先的后代,因此也继承了她们的择偶偏好。

安娜外遇的冷淡期：维系爱情

如果说安娜在外遇的热恋期都免不了一种"两重性"的心理状态——既"知道"，又"不愿意知道"；既"希望"，又"害怕"；既"我反正就这样了"，又"无法设想这会有什么样的结局"，那么当她与伏伦斯基的爱情进入冷淡期，她的心理冲突就更加厉害和复杂了。

对于处于冷淡期的安娜来说，她的一个主要任务，就是进化心理学所说的"留住配偶"，亦即通常我们说的维系爱情。留住配偶的方法多种多样，其中一个有效的方法就是性嫉妒。

外遇中的安娜，明显不同于早先她作为小说主人公开始"出场"的时候——为她哥哥奥布朗斯基解围、劝说陶丽宽恕奥布朗斯基的外遇。那时，安娜展示了她那惊人的劝说艺术：既不说虚情假意的同情话，又一下子就猜到最能打动陶丽的是什么。"我既不想替他说话，又不想安慰你；那是没有用的。不过，好嫂子呀，我真替你难过，打从心底替你难过！""最使我感动的就是，有两件事使他很痛心：一件是他没脸见孩子们，另外一件就是他爱你……我完全理解你的痛苦，只有一点我不知道：我不知道你心里对他还有多少爱。只有你知道，是不是还有足够的爱支持你饶恕他。如果还有的话，就饶恕他吧！"不到一天的工夫，安娜的劝说就成功了。

可是，安娜现在的心态就大为不同了。她开始特别关注伏伦斯基的行踪。小说中有一个场景，那是伏伦斯基第一次冒险到卡列宁家里与安娜相会（碰巧的是，在门口几乎和卡列宁撞了个满怀）：

> 她把两手搭在他的肩上，用深情、狂喜，同时又是探询的目光对着他看了很久。她细细审视他的脸，以补偿她没有看到他的那段时间。她就像每次和他相会时那样，要把想象中的他（那是无比英俊的，在现实中不可能有的）和实际的他融为一体。

这里，作者用"探询的目光"、"细细审视"、"补偿"、"想象中的他"等词，恰到好处地刻画了安娜的某种性嫉妒心态。在过后的谈话中，安娜忍不住说起伏伦斯基"以前认识的那个泰莉莎"："你们男人多下

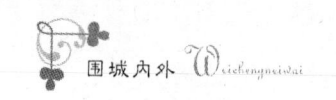

流呀！你们怎么就不明白，一个女人是不会忘记这种事儿的，尤其是一个无法知道你的生活的女人。你现在的事我知道什么呢？过去的事我知道什么呢？"安娜还自我辩解说："我并不胡乱猜疑；你在这儿，跟我在一起的时候，我是相信你的；可是当你一个人在什么地方过那种我不了解的日子时……"

托尔斯泰在这里揭示了婚外恋中的性嫉妒的一个典型特征：不像婚姻中的性嫉妒——夫妻基本上朝夕相处，原则上了解彼此的行踪，外遇中的性嫉妒，则由于无法把握对方的行为轨迹，正如安娜所说的那样，"无法知道你的生活"、"你一个人在什么地方过那种我不了解的日子"，因而更容易激活人们头脑中进化而来的潜意识的性嫉妒，也就更有可能加剧两性之间的心理冲突。

近来安娜的嫉妒心发作得越来越频繁，这使伏伦斯基感到害怕；而且，不论他怎样想方设法掩饰，这也使他对她渐渐"冷淡"了，虽然他知道，她嫉妒正是因为爱他。他俩之间的冷淡自从欧洲旅行结束回到彼得堡后，就更加明显了。他们住在一家上等旅馆里，伏伦斯基单独住在楼下，安娜带着小女儿、奶妈和侍女住在楼上有四个房间的大套间里。

安娜回俄国的目的之一就是看望儿子。她无时无刻不在想着儿子，可是她回到彼得堡已经两天了，却没有见到儿子。她的痛苦只有独自承担，她不能也不愿意让伏伦斯基分担。她知道，在他来说，她看不看儿子是最微不足道的事，虽然"她的不幸主要就是他造成的"。她知道，他永远也无法理解她的痛苦有多么深。好不容易偷偷地在自己原来的家里见到了儿子一面，她回到旅馆的冷冷清清的房间里，"很久都不明白为什么她在这里"。她心中忽然出现了一个"奇怪的念头"：他要是不爱我了，那怎么办？她一一回想最近几天的一些事情，就觉得处处能看到迹象，足以证实这可怕的念头：他昨天不在家里吃饭，他坚持在彼得堡分房居住……

即使是在他们搬到乡下去住的那段相对冷清和宁静的时间里，安娜也对来访的陶丽说，"我有时觉得很难过，我在这里像一个多余的人。"陶丽也通过伏伦斯基在花园里驴唇不对马嘴地谈起他的社会活动的情形，明白在社会活动这个问题上，安娜和伏伦斯基暗地里有争

3 托尔斯泰的《安娜·卡列尼娜》

吵。安娜还对陶丽这样说:"我不是他的妻子;他高兴爱我多久,就爱我多久。怎么办?我靠什么来维系他的爱情呢?"当陶丽说起干吗不考虑离婚时,安娜重重地叹了一口气:"我不考虑?没有哪一天、哪一个钟头我不考虑,没有哪一天、哪一个钟头我不因为自己考虑责骂自己。我每每考虑起这事儿,不服吗啡就不能睡觉。"

在乡下居住的那一个夏天和一部分秋天,安娜为维系爱情付出了最大的努力。托尔斯泰这样写道:

> 但她最关心的还是她自己——她在伏伦斯基心目中有多大分量,她能够在多大程度上代替他所抛弃的一切。她不仅要使他喜欢,而且要好好服侍他,这已成为她唯一的人生目的。

安娜外遇的冲突期:使他俩作对的"恶魔"

在安娜外遇的冷淡期,她就已经开始把自己的"不幸"归咎于伏伦斯基。这样就使他们的关系不可避免地进入白热化的冲突期。这一时期大约开始于他们在乡下居住的那个深秋(11月底他们离开庄园一起去莫斯科了)。

安娜认定伏伦斯基"开始冷了";她在心里承认,他已经觉得她是累赘了。她反复琢磨伏伦斯基那种表示有权自由行动的目光,便意识到"自己的低下":"他有权利想什么时候走就什么时候走,想到哪儿去就到哪儿去。不但可以走,而且可以把我丢下。他什么权利都有,我什么权利也没有。"安娜尽管无可奈何,但她还是像以前一样,只能用爱情和美貌把他"拖住"。到如今,安娜想到还有一个办法:不是"拖住"他,(她之所以拖住他,只是因为她要他的爱情,别的什么也不要)而是要让他无法抛弃她。这个办法就是离婚和结婚。安娜为了维系爱情,这算是最后一招了。11月底,安娜和伏伦斯基回到莫斯科,像"正式夫妻"一样住了下来,每天都在等待卡列宁回信,好接着办离婚手续。

也许是为了有意识地激起伏伦斯基的性嫉妒,最近一个时期安娜故意对年轻男子进行挑逗。还在乡下庄园期间,她就挑逗过维斯洛夫斯基。还对陶丽说:"你也看到,我还有人垂青呢。维斯洛夫斯

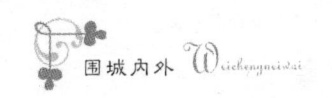

基……"到了莫斯科,她又在第一次和列文见面时,整个晚上都在施展浑身魅力挑逗(尽管是无意识地)列文。她甚至也知道,她已经使一个"正派的已婚男子"迷恋到一个晚上能够迷恋的最高程度。但是,一个念头总是在安娜的脑海中反复纠缠:"既然我对别人,对这个有妻子、情有所钟的人,都这样有魅力的话,那他为什么对我这样冷呢!"

为了形象地刻画安娜与伏伦斯基的情感冲突,托尔斯泰使用了他们"心中的恶魔"这样一个隐喻:

> 她感觉到,除了使他们结合的爱情,在他们之间还出现了使他们作对的恶魔,她无法驱除他心中的恶魔,更无法驱除自己心中的恶魔。

爱到尽头出恶魔!这是一种什么样的"恶魔"呢?托尔斯泰打了一个哑谜,要让后人去解析。确实,爱情,使他俩"结合";而那恶魔,显然就是一种使他们"分离"的力量!根据进化心理学的"人的天性的普遍性"观念,爱情是人的一种天性;恶魔,也是人的天性中的东西。或者说,爱情的天性中就伴随着恶魔的天性!正是这种恶魔的存在,爱情的褪色或最终消失就都是必然的。

当然,我们还需要对这一"恶魔"作具体的、特别是心理层面上的分析。对安娜来说,其中一个重要的恶魔就是她的心理出现了"异常"(abnormal,或称为"变态")或"失调"(maladjusted)。笼统地说,就是安娜出现了心理障碍或人格障碍。我认为,安娜的心理障碍或人格障碍,是致使她最终自杀的直接原因。

根据我对《安娜·卡列尼娜》文本的解读,我认为安娜的心理异常主要是偏执。按美国精神病学协会《诊断与统计手册第四版》(DSM-IV,1994年)中的分类,偏执的问题被归为"轴II:人格障碍",称为"偏执型人格障碍"。这种障碍主要表现为对他人的不信任和猜疑。

安娜对伏伦斯基的不信任和猜疑在自杀前达到了顶峰。托尔斯泰对此作了详尽的、全方位的描述。首先,安娜单方面地断定伏伦斯基对她冷了——从"开始冷了"、"更冷了",到"完全冷了"。她从他说话的语调,从他那越来越冷的目光中看得出来:他没有原谅她每次争吵的胜利,她多次反抗过的那种强硬劲儿,又在他身上出现了。他对她比先前"更冷了",似乎在后悔向她屈服;而当他们第一次闹别扭闹了一整天时,安娜更是断定:这已经不是闹别扭,这是明显地表示已经"完全冷了"。

安娜不仅认为伏伦斯基冷了,而且还猜疑他有"敌对的态度"。她总是看出了伏伦斯基脸上那冷冷的要吵嘴的表情。当他要求"温存的表示"时,安娜却有一种很奇怪的愤恨劲儿不让自己服从自己的感情,好像争吵的规则不允许她屈服似的:"你真不知道这在我是什么滋味儿!就像现在这样,在我觉得你用敌对态度,就是用敌对态度对待我的时候,你真不知道这在我意味着什么!你真不知道此时此刻我多么灰心绝望,多么担心,担心我自己!"

更糟糕的是,安娜对伏伦斯基的抱怨进一步演变为俩人"相互的怨气":

> 他们相互的怨气没有任何外部原因,一切想消除隔阂的尝试不仅没有消除,反而增加了怨气。这是一种内在的怨气,在她来说,其来由是他的爱情的淡薄,在他来说,是他后悔自己为了她而陷入难堪的境地,她不想方设法改善处境,反而使他的处境越来越难。他们都不说出自己怨恨的原因,但他们都认为错在对方,并且一有借口就想方设法证明对方错了。

托尔斯泰这段话对导致两性冲突的心理根源作了充分的揭示,具有重要的心理学价值。按今天的进化心理学来解释,在导致两性冲突的心理根源中,有一种根源属于"错误记忆"中的偏颇。所谓"偏颇"是指,人们在回忆过去时,其思维在很大程度上受到当前的信念和现在的感受的影响。主要有三种偏颇:① 一致性偏颇:把"过去的"感觉和信念说成是类似于"现在的"样子;② 唯我型偏颇:通常按自我强加的方式回忆过去;③ 陈规型偏颇:如刻板印象、地域偏见、种族歧视等。

安娜犯了典型的"一致性"和"唯我性"偏颇的记忆错误。一致性偏颇经常会歪曲情人双方对过去感情的追忆,因为现在的情人关系的状况会影响他们对于过去的回忆;而唯我型偏颇又以"自我"为中心的方式看待过去的一切,因而在安娜当下的心境看来,一切都是伏伦斯

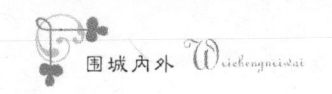

基的错,并且寻找借口证明他的错。

现在,安娜又为她对伏伦斯基的不信任和猜疑提供了另一个借口:"他爱上了别的女人"。她认为,伏伦斯基整个的人,包括他所有的习惯、心思、愿望,以及他所有的气质和身体特征,可以归结为一点,就是"爱女人"。依安娜的判断,他必然是把一部分爱情转移到另外一些女人或者另外一个女人身上,所以她嫉恨。她还没有嫉恨的对象,就寻找嫉恨的对象。她常常凭一点点儿形迹,嫉恨这个女人,又嫉恨那个女人。有时,她嫉恨那些下流女人,因为他在过独身生活时和她们有过旧情(事实上,并非如此),现在很容易再勾搭上;有时她嫉恨那些上流社会的女人,因为他也可能遇到她们;有时她嫉恨她凭空想象出来的一位姑娘,认为他想抛掉她去和那姑娘结婚。这最后一种嫉恨最使她痛苦,尤其因为他在有一次谈心时无意中对她说,他的母亲真不了解他,竟然劝他和索罗金娜公爵小姐结婚。

就这样,安娜的行为方式符合偏执型人格障碍的典型特征:因为猜疑伏伦斯基,不信任他,于是就恨他,寻找种种理由发泄她的怨恨。她把她的处境的种种痛苦——在莫斯科的痛苦等待,上不着天,下不着地,卡列宁的迟迟不给答复,自己孤独寂寞——都归罪于他,把这一切都算到他的账上。就连他们之间难得有的片刻温存,也不能使她得到安慰,因为现在她看出他的温存中有一种心安理得的意味。这是以前没有的,是使她很恼火的。

安娜之死:照亮人生之书的"蜡烛"永远熄灭

安娜的偏执发展到最后,就是既折腾自己又折腾伏伦斯基。安娜不想在莫斯科等离婚了,想回到乡下去,伏伦斯基也同意。可在何时走的问题上,安娜又折腾起伏伦斯基了。安娜要后天走,伏伦斯基说后天是礼拜天,他要到母亲那里去一下。安娜眼前立刻浮现出那个同母亲一起住在近郊的索罗金娜公爵小姐。就较劲地说,"既然这样,那咱们索性不走了"。"再晚我就不走了。要么就是礼拜一,要么就不走了!"这是典型的偏执性症状。

安娜此时的思维完全陷入逻辑混乱。实际上,她的自杀基于一种"单一的"逻辑推断:"我要的是爱情,可是爱情没有了。因此,什么都

3 托尔斯泰的《安娜·卡列尼娜》

完了!"她在心里重复地想着:"也应该了结了。"于是,安娜猜想她和伏伦斯基决裂之后会出现什么情形,但她不是一心一意地想着这些念头。

她心中还有一个模模糊糊的念头,那是她真正感兴趣的,但是她弄不清那是什么。她又一次想起卡列宁,也就是想起她产后的那场病和她害病时的心情。她想起她那时说的话"我怎么还没有死呀?"和那时的心情,于是她一下子明白了心里萦绕着的是什么。是的,这是了结一切的唯一办法:"是的,就是死!"

于是安娜清楚而真切地想到死。似乎在她看来,死是达到目的的唯一"手段":死,可以重新唤起伏伦斯基对她的爱情;可以惩罚他、报复他;可以使她"心中的恶魔"在与他搏斗中取得胜利。

安娜觉得,现在去不去乡下,丈夫是不是同意离婚,都无所谓了,无关紧要了。要紧的就是一点,那就是以死来惩罚伏伦斯基。她甚至有滋有味地想象起在她死后,他将会多么痛苦,多么后悔,多么思念她的情景。

在《安娜·卡列尼娜》第七部第三十章中,托尔斯泰就安娜死前对爱情的反思作了深刻动人的描述。临死前的安娜尽管得出了一些消极的结论——我们不妨可以看做是托尔斯泰本人的世界观的表露,但对于我们理解作为婚外恋的爱情的本质,还是有启发意义的样子。

此时的安娜得以第一次用她那"明察一切的明亮眼光",去审视她与伏伦斯基的关系。似乎到了人生的最后时刻,安娜"看透"了人生的意义和人与人的关系:"人与人之间的唯一关系,是生存竞争和仇恨。"安娜从自身作为当事人的视角来审视——从我们评价者的观点看,当然是有一定的武断和偏执——伏伦斯基的爱情:

> 他在我身上追求的是什么呢?与其说是爱情,不如说是虚荣心的满足。是的,他是因为虚荣心得到满足而感到得意。当然,也有爱情,但多半是胜利的自豪感。他因为我感到很荣耀。现在这都过去了。没有什么荣耀的了。不是荣耀,倒是耻辱了。他能从我身上得到的,都得到了,现在他用不着我了。他把我当累赘,却又尽量装作不是忘恩负义的样子。

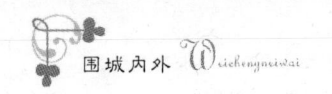

安娜还进一步反思了爱情中的两性冲突的表现特征：

> 我的爱情越来越热，越来越希望爱情专有，他却越来越冷，所以我们相离越来越远，而且这是没办法的事。我把一切都寄托在他身上，也越来越要求他把全部心思放在我身上。他却越来越想离开我。我们在结合之前正是往一块儿走的，后来就一个劲儿地各自朝不同的方向走了。而且这是无法改变的……爱情一结束，仇恨就开始了。

在安娜的反思中，她提出了特别耐人寻味的如下问题：

> 为了能幸福，我希望什么来着？就是我能离婚，卡列宁把谢辽沙让给我，我和伏伦斯基结婚。就算我能离婚，成为伏伦斯基的妻子吧，那又怎么样？

这个问题是所有卷入婚外恋的男男女女不可避免地陷入的致命悖论：与现有配偶离异，再与另一个人结婚，就能保证你能得到爱情的幸福吗？按进化心理学的预测，其结论是：未必！

这里我顺便提出我解决这一致命悖论一个方略：你必须有这样的信念——爱情是过程，而不是结果。

我把爱情的功能看做是"为幸福而幸福"，这同时也意味着，爱情是作为毕生追求幸福的"过程"而出现的。因为幸福作为对人生意义的深层感悟，其本身就是一个过程，是一个永无止境的探寻、求索过程。没有一个人能把今天当下此刻所体验到的幸福，说成是今生唯一的、以后再也没有的幸福了。正如马斯洛的"需要层次"理论所表明的那样，人总是把"自我实现"当做追求幸福的高级境界，但是，一旦你成为了"自我实现者"以后，并不意味着你对幸福的追求就完成了，因为自我实现者本人还要追求新一轮的自我实现，并在这一过程中体验到幸福。

爱情是过程，从心理机制上说就是：你对因爱情而激发的幸福体验本身就是一切！此外你再不希冀任何别的东西。任何超出幸福体验本身而欲求的别的东西，都不再是爱情本身。如果你爱一个女人，就是为了和她结婚，为了永久地占有她的身体，或者为了抛弃妻子，为了她的钱或攀社会地位,等等,那就不算是真正的爱情——为幸福而幸福的爱情。因为此时,你已经把爱情当做"结果"来处置了。

说爱情不是结果,并不等于说:爱情没有结果。现实生活中,持"爱情没有结果"的人还不少,例如杜拉斯。在她的《情人》等一系列小说中,几乎所有的爱情都是没有结果的;如果说有"结果"的话,那就只存在一种结果:死亡。所有的爱情都逃不脱与死亡的干系。我认为,杜拉斯的观点有些过激。她是文学家,她的观点并没有多少科学根据。

实际上,"不是"结果与"没有"结果,应该是两回事。当我说爱情不是结果时,这是从爱情的性质上说的;如果硬要与"结果"挂钩的话,那么对幸福的体验过程本身就是结果——除此之外,你还要什么"结果"呢?难道你娶了她,有了一纸婚约,你的爱情才算有了结果吗?难道你从身体上占有了她,你就得到了爱情的结果吗?聪明的人都知道,这样的"结果"实际上是毫无结果的!

进一步来说,主张"爱情没有结果"的人,会导致对爱情的恐惧。当爱情来到身边时,会无意识地拒绝爱情。如果你是一个女人,你喜欢上了一个有妻子的成熟男人,但要是你相信这样的爱情是"没有结果的",那你就永远不敢爱他。正如一位我接待过的来访者说的那样,"从小我妈就告诉我:不要碰第三者!那是没有结果的。"如果是这样,那你就终生失去了一次感受幸福的爱情之旅。

持"没有结果"者,不仅会失去爱情的机遇,而且也许一生都体验不到哪怕是"一次"爱情。特别是男人中那些以尽可能多地占有女人、用数字来衡量"爱情战绩"的猎艳高手,就更是如此。而实际的心理效应是,你占有的性伴侣越多,你"没有结果的"次数就越多,那么你能体验到的爱情就越少,甚至等于零。一般来说,具有多样化性伴侣倾向的男人,或具有更换配偶倾向的女人,更容易得出爱情没有结果的结论。而正是因为他们把爱情当做"结果"来追求,于是便经常抱怨自己"从来没有得到过爱情"。

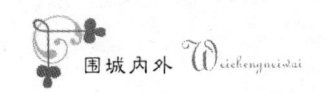

3.3 安娜自杀:是伏伦斯基"直接导致"的吗?

关于安娜之死,国内有这样一种说法:"决不妥协的安娜,不做'廊桥遗梦'自欺欺人,必然会陷入心理危机。这也是以'心灵辩证法'著称的托翁在写到安娜之死时,痛心而恸的原因所在,他本来并不想让安娜去死。"[①]

我觉得这一评判并不到位。恰恰相反,"让安娜去死",正是《安娜·卡列尼娜》的最成功、最有价值的主题描写之处。我并不了解所谓托翁的"心灵辩证法"的微言大义,但若说托翁有一种"心理决定论"的思想,那倒是深得其妙的。

所谓"心理决定论",简单地说,就是主张心理的原因(不管是有意识的还是无意识的)决定人的外部行为。"心理决定论"把"mind"看做一种"实在"(reality)的东西。弗洛伊德和荣格把这一观点发挥到了极致:"潜意识"就是实在的东西———一种属于个体的"心理实在"(psychological reality),它潜伏在心的深处永不磨灭,随时寻求表现;"集体无意识"更是一个民族或种族永远存在的不可超越的记忆库。这正是弗洛伊德和荣格的"心理决定论"之要旨。

在这个意义上,托尔斯泰正是一位彻底的"心理决定论"者:安娜自杀是由不可避免的心理因素决定的。当然,谁也不能否认,安娜的自杀与伏伦斯基有关!用心理学的术语来说,就是安娜的自杀与伏伦斯基有"相关性"。可问题是,承认这种相关性,是否就意味着安娜自杀是由伏伦斯基"直接导致"的呢?

所谓"那个彼得堡的花花公子"

如何评价伏伦斯基,特别是他的人格特征及其行为方式,对于我

[①] 张铁民:《说说安娜与林黛玉、渥伦斯基与贾宝玉》

们理解《安娜·卡列尼娜》的爱情心理学意义至关重要。实际上,我们已经处于非此即彼的境地:如果伏伦斯基是国人通常所说的"花花公子",那么安娜的爱情就不仅毫无意义,而且她的自杀就是"爱情至上主义者"的悲剧;如果伏伦斯基不是"花花公子"(至少托尔斯泰没有把他写成一个花花公子),那么安娜的爱情就是有意义的,她的自杀也就并没有沦为一个纯粹的无谓"悲剧"。

我本人坚定地站在后一种立场上。

按照我惯常的思维方式,要解释一个人的所作所为,必得先了解他的人格特质。我始终认为,托翁对伏伦斯基这个人物形象的刻画比列文更为成功(当然,二人的比较不在这里的讨论之列)。我这里必须要澄清的有两点:一是伏伦斯基不是"典型的花花公子";二是并非伏伦斯基"直接导致"了安娜的卧轨自杀。

首先,所谓"花花公子"的提法,只是纯粹出自旁人之口,或者说,是作者借他人之口(或他人之视角)来描绘伏伦斯基的某些行为特征。但并不意味着,托尔斯泰的心中认为他就是一个花花公子,或试图把他描绘成一个花花公子。

在《安娜·卡列尼娜》中,"花花公子"最早出自奥布朗斯基之口:"伏伦斯基是基里尔·伊凡诺维奇·伏伦斯基伯爵的一个儿子,是彼得堡花花公子的一个活标本。"第二次出现这种说法是吉娣的父亲:"列文比他们[①]好一千倍。那个彼得堡的花花公子,他们都是在机器上造出来的,都是一模一样,都是坏蛋。"吉娣的父亲还说过这样一句:"我虽然老了,也要跟那个花花公子决斗。"

除此之外,托翁的文本中再没有出现这样的词,连安娜也从来没有用过它,哪怕在她最愤怒的时候。

伏伦斯基并没有爱过吉娣

当然,问题不在于是谁使用这个词,而在于从伏伦斯基的人格特征上看,是不是可以把"花花公子"作为一个标签硬贴在他的头上。

在第一部的第十六章,托翁正式交代了伏伦斯基的家庭出身

[①] 引者按:指莫斯科年轻人中的那些活宝贝儿。

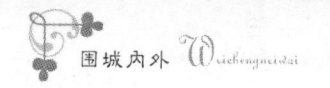

背景：

> 伏伦斯基从来没有过真正的家庭生活。他母亲年轻时是一个红极一时的交际花，在婚后，尤其是在孀居时期，有许多风流韵事，在社交界闹得风风雨雨。至于父亲，他几乎不记得了，他是在贵族子弟军官学校长大成人的。
>
> 他一出学校便是一个非常年轻而漂亮的军官，立刻就进入富有的军官的圈子。虽然他有时也出入上流社会，但他的恋爱兴趣却在上流社会之外。

这段话的最后一句非常重要。伏伦斯基的恋爱兴趣"在上流社会之外"。这就埋下了伏笔：伏伦斯基并不屑于上流社会的那些风流韵事。

伏伦斯基是所谓"花花公子"的一个首要"证据"是他最先爱的是吉娣。有一种算是为他作某种辩护的委婉说法："是的，伏伦斯基最初恋上的是吉娣，但自从遇见安娜并深深爱上之后，就再也没有与吉娣有任何瓜葛。"而我要指出的则是，伏伦斯基并没有爱上过吉娣。

实际上，是吉娣爱伏伦斯基。作者用多重笔触向我们提示了这一点。在吉娣的母亲眼中，尽管伏伦斯基是"再也不能希望有更好的"人选了，但这个母亲在整整一个冬天里一直是忐忑不安、忧心忡忡——这表明母亲对伏伦斯基的诚意并没有把握。而作为求婚者的列文，更是意识到自己遭拒绝的原因是吉娣与伏伦斯基在一起时她"那张幸福的笑脸"。更为微妙的是，当吉娣看到伏伦斯基与安娜跳舞时，他那一向沉着、刚健的风度和脸上那泰然自若的神情都到哪儿去了？他好像很想在安娜面前跪下来，而且他的目光中只有唯命是从、诚惶诚恐的神情——"很像一条听话的狗做错了事时的表情"，以至于吉娣不得不相信：自己的不幸"已成定局"。

而在伏伦斯基这一边，他对吉娣的感情完全称不上爱情。关于这一点，托翁有一句概括性的定论："在经历了奢华而放荡的彼得堡生活之后，他在莫斯科第一次尝到了同一位纯洁、可爱而且倾心于他的上流社会姑娘接近的美妙滋味。"请注意，托翁仅仅是用"接近"一词来描述他俩的关系。伏伦斯基连想都没想过，在他跟吉娣的关系中会有什么不好的地方。在舞会上,他主要是跟她一起跳舞;在平时,他经常出入她家。而且,他跟她谈的都是通常在交际场上谈的各种各样的"废话"——不过他也使废话带有一层"专门对她"的意思。

特别值得注意的是,伏伦斯基没有对吉娣说过"当着大家的面不能说的话"。这种话,显然只能是情话。这也就意味着,伏伦斯基并没有向吉娣表达过爱意或是求过婚。也正是在这样一种心态——遇见安娜之前的心态——之下,他才"觉得结婚是永远不可能的";只是觉得他和吉娣在"精神上的秘密关系"牢牢地确定下来了,应该有一点儿行动了。但是究竟可以而且应该有什么样的行动,他却想不出来。那天夜晚他在从吉娣家往回走的路上,

> 带着她对他的爱情在他心中激起的又一阵醉意,一面想着,"妙的是,我和她都什么也没有说,可是我通过目光和语调的秘密交谈彼此十分了解,这等于她今天比任何时候更明白地对我说了她爱我……这又怎么样?这也挺不错。我很快活,她也很快活。"

正是在伏伦斯基尝到与吉娣"接近"的美妙滋味、"心里越是愉快,对她也就越发温存"、她的爱情激起他又一阵"醉意"这样一种心理状态下,安娜出现了。

伏伦斯基:什么意义上的"奢华而放荡"?

容易引起国人误解的,是托尔斯泰描述伏伦斯基在认识安娜之前的所谓"彼得堡生活"时期。作者使用了如下令国人敏感的词汇:"奢华而放荡"、"在感情生活方面心猿意马、如癫似狂"、"风流的"、"沉湎于情欲之中而不脸红"等。但如果我们从心理学角度全面把握了伏伦斯基的人格特点,那就不至于仅仅从负面意义上去理解这些词汇,也就不会简单地把他看做一个"花花公子"。

先看托翁对伏伦斯基的性格类型的刻画:

> 在他的彼得堡天地里,所有的人都分成完全相反的两类。一类是低级的:这些人庸俗、愚蠢,尤其是可笑,他们主张一个丈夫只能和一个结发妻子共同生活,姑娘必须贞洁,女人要有羞耻心,男人要有丈夫气概,要克己、持重,要养育孩子,要自食其力,要偿

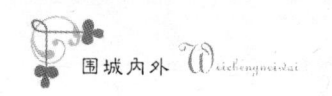

还债务，以及诸如此类的愚蠢主张。这是一类古板可笑的人。而另外一类人才是真正的人，他们都属于这一类，这一类人主要应该是风流的、漂亮的、慷慨的、勇敢的、快活的、沉湎于情欲之中而不脸红，对其他一切付诸一笑。

伏伦斯基因为从莫斯科带来另一个天地里的种种印象，在最初一刹那感到十分惊愕；但也只是一刹那，很快他就像把两脚套进一双旧拖鞋，又走进自己原来那个轻松愉快的天地里。

伏伦斯基"自认"属第二类人。再看看他的生活的"章法"：

伏伦斯基的生活之所以特别幸福，是因为他有一套章法，明确规定什么事该做，什么事不该做。这套章法明确规定：欠赌棍的钱必须付清，欠裁缝的钱不必付清；对男人不应该说谎，但对女人可以说谎；不能欺骗任何人，但可以欺骗做丈夫的；不能原谅别人的侮辱，但可以侮辱别人，等等。这些章法也许是不合理的，不对的，但却是不容置疑的。

伏伦斯基的"章法"，从道德学上说确实不合理，但从进化心理学观点看，倒不是什么大不了的"罪恶"。因为现今的进化心理学确认：人的天性中有"恶"的东西：攻击性、暴力、冲突、战争、同性竞争、强奸、宗教排外、种族隔离、剥削、仇恨、谋杀、复仇、性嫉妒、对地位和财富的追逐等等。比起这些"恶"来，伏伦斯基充量也是小巫见大巫。他的这套章法是受进化而来的心理机制支配的，有其适应性的优势："欠赌棍的钱必须付清，欠裁缝的钱不必付清"——因为赌徒更容易铤而走险；"对男人不应该说谎，但对女人可以说谎"——同性之间因为更容易产生友谊（不图回报）而不愿或不轻易说谎，但异性之间更容易产生欺骗与反欺骗（进化使然）；"不能欺骗任何人，但可以欺骗做丈夫的"——因为男人进化出了对"多样化性伴侣"的偏好的短期择偶机制（女人进化了"更换配偶"的机制）；"不能原谅别人的侮辱，但可以侮辱别人"——因为攻击性、暴力的天性在特定情境下就会被激活。

如果我们进一步谨慎而仔细地阅读托翁对伏伦斯基的行为方式的描述，你就会发现，他确实是一个有为青年。他是一个讲义气的男子，他把父亲产业的全部进项都让给了他哥哥；他在小时候就做过不

3 托尔斯泰的《安娜·卡列尼娜》

寻常的事,救过一个落水的女子。他极富同情心,慷慨地解囊相助。他在火车站给那个被火车轧死的看道工的寡妇两百卢布,这事给安娜留下了极为深刻的印象。"尽管伏伦斯基在感情生活方面心猿意马、如癫似狂,他的外在生活却仍然沿着上流社会和团里种种关系与利益所构成的习惯的轨道进行着,没有变化,也没有停止过。"而团里的人不仅喜欢他,而且尊敬他,以他为荣,因为他这个人非常有钱,又有很好的教养和才气,前程远大,名誉和地位都是唾手可得,然而他却不看重这一切,而是处处关心团的和同事们的利益。伏伦斯基虽然在表面上过着"很轻浮的"社交生活,实际上他是一个很有心计的人。比如,他经常关起门来审查自己的收支情况。

而他人眼中的伏伦斯基,则更能表明他的人格特点。例如,培特西公爵夫人曾夸他说,"阿历克赛·伏伦斯基是最看重人格的"。高列尼歇夫也认为伏伦斯基有天赋,更要紧的是,也有教养——有了教养就有高尚的艺术见解。在乡下庄园期间,安娜评价说:"他很喜欢这庄园,而且我怎么也没有想到,他对庄稼事儿热心得要命。不过,这是因为他有很高的天分!不论做什么,都能做得很出色。"就连陶丽在庄园看望安娜期间,她对什么都感兴趣,什么都喜欢,"但她最喜欢的却是具有这种天真、自然兴致的伏伦斯基本人"。她非常喜欢他这种生气勃勃的样子,因此她也就明白了,安娜为什么会爱上他。安娜纵然到了与伏伦斯基发生冲突的白热化阶段,也还是承认,"他是从来不说谎的"。

写到这里,我希望说服读者:尽管人们可以在各种意义上使用"花花公子"一词,但从伏伦斯基的人格特征和行为方式来看,这样一个标签贴到他头上,实在不合适。如果我们再全面了解一下他与安娜的爱情的心理历程,你就会更加相信这一点。

"调情":男女进化而来的一种心理机制

那么,怎样从进化心理学的角度来解释伏伦斯基遇见安娜之前的所作所为呢?这主要有两个问题,一是伏伦斯基所谓的"奢华而放荡的彼得堡生活",二是他与吉娣的关系。我已经澄清,伏伦斯基并没有爱过吉娣。至于前一个问题,即使托翁用了"奢华而放荡的彼得堡生

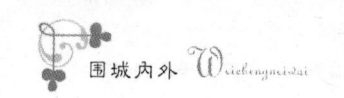

活"这一词语,也不过就是指"那个轻松愉快的天地",伏伦斯基追女孩的那种"分散乱用的劲头儿",他的"在上流社会之外"的恋爱兴趣,等等。

进化心理学关于"调情"(philander)的研究有助于解释伏伦斯基遇见安娜之前的所作所为。其实,托翁有一段绝妙的话——尽管容易引起国人的误解——已经提出了这个问题:

> 他不知道,他对待吉娣的这种行为有一定的叫法,那就是非婚姻意图的勾引少女行为,这种勾引行为正是像他这样的漂亮的年轻人常有的恶劣行为之一种。他觉得,是他首先发现这种乐趣,所以他要尽情享受自己发现的乐趣。

这里的"非婚姻意图的勾引少女行为",即是男人的调情行为。昆德拉在《不能承受的生命之轻》中,曾对调情下过非常妥帖的定义(这对心理学也同样有效):"调情是一种暗示有进一步性接触可能的行为,但又不担保这种可能性一定能够兑现。换言之,调情是没有保证的性交承诺。"昆德拉深刻地洞察到,调情是人的"第二天性",是不足道的日常惯例。调情的"精妙之处"正是在于"在承诺与没有保证之间的平衡"。一种完完全全的调情行为暗示着有进一步性接触的可能,即使这只不过是一个没有保证的、纯理论化的可能性。

进化心理学认为,调情是远古祖先为了解决选择配偶这样一个适应性问题而建构起来的一种专门的心理机制。正如进化心理学家巴斯指出的那样,"在进化过程中,男女两性无休止地上演着欺骗与反欺骗的竞赛,现代人所体验到的仅仅是另一次循环而已。当欺骗的手段越来越精妙和优雅时,反欺骗的能力也变得越来越敏锐。"调情正是两性在择偶过程中的欺骗与反欺骗的一种方式。这种方式有助于男女两性最终得到自己想要的配偶,而剔除那些纠缠不休而自己又不想要的配偶。从人的"天性"角度看,调情是天性中"恶"的一面。这种恶也许从道德上看是不合理的——正如托尔斯泰评价说伏伦斯基的"章法"是不合理的一样,但从适应论即生存与繁衍观点看则是必然的。

尽管男女两性都进化了调情的心理机制,但这种机制起作用的内容和表现形式则有很大的差异。为此在英文中有一个词 philander,它是专指男性的这样一种行为：调戏女人，追逐女性，玩弄女人感情。这个词适用于男人调情。而女人的调情，在进化心理学中有一个专门的称谓，叫"性抑制"。性抑制可以这样定义：女性一面对男性进行性挑逗，一面又不愿与他发生性关系的行为。在实际情境中表现为，男性一面欲火中烧，性急难耐，而女性一面则喝令禁止。

既然调情涉及没有保证的（性）承诺，因此进化心理学有一项专门的研究，即女性特别善于对男人的虚假承诺做出洞察。现已表明，女性在择偶（特别是婚姻择偶）中，对男方的"承诺"有一种特别的偏好。承诺往往被女性看做是爱情的最核心的表达。但是，女性也面临着一个现实的适应性问题，这就是有可能得到的是"虚假的"承诺。心理学家发现，在承诺问题上总是存在着两性欺骗，这种欺骗是男女在性接触问题上的冲突的重要表现。

巴斯的研究表明，男性确实承认，他们有时在感情承诺上欺骗女性。当112名男大学生被问及"是否曾经为了性的目的而夸大自己的感情深度"时，71%的人承认确实这样做过；而女性，只有39%。当女性被问及"一个男人是否为了性目的而夸大感情的深度"时，97%的女性都承认有过此种经历；而男性，这个数字只有59%。由此表明，男性更容易在感情的承诺上欺骗女性。

既然男人喜欢这样或倾向于这样，那么女性就必须拥有敏锐的洞察男性虚假的承诺的能力。这个道理很简单：在人们的求爱阶段，如果潜在的伴侣在资源和感情等的"承诺"上有所欺骗，那么女性付出的代价要大得多。完全可以这样推测：一个远古男性如果错选了一个性伴侣，至多也就浪费了一部分资源、时间和精力，尽管他也可能激起女方嫉妒的丈夫，或有保护欲的父亲的愤怒。而一名远古女性如果犯了错误，错以为一个朝三暮四的男性甘心为自己付出，或者愿意和自己厮守终生，那么她很可能过早怀孕，只好独自抚养孩子。

心理学家指出，正是因为欺骗给人——特别是女人——造成的损失惨重，所以进化过程中必然存在巨大的选择压力，以便进化出觉察欺骗和防止欺骗发生的警戒心理。于是，针对男性善于做出虚假承诺的策略，女性也相应地进化出了防御骗术的策略。这样在男女的爱情冲突中，欺骗与反欺骗之间的竞赛便无休止地上演了。

在这场竞赛中,当女性想寻求一份可靠的亲密关系的时候,她的第一道"防线"就是增大男性求爱的代价:在同意或接受性请求之前,要求对方投入更多的时间和精力,特别是要看到男方实实在在的"承诺"。承诺当然不能仅仅停留在口头上,而是由"爱的行为"具体地表现出来。对承诺的考察需要时间,时间越长,就越容易试探出男方的心意。因为在较长的时间内,女性才更有可能认真严肃地评估男性,看看他是否对自己忠诚不二,他是不是已有了妻儿负担,他向我还隐瞒了什么别的东西等等。一般来说,那些想要欺骗女性的男性(他多半使用的是短期择偶策略),大都会厌倦这种看来无期限的、拖延的求爱过程。对于那些"猎艳高手"来说,他们会很快"转向",去猎取那些更容易被欺骗的女性。

心理学家感兴趣的是,为了识破欺骗,女性除了使用时间拖延策略外,通常还有什么别的有效策略。现已发现,和自己的女性好朋友一起交流与男友或伴侣的交往细节,不失为一种好策略。你可以花上很多时间,和好朋友凑在一起,共同讨论交男友的具体细节。在谈话过程中,常常是当事者详尽描述,其他朋友则细心盘查。这也正是美国系列剧《欲望都市》所表达的主题:通过彼此分享性爱的经验,总结各自的经验教训,从而将性爱进行到底!就像我们今天的女大学生宿舍,如果一个女生有了男朋友,那就"等于"是宿舍的全体女生都有了。一个女生的恋爱经验,就成了所有女生共享的经验;无论成功与失败,分享彼此的经验教训才是最重要的。最终目的只有一个:识破欺骗,掌握爱情的主动权。

有趣的是,这方面的问题可以做实验研究。巴斯在《欲望的进化:人类的择偶策略》(2003年)中,向被试者问及这样的问题:"你是否曾和好友研究某人约自己出去的真实目的?"结果是,大部分女性都承认"确实有过"。而相比之下,男性讨论这类问题花费的时间,显然比女性要少得多。

邂逅安娜:从"分散乱用"的劲头儿到追求一个幸福的目标

如果说伏伦斯基在"彼得堡生活"时期确实有过调情行为的话,那么他自从邂逅安娜起,就开始"追求一个幸福的目标"了。

3 托尔斯泰的《安娜·卡列尼娜》

这一切会有什么结局,他不知道,甚至都没有想过。他觉得,在此之前分散乱用的劲头儿现在已经集成一股,不屈不挠地用于追求一个幸福的目标。而且他因此感到幸福。他只知道,他对她说的是实话,她到哪儿,他就到哪儿,他现在认为人生的全部幸福,人生的唯一意义,就是看到她,听到她的声音。

随着他俩进入热恋,伏伦斯基总是体验到"炽热的爱情"充实了他的整个生活,他相信这种爱情不是逢场作戏,不是开心解闷。而且他还要承受社会舆论的压力。他的"艳事"传遍了整个城市,人们或多或少地猜到了他和卡列宁夫人的关系。多数青年人所羡慕的,正是这种关系的最棘手之处,那就是卡列宁身居高位,因此这种关系就会在社交界格外引人注目。

在《安娜·卡列尼娜》第二部第二十一章中,托尔斯泰深刻地描述了处于热恋中的伏伦斯基的心理活动。这一心理活动的主题就是他自己确认爱安娜,并且还为自己的爱情的合理性作辩护。因为当时所有的人,他的母亲,他的哥哥,都认为必须干涉他在爱情上的事。这种干涉激起了他的愤恨:

> 为什么他们盯住了我就不放?就因为他们认为这是他们不能理解的事。假如这是上流社会那种普普通通的下流的男女关系,他们也就不会管我了。他们觉得,这有点不同,这不是逢场作戏,这个女人对于我来说比生命还重要。这就无法理解了,所以他们就恼火了……他们不知道,我们要是没有这种爱情,就说不上什么幸福和不幸福,而是根本就不能活下去。

托翁的妙笔在于,通过上流社会对伏伦斯基和安娜爱情的否定反而证明了这种爱情的真实性:他对安娜的爱情不是一时冲动。更让伏伦斯基难受的是,在他们的爱情如此炽烈,以至于除了他们的爱情,两个人都忘记了世界上的一切的时候,他和安娜都不得不违反本性一再地说谎、作假。

于是,热恋中的伏伦斯基头脑里第一次出现了一个明确的想法:必须结束这种说谎作假的日子,"我和她都抛弃一切,两个人一起躲到什么地方去,除了我们的爱情,什么也不要"。

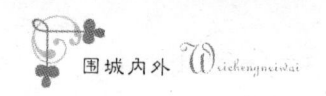

伏伦斯基爱情的心理冲突：从无缘无故的厌恶到冷淡

在恋人角色的扮演中，伏伦斯基与安娜有很大的不同。在这场不期而遇的爱情中，安娜是作为婚外恋者，相应地，她所面临的外在压力和内在的心理冲突，比作为单身汉的伏伦斯基要大得多。但是，由于伏伦斯基是作为"第三者"而介入了一场"不正当的"爱情关系，因此他的心理冲突也在所难免。弄清伏伦斯基内在心理冲突的演变过程，对于我们理解安娜的最终自杀至关重要。

自从伏伦斯基和安娜发生性接触关系以后，他心中有时会出现一种很奇怪的心情，即厌恶感："这是一种极其厌恶的心情：是厌恶卡列宁，厌恶自己，还是厌恶整个上流社会，他说不清楚。不过他总是把这种奇怪的心情驱赶开去。"特别是当安娜的儿子那种注视、疑问、带点儿敌意的神气，那种使伏伦斯基非常局促不安的胆怯和变化不定的表情出现在他面前时，他心中就会出现近来常有的那种奇怪的无缘无故的厌恶感。

伏伦斯基一个主要的心理冲突，是他的功名心与爱情的搏斗。如果他要和安娜结婚的话，必须一要有钱，二要退役。特别是退役不退役的问题，对他来说已成为最要紧的"人生意义"问题。这是因为，他儿时就有的由来已久的梦想是做官。这种梦想他虽然自己不承认，但却十分强烈，以至于现在这种功名心与他的爱情搏斗起来。他和卡列宁夫人的事闹得满城风雨，引起大家的注目，倒是为他增添了新的光彩，使得"一直像小虫儿一样咬他的心的功名心"暂时安静下来。可是最近这"小虫儿"苏醒了，而且咬得更厉害了。他的同学有的已经当了将军，而他虽然过得逍遥自在，风流倜傥，得到了一个绝色女子的爱情，却还不过是一个骑兵大尉而已。如果现在退役的话，那就是断送自己的前程。当然，后来他"一分钟也没有犹豫"就拒绝了赴塔什干的任务，并立刻退伍了，但梦想与爱情的搏斗作为一种内在的心理冲突则总是伴随着他。

伏伦斯基的自杀未遂事件，正是他内心强烈冲突的极端表现。那是在安娜生下他俩的女儿之后得了产褥热病危期间，他与卡列宁碰面了。在听了卡列宁一番宽恕安娜的话之后，尽管他不理解卡列宁的心情,但他觉得这是一种崇高的精神,是"具有他这种人生观的人"所望尘莫及的。于是他感到自己可耻、卑鄙、有罪,而且无法洗刷自己的罪孽。他觉得自己被推出了他一直轻松得意地走着的轨道。那个被他欺骗的丈夫——那个"他的幸福的偶然而有点可笑的障碍物",却表现得并不凶恶,并不虚伪,并不可笑,而是非常善良、朴实和心胸宽广。于是,"两个角色"一下子调换过来了。但这还只是他此刻痛苦的一小部分原因。

他感到自己现在最不幸的是,他对安娜的恋情,本来是渐渐冷了的,可是这些天来,当他知道他将永远失去她时,却又强烈起来,任何时候都没有现在这样强烈。他在她患病期间真正认识了她,了解了她的心灵,所以他觉得以前就好像从来没有爱过她。现在,在他了解了她,真正爱上了她的时候,他却在她面前显得非常低下,而且永远失去了她,自己给她心中留下的只是可耻的回忆。

他的思绪沿着往事与感触的"魔圈"转动,一次又一次兜圈子,在一个小时里他的思绪已经兜了几十次这样的圈子了。无非是回想那一去不复返的幸福,想到这一生今后的一切毫无意义,觉得自己很卑鄙……

伏伦斯基与安娜在欧洲旅行三个月,就开始感到生活"单调"了,希望有什么事儿来调剂一下。因为在国外这种无拘无束的日子,每天16个小时都要想办法消磨。尽管伏伦斯基盼望已久的事——他渴望得到的爱情——如愿以偿,他却不觉得圆满无缺:

他很快就感觉到,这一心愿的实现不过是他所期望的如山的幸福中的一粒沙子。这一愿望的实现使他看清了为什么许多人总是犯那种错误,就是把一种愿望的实现当做幸福。在他同她结合、穿起便服之后,在最初一段时间里,他充分体会到恋爱自由的乐趣以及各方面的自由的乐趣,这是他以前不曾尝过的,他感到很满意,可是这没有维持多久。他很快就感觉出来,在他心中出现了愿望不满足感,苦闷感。

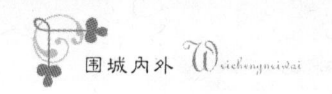

这里对热恋褪色之后伏伦斯基的心理状态作了深刻的描述：他开始把得到安娜的爱情看做是"如山的幸福中的一粒沙子"。这是托翁的一个极好的隐喻，揭示了年轻人的爱情生活中经常会出现的理想与现实的矛盾：伏伦斯基所期望的"幸福"如"山"那么多，可安娜的爱情不过是其中的"一种愿望的实现"——就像不过是得到幸福之山中的"一粒沙子"一样，是如此的不足道。他开始苦闷，开始不满了。

伏伦斯基的心理冲突还令人难以置信地表现在，他现在对安娜的美的"感觉"，居然与过去完全不同了。"现在他对她的感情已经没有丝毫神秘成分，所以她的美虽然比以前更使他迷恋，同时也使他感到不舒服。"在他们热恋的初期，安娜那明亮的眼睛里的一种凝神注视的神气，她的言谈和动作中的神经质的敏捷和妩媚，曾使伏伦斯基那样着迷，可现在，却使他感到惶惶不安和害怕。现在，正是她的美和优雅风度使他恼火；在对她的"尊敬"渐渐减弱的同时，却越来越意识到她的"美"了。

这确实是男人爱情中的一个悖论：对身体的美越是迷恋（同时伴随着不安），对她的感情就越不再有神秘的成分。按照我的爱情的模块理论，这正是爱情与性相分离的一种表现。伏伦斯基越是意识到安娜身体的美（越是使他迷恋）——这是"性"在起作用；而他对这种美又感到不舒服、惶惶不安和害怕——这是"爱情"在消退。特别是后者，就意味着在男人的感情世界中，这个女人实际上已经"不美了"。

托尔斯泰以他文学大师的洞察力，给了我们爱情心理学家一个重要启示：当一个人——特别是男人——对爱人的身体的美产生一种既迷恋又害怕的矛盾心态时，就意味着这样一个信号的出现：爱情正在或已经消退了。

伏伦斯基爱情的最后一个心理冲突，是"被情网所缚"与渴望自由之间的冲突。特别是在乡下居住期间，尽管伏伦斯基很珍视安娜那万般风情的爱情，可是同时，他在她一心一意要用来把他缚住的情网中也感到难受。时间过去越多，他越是常常看出自己已被情网所缚，他就越是想挣扎，倒不是想挣脱，而是想试试这网是不是妨碍他的自由。要不是这种越来越强的要自由的愿望，要不是每次到城里开会或赛马都要发生一场争吵，伏伦斯基过的日子那是称心如意的。

伏伦斯基参加省里的贵族大选,是因为他在乡下觉得无聊,并且要向安娜表示"他有权利自由活动"。他暗自思忖:"我什么都可以为她牺牲,就是不能牺牲我这个男子汉的独立性。"令他无奈的是,他在选举过程中得到的纯粹的"快乐",与"使他忧愁、使他难受、使他不得不回去的爱情",形成了鲜明的对照。安娜看出了他那种表示有权利自由行动的目光,也明白了:不论伏伦斯基有时与她怎样恩恩爱爱,他都"并没有原谅她"!

伏伦斯基爱安娜:结婚的愿望

我对《安娜·卡列尼娜》作进化心理学解读的一个中心命题是:伏伦斯基对安娜的感情是爱情;安娜的自杀不是伏伦斯基"直接导致"的。以下我将从各个角度论证这一命题的合理性。首先要引入的一个论证角度是,为了和安娜结婚,伏伦斯基做出了力所能及的最大努力。

根据性选择理论和亲代投资理论,自然选择的压力产生了一种心理机制,使得男性"倾向于"——哪怕是"不得不"——结婚。这是因为,男性以婚姻为目的的长期择偶策略,是有其适应性优势的。或者说,从进化的观点看,我们的远古男性从婚姻中能得到潜在的适应性收益。

第一个适应性收益是,婚姻能确保"父子关系的可信度"。对人类而言,女性的排卵期是"隐蔽的"或"秘密的",正是这种排卵期的隐蔽性,"戏剧性地"改变了人类择偶的基本法则。这是因为,不单单排卵期,甚至整个生理周期中的女性,都对男性具有性吸引力。因此,秘密的排卵期使得男性不得不创造出一种"适应器",以便能够更加确定父子关系。从基因传递的角度看,相对于其他单身汉,"已婚的"男性的繁殖优势实际上是增加了父子关系的确信度。道理很简单:如果一个女性在整个生理周期中,她只与一个特定的男性反复进行性接触,那么该女性怀上该男性的孩子的几率,就会大大增加。

婚姻可以增加男性吸引异性的成功概率。这是男性婚姻的第二个收益。根据亲代投资理论,凡是为后代投资更多的那一方,在择偶时就必然会更加挑剔。很显然,我们的女性祖先在接纳性行为前,都

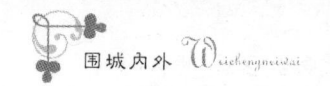

要求男性给出可信的承诺和"爱"的表现；而不能给出承诺或没有爱的行为的男性，必定会在择偶过程中或者受挫，或者被淘汰。就像今天一样，那些对"承诺"没有兴趣的男性，在择偶市场上根本吸引不到任何女性。女性所要求的承诺，对那些想占点便宜、搞点"一夜夫妻"的男人来说，显然代价不菲。所以，进化生物学家指出，从人类"繁殖的经济学"角度来说，对大多数男人而言，如果他没有长期性的婚姻配偶，那么想要成功地繁殖后代，他所付出的代价实在太大了！因此，婚姻配偶有利于繁殖后代，这是男人结婚的一个好处或收益。

通过婚姻得到的第三个收益，是有助于吸引一个更有魅力的配偶。也就是说，通过婚姻，男性能够提高自己吸引女性的品质和技巧。根据性选择理论，一种性别（如雄性）的品质和技能，往往是由另一种性别（如雌性）的"偏好"所塑造的。显然，那些愿意承诺长期的资源供给、身体保护以及子女抚养的男性，更容易得到女性的青睐。因此，那些愿意承诺保持长期关系的男性，就会有更大的择偶空间，追求到他更想要的女人。这是因为一般而言，女性进化了一种想要保持长久关系的心理机制——女人比男人更在乎婚姻。这样，越是有魅力的女性，就越是最有可能得到她们所想要的男人。

婚姻的第四个潜在的收益，是能够提高人类子女的存活率。完全可以设想，在远古生存环境下，婴儿和幼童在没有双亲，特别是父亲呵护的情况下，有极大的可能会夭折。即便是今天，一个没有父亲的孩子，他的生存也是相当的艰难。

最后一个收益是，婚姻中的亲代投资，能进一步促进其子女的成功繁殖。研究表明，婚姻关系中的父亲，其亲代投资的作用是巨大的。在人类的进化史中，失去父亲的孩子，即使能存活于世，由于缺乏父辈教诲和政治联盟，也将历尽艰辛。因为这两方面的存在，对孩子日后择偶问题的解决也颇有益处。在古今中外的许多文化中，父亲对于促成子女的美满婚姻，都是强有力的后盾和支持。没有父亲的呵护，对孩子来说总是一种欠缺，甚至是伤害。因此，进化心理学家预测，这种进化压力经过成百上千代的传递，已经赋予了已婚男性一种适应性的收益。

在邂逅安娜之前，伏伦斯基确实未曾有过结婚的想法。但自从与安娜有过性接触关系后,为了结束因约会而不得不说谎、作假的情形,他最先劝安娜:"离开你的丈夫,把我们的一生结合在一起。"安娜基于对卡列宁的了解,认为离婚几乎是不可能的,因而在行动的举措上不是很有力,但伏伦斯基一直没有放弃。在他俩从国外旅行回到彼得堡之后,伏伦斯基要他哥哥转告母亲和嫂子,他把他和安娜的关系看得"像结过婚一样";他希望安娜办理离婚,那时他就可以和她结婚,而他一直也就是把她看做自己的妻子的,就和任何人的妻子一样。他还说,"社会上赞成不赞成,我都无所谓。但家里的人如果想同我保持亲属关系,那也应该同我的妻子保持同样的关系"。

在乡下居住期间,伏伦斯基确信:他和安娜"这一辈子就捆在一起了。我们是用我们认为最神圣的爱情绳索捆在一起的"。但令他忧虑的是,他的女儿,在法律上却不是他的女儿,而是卡列宁的女儿;"就是明天再生一个儿子,我的儿子,可是按照法律,也是卡列宁的,既不能用我的姓,也不能继承我的财产"。伏伦斯基想通过结婚使他的女儿合法化。甚至到了他俩发生冲突的白热化阶段,伏伦斯基仍然希望他们将来再生孩子(只是此时安娜已经出现偏执心理,误以为"他希望再生孩子,就是不珍惜她的美貌")。

伏伦斯基的代价一:牺牲"功名"

除了想结婚的愿望和行动之外,伏伦斯基爱安娜的一个重要标志,就是他为安娜付出了沉重的代价。真正的爱情是要付出代价的。是否付出重大的,甚至惨痛的代价,是衡量日常所说的"真正的爱情"——真诚的、无私的爱情——的一个标准,因为"代价"总是与幸福相关,或者说,代价的付出与幸福的获得,这两者之间有内在的联系。既然付出代价是为了追求幸福,而幸福又是我们爱情的唯一目的,那么为爱情而付出代价,就是顺理成章的了。

托尔斯泰正是把"幸福"的意蕴归属于爱情——这在《安娜·卡列尼娜》中随处可见。例如,伏伦斯基在向安娜求爱时这样说:"您本来什么也没有说;就算我也没有要求什么。不过,您也知道,我需要的不是友谊,我这一生只能有一种幸福,就是您很不喜欢的那个词儿……是的,就是爱情……"他还经常自我认定:有了安娜的爱情就是幸福!

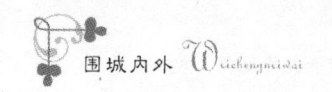

如果从付出代价的观点看伏伦斯基,就必然得出他对安娜的感情是爱情。这是因为,伏伦斯基为安娜付出了重大的、甚至惨痛的代价。其代价之一是,他为爱情牺牲了"功名"。

这不仅仅是我这样看,我认为主要是托尔斯泰这样看!例如,他曾写道:

> 既然伏伦斯基自己认定有了她的爱情就是幸福,为爱情牺牲了功名——至少他担当了这样的角色,他就不能对谢普霍夫斯科依有什么嫉妒心,也不能因为他来团里不先来看他而生什么气。

"至少他担当了这样的角色",这句话是托翁对伏伦斯基为爱情付出了代价的客观评价。理解这一点,对于我们破除长期以来对伏伦斯基的偏见——特别是动不动就对他作道德评判——至关重要。这同时也说明,托翁并不是简单地把伏伦斯基作为一个所谓的"花花公子"来写。

从进化心理学观点看,对于一个男人来说,牺牲"功名",是他所有代价中的最致命的代价——弄不好他的基因就会被淘汰!至少从生存与繁衍的角度看是这样。这是因为,自然选择和性选择,使得女人进化了一种对男性的经济资源和高社会地位的偏好。一个手中没钱、没有掌握任何经济资源、社会地位极低的男人,是不会得到女性的青睐的——没有女人会嫁给这样的男人。因此,为了爱情而放弃功名,对于男人来说,是非常危险的事情。同时这也就客观上成为一种感情是不是"爱情"的一个指标。

伏伦斯基本来有着辉煌的前程,但为了爱情,他一直不过就是一个骑兵大尉,后虽升任上校,却不久就拒绝了赴塔什干的任命,并立刻退伍了。退伍后,就连他过去的好友谢普霍夫斯科依,也早已对他的前程不抱什么希望。

伏伦斯基的代价二:得罪母亲

为了爱情而危及和损害母子之间的血缘亲情,伏伦斯基算是一个典型案例。从进化心理学观点看,这是伏伦斯基的一个重大的代价。就连小孩子都知道,"世上只有妈妈好";当你长大成年、特别是你自己

3 托尔斯泰的《安娜·卡列尼娜》

也为人父母之后,你就会更深刻地体验到:母亲为子女提供的照顾和关爱比父亲要多。可这是为什么呢?

曾有一部关于非洲猎犬的电影,讲的是一只名叫 Solo 的猎犬所遭遇的恶势力的故事。它因为母亲地位低下,往往受到其他犬的欺凌。一个接着一个,Solo 的同胞相继被群内的一只母犬——系其母亲昔日的对手——杀死。Solo 母亲的反抗是徒劳的,它无法把孩子从凶残的对手手中救出。然而令人吃惊的是,当母犬拼死营救幼子的时候,其父犬只是站在一旁置若罔闻!

进化心理学家阿尔科克指出,尽管过于极端,但这个故事却戏剧性地描述了生命进化的一个深刻的真理:在动物世界里,所有的雌性都比雄性在子女抚育方面的投入要多得多。人类也不例外。进化心理学家通过测量大量跨文化的父母亲近孩子、抚摸孩子、教育孩子的时间,得出数据表明,女性的确在子女抚育方面投入更多。令人困惑的是,为什么会出现亲代抚育中的这种"一边倒"现象?目前已提出了多种假设。其中,阿尔科克提出了一种叫做"择偶机会的代价假设"。

"择偶机会的代价"(mating opportunity costs)是指,父母为后代投入时间和精力而直接导致其丧失了其他的择偶机会。事实表明,男性和女性都会遭遇这种择偶机会的损失。例如,当一位母亲在怀孕或者喂养孩子的时候,或者当父亲在抵御伤害幼子的敌人时,他们去保护其他配偶的几率就不可能很高。不过,男性所付出的择偶机会的代价比女性要高,原因在于:雄性的繁殖成效往往会受到能够使之怀孕的雌性的数量的限制。对人类来说,男性只要拥有大量女性伴侣就能够获得更多的子女,而女性却不能通过与多个男性配对来增加后代数量。总之,在亲代抚育产生的择偶机会的"代价"上,男性比女性要高;正因如此,男性不可能比女性更多地承担子女的抚养任务。

根据阿尔科克的这个假设,对雄性动物来说,因择偶机会丧失而造成的机会代价越大,雄性育子的概率就越小。这就可以解释人类亲代抚育中的个体差异了。如果在适婚人群中男性较多,那么男性就很难使用短期择偶的策略(因为同性竞争更加激烈);反之,当女性较多时,男性就有更多的择偶机会,因而更倾向于使用短期择偶策略。同时也可以预测,在男性过剩时,男性更有可能为子女投入;而在女性过剩时,男性就

153

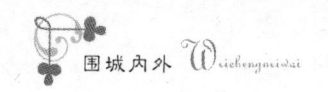

会忽视子女。

以上进化心理学原理,可以使我们理解伏伦斯基得罪母亲为什么会是他的一个代价了。他母亲对待他与安娜的关系的态度有一个变化过程。她知道儿子的"艳事"之后,起初感到很得意,因为在她看来,没有什么比上流社会的风流韵事,更能为她这个漂亮的儿子增彩添色的了;而且她也认为,像安娜这样的美貌而高贵的女子——她非常喜欢安娜,曾在火车上跟安娜谈过不少她儿子的事情——就应该沾染这样的风流韵事。可是,有两个原因使她改变了态度:一是听说儿子不肯担任委派给他的一个很有前程的职务,只是为了留在团里,好经常同卡列宁夫人约会,还听说有些上层人士因此对他很不满;二是儿子的所作所为,并不是她所赞赏的那种社交界的风流韵事,而是"维特式的不顾一切的狂恋",如别人对她说的,这种狂恋有可能使他丧失理智。

伏伦斯基的母亲自己有一份产业,每年给他两万卢布,再加上他从父亲产业中得到的那两万五千卢布,他年年都要把这些钱花个精光。因为他与安娜的恋情,他离开莫斯科并与母亲发生争执后,母亲不再给他寄钱了。这样,他的日子就不好过了。母亲还来信暗示,她乐意帮助他在社交界和官场上取得成就,但不乐意帮助他去过"那种生活"——整个上流社会所不齿的生活。

和安娜从国外旅行回到彼得堡的第一天,伏伦斯基就去看望哥哥,在那里碰到了因事从莫斯科来的母亲。母亲和嫂子像往常一样迎接他,问他在国外旅行的情形,谈了大家都认识的一些熟人,可是只字不提他和安娜的关系。伏伦斯基在自己的家庭里做了多次尝试,希望家人能够接纳安娜,但他最终不指望母亲了。因为他知道,在初次相识时那样喜欢安娜的母亲,现在对她就不会客气了,因为是"她断送了儿子的前程"。

伏伦斯基的代价三:赴战场"献出我的生命"

安娜死后六个星期的一天,在库尔斯克车站,伏伦斯基作为赴塞尔维亚战争的一名志愿兵,在站台上,"像笼中野兽似的走来走去"。他那苍老了的流露着痛苦神情的脸,好像变成了石头似的。安娜死后

的伏伦斯基,正如她母亲说的那样,

> 那情形真是难以想象呀!他有六个星期,跟谁也不说一句话,要不是我求他,什么东西也不吃。而且时时刻刻都要守着他。我们把他可以用来自杀的东西全拿走了;我们都住在楼下,但还是不能担保不出什么事儿。您也知道,他因为她已经开枪自杀过一次了。

处于痛苦和绝望中的伏伦斯基,只求一死。他对列文的哥哥柯兹尼雪夫说:"我今生今世,没有什么愉快的事了。""死是用不着推荐的。除非是写信给土耳其人。""我这个人,好就好在我把生命看得一钱不值。我高兴的是有机会献出我的生命,这生命我不仅不需要,而且厌恶了。""作为一件工具,我也许有些用处。但作为一个人,我已经完了。"

于是他竭力回忆第一次,也是在车站上,与安娜相遇时她那种神秘、妩媚、含情脉脉、寻找幸福也使人幸福的模样,而不是最后分手时她留在他脑海中的那种恶狠狠的复仇模样。他竭力回忆他和她在一起的美好时刻;但是那些美好时刻已经永远被"毒化"了。他只记得她胜利了,实现了使他抱恨终生的威胁。他不再觉得牙痛,就想痛哭一场,一张脸都变了模样……

托尔斯泰对伏伦斯基的结局的安排,并不是要从道德上谴责和惩罚他,而是从心理发展的逻辑上表明:伏伦斯基对安娜的爱是真诚的、无私的——如果这两个词用在这里不至于太俗气的话。

3.4 别样的爱情进化心理学主题

我认为,通常一般的爱情心理学,如果与进化心理学相结合的话,就可能产生一门我所谓的"爱情进化心理学",这是完全可能的。在《安娜·卡列尼娜》中,除了前面所说的主要是围绕安娜与伏伦斯基的

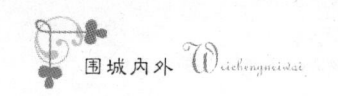

爱情主线外,还有众多可称为"别样的"爱情进化心理学主题,如留住配偶、外遇与宽恕、外遇与说谎、外遇与想象、外遇的天性与教养、同居的意义与代价等等。这其中,托尔斯泰最精到的描写是关于卡列宁如何留住配偶。下面我就从卡列宁为留住配偶所做出的努力谈起。

"留住配偶"策略:进化而来的一种心理机制

文学家时常感叹的一个主题是:爱情是一个善变的"妖魔",得到容易守住难。之所以"守住"难,从心理机制上看,这是因为在爱情的维系过程中,不可避免地会发生两性冲突。近来,进化心理学中有一个专门的研究主题,叫做"留住配偶"的策略。一般地说,留住配偶的策略,是性嫉妒研究中的一个重要内容。因为男女想办法留住配偶,正是性嫉妒在行为上的表现。

上面提供的许多证据表明,男性进化出了一种产生强烈嫉妒体验的心理机制。正是这种机制,使得我们可以理解人类——特别是远古祖先——如何解决部分或完全失去伴侣这一适应性问题。当然,从自然选择角度讲,性嫉妒作为一种心理机制,只有当它产生能够真正解决适应问题的行为输出的时候,它才能进化而来。因而心理学家预测:在嫉妒问题上,行为输出必须解决两个关键的问题:第一,防止伴侣背叛行为的发生;第二,降低伴侣背叛的可能性。前者说到底是个防御问题——你总得提高警惕,洞察其背叛的蛛丝马迹;后者则是个措施问题——你怎样采取有效的行动(是酗酒,是暴打,还是杀人?)来降低背叛的发生。

巴斯在他的《进化心理学》一书中表明,在已婚夫妇中,男性比女性更有可能使用留住配偶的策略,这与进化心理学预测相一致。几种典型的策略是:

(1)男性更有可能掩藏他的配偶,例如不带她出席其他男性在场的聚会,或者坚持她的全部空闲时间都要和自己一起度过。

(2)男性还更有可能使用威胁和暴力手段,特别是针对情敌。例如他会威胁说,要揍那些想靠近他伴侣的男人,或者与对她感兴趣的男人打上一架。

(3)男性还更有可能使用"资源炫耀"这一手段,如给伴侣买珠宝,赠送礼物,并带她去昂贵的饭店。

(4)更有意思的是:不论是情侣还是夫妇,男性都比女性更容易产生"服从"和"自我贬低"的行为(这一点不同于进化的预测)。例如,研究报告表明,男性常常比女性更容易卑躬屈膝地说,为了和她在一起,他们"愿意为她做任何事情"。

总的看来,在留住配偶的策略上,男女有较大的性别差异。男性比女性更有可能隐藏配偶,炫耀资源并服从配偶,同时,对情敌采用暴力策略以阻止配偶对他人产生感情。而女性呢,她比男性更多地采用美容养颜的策略,以满足男性进化而来的对外貌迷人的伴侣的欲求。女性也更经常地激起配偶的嫉妒——这也许是一种有效的策略,表明自己还有其他的择偶机会,同时也可以交流"双方欲求度"——即双方对感情的投入不同——的信息。

卡列宁留住配偶的努力

在本章第一节中我已指出,卡列宁的人格缺陷——特别是爱之无能——是安娜出轨的最主要的原因。但卡列宁作为爱妻子的丈夫,当他觉察到安娜的某些背叛的线索时,就会本能地激活其进化而来的心理机制——性嫉妒,从而使用留住配偶的策略。

正如任何一个男人一样,卡列宁在没有觉察到安娜的背叛线索时,他"从来不猜疑。他认为,猜疑是对妻子的侮辱,对妻子应该信任。"例如,安娜曾向他说过,在彼得堡她丈夫手下有一个青年几乎向她求爱。当时卡列宁回答说,生活在社会上,任何女子都会遇到这种事儿,他完全相信她知道分寸。他任何时候都不会贬低妻子和贬低自己。

但是,在培特西公爵夫人家的晚会上,他看到妻子和伏伦斯基坐在另一张桌子旁边并且很带劲地谈着什么事,本来不认为有什么异常和有失体统;可是他发现客厅里其他人的神色有点不对头,他也就觉得有问题了。按进化心理学家的说法,他开始觉察到妻子的某种背叛信号了。他决定和妻子谈谈这件事。他在心里说,"这事必须解决,必须制止,必须说说我对这事的看法和我的决定"。

尽管现在卡列宁仍然认为猜疑是一种可耻的事情,却觉得自己面对着"不合常情的、无法解释的局面",不知道该怎样才好。他第一次想到妻子有可能爱上别人的问题,感到非常可怕。现在他体验到一种心情,就好像一个人很平静地从一座横跨深渊的桥上走过,忽然看到桥断了,下面就是万丈深渊。

正如托翁对卡列宁的人格特质所深刻揭示的那样,他一辈子只是和"生活的映像"打交道。在他碰到生活本身的时候,每一次他都"躲避"开去。现在,在安娜有可能在感情上背叛自己的问题上,他照样还是试图躲避——其实即自欺欺人。

自从培特西家晚会之后卡列宁和安娜的那次交谈以来,他再也没有和安娜说过自己的怀疑和猜忌,而他惯用的那种"模仿别人说话的腔调",现在用在他和妻子的关系中,是再合适不过了。他对妻子有点儿冷淡了。尽管此时他已经意识到"他是一个被欺骗的丈夫",他却不仅不考虑怎样摆脱这种局面,而且根本"不愿意知道"这回事儿;他不愿意知道,就是因为这事儿太可怕、太难堪了。

如果从卡列宁留住配偶的策略和行动的阶段来看,他的第一阶段是躲避,宁愿欺骗自己,不愿意承认事情的真相。从进化心理学观点看,这一策略是失败的,实际上是"纵容"了妻子的背叛。

妻子外遇的"合理化":"我不是第一个,也不是最后一个"

在从赛马场回来的路上,安娜向卡列宁承认了她与伏伦斯基的私情("我爱他,我是他的情妇")。妻子的话证实了他最坏的猜疑,在他心中引起剧烈的创痛——他的感觉就好像一个人拔掉了一颗痛了很久的牙齿。

现在他只关心一个问题,那就是怎样用最好、最体面、自己做起来最方便、因而也是最妥当的方式甩掉由于她的堕落而溅在他身上的污泥,继续沿着奋发有为、正当有益的生活道路前进。

可是,怎么样"甩掉"?卡列宁首先想到的是决斗,而后才考虑起离婚。他开始仔细权衡离婚的利害得失。他的主要目的是安定事态而不引起风波,这是通过离婚达不到的,因为这种做法只能酿成一宗出丑的案件。此外,离了婚,甚至一提出离婚,显然妻子就可以和丈夫

3 托尔斯泰的《安娜·卡列尼娜》

断绝关系,而和情夫在一起。卡列宁在心里对安娜还剩下唯一的一种"感情"——不愿意让她顺顺当当地和伏伦斯基结合,不愿意让她觉得"犯了罪反而合算"。和妻子分居如何？他定下心来继续想。发现这个办法也不合适,会像离婚一样出丑;更主要的是,那就和正式离婚一样,把他的妻子抛到伏伦斯基的怀抱里。

此时,卡列宁头脑中进化而来的性嫉妒机制最终被完全激活："我不能不幸,她和他也不应该幸福。"他希望安娜不仅不能称心如意,而且要因为自己的罪行受到惩罚。最后,卡列宁认定,可行的办法只有一个:把她留在自己身边,把事情隐瞒住,不让世人知道,采取一切相应的办法斩断他们的关系,而更主要的是要惩罚安娜。于是,他给安娜写了一封信,坚决而明确地表示不同意离婚。

如果单从留住配偶的角度看,他这样做是对的。作为被背叛的丈夫,他还调动了自我防御机制——合理化。他想到,他不能因为一个下贱女人做了罪恶的事就不幸。他想起许许多多当代上流社会里妻子对丈夫不贞的事实,自忖"我不是第一个,也不是最后一个"。他甚至还"指望"安娜的"这种热恋会过去,就像一切事情都会过去一样,大家都会忘记这回事儿,那他的名声也就保住了"。

窃以为,托尔斯泰在这里向我们暗示了一个极富进化心理学意味的道理:男人如何对待妻子的外遇？你也许要相信:大凡婚外恋,十之八九的可能性是——它会自动终止！

英国作家劳伦斯坦言:"在天国没有婚嫁之事。"但如果你选择了婚姻,以后的情感之路将如何走呢？假设你是一个男人,有一天你突然发现,你的妻子有了外遇,那你怎么办？心理学家调侃说,三个男人面临妻子出轨大多有这样三种反应:暴打、杀人和酗酒,显然这都不是办法。为避免导致婚姻上的许多灾难性后果——离婚便是这种后果之一,你需要改变认知方式。当你发现了妻子越轨,如果你便一口咬定你和她之间的"婚姻完蛋了",因为"我们的爱情结束了",那么这就是你的认知方式有问题,你把婚姻等同于爱情了。你必须冷静,你需要考虑的是,你们的婚姻还有没有可能继续下去;而不是这样考虑:"她不再爱我了。既然她不爱我了,那就只有离婚了。"这种推论的"逻辑"是不成立的。实际上,许多男人匆匆离婚,就是这种错误推论造成

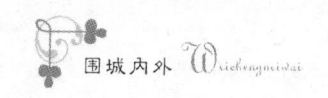

的。要知道,离婚并不是获得新的爱情的手段或途径;而离婚后再结婚,更可能离爱情越来越远。我曾看过中央电视台一次对金庸的采访。他说他这辈子结过四次婚;还直言不讳地表示,似乎四次婚姻的质量一次不如一次。我觉得他相当坦诚。而且道出了婚姻与爱情的关系的真谛。我不是主张绝对不离婚,我只是反对轻易离婚。

在理论上把婚姻与爱情分开,绝对有助于健康地维系你们的婚姻。当妻子有外遇时,只要不是她一再坚持要离婚——女性一般不会要求离婚;如果她要离,那你也没有办法了——那么你就不要首先提出离婚,这是衡量一个男人是否成熟的标志。因为你要相信,婚外恋属于短期择偶,这种爱情不会持续很长时间,更不会是永恒的,它会自动终止。而自动终止的时间在很大程度上取决于你的态度。如果你怒发冲冠,或责难、纠缠,或谩骂、暴打,那么你就实际上强化了她想离婚的念头,结果会加速离婚的进程;但如果你泰然处之,冷静,再冷静,就像平常——当然要做到"平常"也确不容易,但你要尝试——那样待她。特别是随着你的愤怒心态的渐进平和,你更加表现出对她的关爱之心,明确表达出你对她始终不渝的情感,特别是你始终不想放弃你们的婚姻的心愿。如果你能做到这一点,我相信,她的婚外恋会自动终止。更何况,大量案例研究表明,婚外恋在配偶不知晓的情况下,自动终止的大有人在。要不然,世界上哪里会有那么多"金婚"、"银婚"呢?

卡列宁还有我们值得称道的地方。当安娜第二次正式向他宣称:"我是一个有罪的女人,我是一个坏女人,不过我还是像原来那样,像那一天对您说的那样,我来就是要告诉您,我不会有什么改变。"他还是冷静地说:"这事儿我可以不理会","我们的关系应当和往常一样","您可以不履行一个贤惠妻子的责任,而享受贤惠妻子的权利"。他还说了一句算是说到点子上的话:"我也不明白,像您这样有头脑的人,怎么会直截了当地对丈夫说出自己的不贞,而不认为这有什么不体面,似乎您认为妻子忠于丈夫倒是不体面的。"

从进化心理学观点看,安娜确实缺少了点离婚的艺术。因为直截了当地宣布不忠,并公开与情人同居,就会强烈地激活男人潜意识中的性嫉妒心理机制,并驱使男人采取相应的留住配偶的行动,从而加大了离婚的难度，甚至使得离婚成为不可能。安娜最终不得不自杀，应该说，这是其中的一个因素。

留住配偶：卡列宁的"宽恕"

自从卡列宁有一次在自家门口与伏伦斯基"撞了个满怀"之后，他心里再也不能平静。妻子不顾体面，不遵守他向她提出的唯一条件——不在家里接待情夫。他只好执行他的警告："提出离婚，把儿子夺过来。"他对安娜说，"因为您不尊重我顾全体面的要求，我就要求采取措施，来结束这种状况。"他毫不含糊地写信委托律师酌情办理他的案件，随信还附上伏伦斯基给安娜的三封信，都是他在抢来的安娜的文件夹里找出来的。

当安娜得了产褥热，卡列宁是多么希望她死呀！但是，当安娜在发高烧说胡话"你宽恕我，完全宽恕我吧"时，他突然体会到一种"新的、从来不曾有过的幸福"，他心中充满了宽恕仇人和爱仇人的喜悦感。他竟然跪在床前，像小孩子一样呜呜哭起来。后来他还拉住伏伦斯基的手说：

> 您要知道，我已经决定离婚，并且已经开始办手续了……可是我一看到她，就宽恕她了。宽恕使我感到幸福，因而感到这是我应该做的。我就完全宽恕了……这就是我的态度。您可以把我踩在污泥里，使我成为世人的笑柄，我也不会抛弃她，也不会对您说什么责难的话，我的责任是很明确的：我必须和她在一起，今后还要和她在一起。

客观地说，卡列宁犯了一个错误，就是他在准备和妻子见面的时候，没有考虑到她会真心悔过，他会宽恕她，而且她会大难不死。但从卡列宁的主观上讲，他在妻子的病榻旁生平第一次动了恻隐之心，这种心情是别人的痛苦唤起的。他一怜悯她，一痛悔他不该希望她死，尤其是他宽恕别人一感到快慰，他立刻就觉得，不仅自己的痛苦没有了，而且心里感到异常安宁。"他忽然觉得，原来是他的痛苦源泉的事情，现在却成了他精神愉快的源泉；在他指责、非难和憎恨别人时那些似乎无法解决的事情，在他宽恕别人和爱别人的时候就变得非常简单

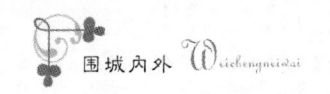

明了了。"

卡列宁在一封给安娜的还没有写完的信（他给奥布朗斯基看过）中这样写道：

> 我不责怪您，而且上帝可以给我作证，我在您生病的时候一看到您，就真心诚意地决定忘记我们之间的一切，从头过新的生活。我对我所做过的不后悔，今后也绝不会后悔；不过我所希望的只有一点，那就是您的幸福，您的内心的幸福，可是现在我看出来，并没有达到这个目的。请您自己告诉我，怎样才能使您得到真正的幸福和内心的安宁。

卡列宁想"从头过新的生活"，从他的行为所表现出的努力来看，应该是有诚意的。可是安娜不愿意！这里让我联想到，托翁一再描述卡列宁的宽恕，确实有其进化心理学的根据和意义。宽恕，就像我们天性中的仇恨、复仇等一样，也是进化而来的一种心理机制。如果说仇恨、复仇等是人的天性中的"坏的"（或消极的、不良的）模块的话，那么宽恕就是天性中的一种"好的"（或积极的、优异的）模块。

正如托翁所描述的那样，宽恕作为一种自我防御机制，能使当事人感到快慰，减轻自己的痛苦，使心里得到安宁，特别是有助于控制当事人的愤怒情绪，防止冲动或攻击性行为的发生。宽恕作为一种人脑中好的模块，有助于约束、抑制人脑中的性嫉妒那样的坏模块，特别是对被背叛的男人来说，不至于发生暴打或杀死配偶、报复配偶的情人等极端行为。

卡列宁不离婚的合理的"理由"

国人一般会想当然地以为，要是卡列宁不那么"伪善自私"，同意与安娜离婚的话，那安娜也许就不会自杀了。实际上，我们的文学史教材也是这样写的。但托尔斯泰绝对不是像我们所想象的那么浅陋！他为卡列宁为什么不离婚提供了充分的、在今天看来仍然是合理的"理由"——特别是当我们从进化心理学观点来看的时候。

在卡列宁已经了解了离婚的详细办法之后，他觉得离婚实在是不可能的了。首先，他的自尊心和对宗教的虔诚不允许他随便控告别人通奸,更不允许他使他已经宽恕的心爱的妻子出丑和受辱。

第二,要是离婚,儿子怎么办？让他跟着母亲是不行的。因为离婚的母亲将会有一个"非法的"——仅仅从宗教的观点看——家庭,在这种家庭里,继子的处境及其教养必定是很差的。让他跟着自己吗？他知道,这是他对安娜的一种报复,而"他是不愿意这样的"。从进化心理学观点看,这是卡列宁的一个极为充分的理由。继父是不会在真正"父爱"的意义上爱继子的,这是由"汉密尔顿规则"或"内含适应性理论"所决定的。简单地说,"内含适应性"是指个体自身的繁殖成功率,再加上个体行为对其遗传亲属的繁殖成功率的影响；关于后者即个体对亲属的影响,可以通过他们之间的"遗传相关度"来评定：与兄弟姐妹是0.50(因为他们有50%的遗传相关度),与祖父母和祖孙是0.25(遗传相关度为25%),与第一代堂表亲是0.125(遗传相关度为12.5%)。根据这一理论,父母对自己的子女表现出来的"偏爱",实际上是对内含有他们自己的基因拷贝的"载体"的一种偏爱——父母与子女之间有50%的遗传相关度。而继父与继子之间则没有任何的遗传相关度,这就决定了继父不可能在父爱的意义上爱这个孩子,至少他不会对这个孩子表现出"利他行为"。

第三,最使卡列宁感到离婚不可能的原因是,如果他同意离婚,那他就是在用这种办法毁灭安娜。就连陶丽也在莫斯科对他说过,他决定离婚,只考虑到自己,没有考虑他这样做会把安娜彻底毁了。这话曾深深地印在他的心里。他认为,如果同意离婚,给她自由,那就是断绝他的生活与他眷恋的两个孩子——其中一个是安娜与伏伦斯基所生的女儿——的最后联系；而对于安娜来说,就是断绝她"走正路"的最后动力,而使她毁灭。卡列宁在心里说,"等她和他结合了,过一两年,不是他把她抛弃,就是她另找新欢。在我来说,如果同意这种非法离婚,也会成为促使她毁灭的罪人"。

从留住配偶的意义上看,卡列宁是站在对方的角度考虑问题的。根据进化心理学的研究,女性因婚外恋(作为短期择偶的主要形式)所付出的代价,比男性要大得多。特别是对于像安娜这样一位上流社会的贵妇人来说,她所付出的失去经济资源、社会地位与名誉,失去孩子等的代价,比一般女子要多得多。更有意思的是,卡

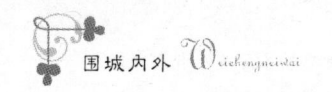

列宁看到了短期择偶的一个特质——不会持续很久:"等她和他结合了,过一两年,不是他把她抛弃,就是她另找新欢。"

外遇中的"说谎":必要的短期择偶策略

"说谎"是婚外恋(甚至所有的短期择偶形式)的必然伴随物;只要搞外遇,就会有说谎,这是不以当事者的意志为转移的。进化心理学家相信,说谎或谎言,属于人的天性。或者说,是人的天性中的一个"坏的"模块(就像仇恨、复仇等一样;在这个意义上,托尔斯泰使用了"说谎作假的魔鬼"一词),也是进化而来的一种心理机制。说到底,说谎是为了解决特定的生存与繁衍问题而进化来的一种适应性策略。既然说谎是人的一种天性,那它就与通常所说的"道德"无关——至少从进化心理学来看是这样。

在西方经典婚外恋小说中,说谎是婚外恋的主人公的家常便饭。例如,《包法利夫人》中的爱玛,就是一个说谎高手,以至于她能频频周旋于丈夫夏尔和情人罗多尔夫之间达两年之久。在她与第二个情人莱昂幽会期间,她谎称在卢昂的朗卜乐小姐那里学钢琴,其撒谎技巧之精到一直让夏尔被蒙在鼓里。福楼拜不无讥讽地写道:"从此以后,爱玛的生活就充满了谎言。这些谎言像面纱一样,包藏住她的爱情。说谎在她已成为一种需要,一种癖好,一种乐趣,以至于如果她说昨天她从某条街的右边经过,那么你必须理解成她是从左边经过的。"

在托尔斯泰的笔下,无论是安娜还是伏伦斯基,从他们的"本性"上讲,是不愿意或不希望"说谎"、"作假"、"蒙混"的。当他们因为爱情——特别是安娜作为婚外恋的主体——而不得不违背自己的本性说谎时,带给他们的往往是羞愧难当的内疚感。例如,当伏伦斯基与安娜发生性接触关系后,他完全感觉得出来,他的处境和她的处境都是非常令人难受的。他们在整个交际界都处于显眼的地位,要隐瞒他们的爱情,要说谎和蒙混是很困难的。"他真切地回想起他不得不违反本性一再说谎、作假的情形;尤其真切地想起不止一次在她脸上发现的那种因为不得不说谎和作假而感到羞惭的神情。"伏伦斯基希望"结束这种说谎作假的日子"。

3 托尔斯泰的《安娜·卡列尼娜》

但是,安娜有很长一段时间避而不谈离婚的问题,这让伏伦斯基无法理解。他想,像安娜这样性格刚强而诚实的人,怎么能安于这种说谎作假的状况而不想摆脱。"似乎她一谈起此事,她,真正的安娜,就隐藏起来,出现了另外一个古怪的、与他格格不入的女人。"托翁向我们暗示,安娜运用的是一种"自我欺骗"的机制:因为害怕失去儿子,安娜"只能像一般女人一样尽可能用似是而非的推理和语言来安慰自己,为的是让一切照旧,为的是可以忘记今后儿子将会怎样这个可怕的问题。"安娜"安于"说谎作假,是因为"自我欺骗"的心理机制在起作用,以此"安慰"自己,暂时"忘记"可怕的事情。

古希腊人早就发现,"爱欲既最强烈,又最诡计多端"。这就意味着,既然说谎是爱欲中的必然伴随物,那么成功的婚外恋就必须使用这一进化而来的心理机制。也许安娜的悲剧就在于,她的这一"机制"的运作失败了——她不仅直截了当地向卡列宁承认婚外情人的事实,而且还公开与伏伦斯基同居。这就在客观上直接激活了卡列宁的性嫉妒机制,并采用不离婚的策略作为报复手段,这也是导致安娜自杀的一个因素。

4

霍桑的《红字》

N. Hawthorne: The Scarlet Letter

霍桑的《红字》，看起来是在讲述一个"有关人的脆弱和人的悲哀的故事"，而且还是一个与"罪恶"、"邪恶"、"诱惑"、"堕落"、"惩罚"、"羞愧"、"悔恨"等有关的故事，但在这一故事的背后，霍桑所要揭示的，却是"偷情"（adultery）这一普遍的人之"天性"的合理性。

"贞洁的外表只是一种骗人的伪装；要是把各处的真实情况都兜漏出来，那么许多人的胸前就该像海丝特一样佩上闪亮的红字。"这正是《红字》全书的核心主题之最精妙、最明晰的表达：女性偷情的心理与行为的普遍性——几乎每个人心里都有"隐藏的罪孽"；如果把这些"罪孽"都兜漏出来，那就有太多的女人胸前该佩上"红字"了。我可以循着霍桑的思维逻辑做出这样的推论：既然该佩"红字"的女人是如此之多，如此之普遍，那么偷情，就无论如何也算不上一种"罪"了——霍桑建议海丝特（当然也包括今天的我们）把"这些既含糊不清，又清晰明白的暗示当做真理"。

霍桑（N.Hawthorne，1804—1864）

4.1 "贞洁的外表只是一种骗人的伪装"

通常，无论是一般读者还是文学批评家，在阅读美国作家霍桑出版于1850年的《红字》[1]时，都会为其繁复、庞杂的思想主题而困惑不已。但有一点可以肯定，大家都会赞同这是一本讲述"罪恶"或与"罪恶"有关的小说。若仔细搜罗一下霍桑本人对本书主题的界定性表述，你会看到这样一些话语："有关人的脆弱和悲哀的故事"，"凡人俗世的罪孽、情欲和痛苦等此类问题"，"关于妇女的脆弱和罪恶的情欲的形象"[2]，"这场罪恶与痛苦的戏剧"，等等。

由此，我可以从中归纳出其关键性的主题词："人的天（本）性"、"情欲"、"罪恶"和"痛苦"；并进而确定我对《红字》作进化心理学解读的如下基调：它看起来是在讲述一个"有关人的脆弱和悲哀的故事"[3]，而且还是一个与"罪恶"、"邪恶"、"诱惑"、"堕落"、"惩罚"、"羞愧"、"悔恨"等有关的故事，但在这一故事的背后，霍桑所要揭示的，却是"偷情"这一普遍的人之"天

《红字》1994年企鹅出版社英文版书封。

---

[1] 姚乃强译，译林出版社1996年版。以下引文，除非特别说明，均出自该版本

[2] their images of woman's fragility and sinful passion，译文略有变动——引者按

[3] a tale of human frailty and sorrow，译文略有变动——引者按

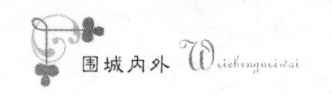

性"的合理性。

"戴红字的女人"：海丝特有罪吗？

这个"令人黯然神伤"的故事，发生在大约 1642 年北美清教殖民统治下的新英格兰。一个夏天的早晨，波士顿监狱街大牢门前的那块草地上万头攒动，众人的眼睛都牢牢地盯着布满铁钉的栎木大门。海丝特·白兰怀抱一个差不多三个月大的女婴迈步走出大门，并走到了市场西端的那座刑台上（这刑台几乎就竖立在教堂的屋檐下，像是教堂的附属建筑物），伫立在众人面前：

> 在她长裙的胸前，亮出一个字母 A。这个 A 字是用细红布做的，四周用金色的丝线精心刺绣而成，手工奇巧。这个 A 字做得真可谓匠心独运，饱含了丰富而华美的想象，配在她穿的那件衣服上真成了一件至善至美、巧夺天工的装饰品，而她的那身衣服也十分华美，与那个时代的审美情趣相吻合，但却大大超出了殖民地崇尚俭朴的规范。

读者不禁要问：为什么海丝特要在刑台上受辱示众呢？借用当时在场的一个"本地人"的介绍，这个戴红字的女人，是个有学问人家的妻子，原籍英国，不过一直居住在阿姆斯特丹。几年前，她丈夫想起要漂洋过海到马萨诸塞州来生活。为此，他先把他妻子打发走，自己留下来料理一些非办不可的事。这个女人在波士顿这儿一住约有两年光景，或许还不到两年，而那位有学问的"白兰先生"却杳无音讯——据传，他非常可能已葬身海底了。这个年轻女人，就自个儿走到"邪路"上去了。可她怀抱的婴儿的父亲是谁呢？这事还是一个谜！这个女人闭口不说；地方长官挖空心思，仍一筹莫展，他们考虑到这个女人年轻漂亮，认为她是受了极大的诱惑才堕落的，故而判决她在绞刑台上站三个小时；另外，在她的有生之年，必须在胸前佩戴一个"耻辱的标记"——红字 A。

从"红字 A"的直接或表面意义来看，无疑是对海丝特犯了"偷情罪"[英文"偷情"（Adultery）的第一个字母]的一种惩罚。问题是，海丝特真的有罪吗？

关于《红字》的主题思想,历来众说纷纭。其中清教教义论和罪恶论最有代表性。所谓"清教教义论"是说,根据小说提供的历史背景和故事情节,作者要表达的正是清教的教义:人生来就有罪,理应受罚。作品中的人物都有罪,只是各人对"罪恶"的态度不同,因而结局也不一样。例如,海丝特是公开承认自己有罪,并苦行"赎罪",终于把胸前的红字——本是罪恶的标记——变成了德行的标志,而最终成为"天使";牧师丁梅斯代尔因试图隐瞒自己的罪而备受煎熬,最后忏悔认罪后死去,成为一名殉道者;而那个丈夫齐灵渥斯企图"揭露"罪恶,近乎偏执性的复仇,结果成为一个恶魔——一个真正的罪人。至于"罪恶论",是说作者通过展示一个人生悲哀的故事,表达了他的罪恶观,探讨了谁才是真正的罪人,罪恶的根源又是什么等问题。

我认为,从进化心理学的角度看,所谓的"教义论"并没有什么意义。霍桑用不着借助一个爱情悲剧的传说来表达他的宗教思想。实际上,作者仅仅是利用了当时新英格兰的"清教徒殖民地"的背景氛围,来表达他关于"偷情"——哪怕是女人偷情——不过是人的普遍天性的思想。这一点,正是我解读《红字》全篇的基本主旋律。

至于"罪恶论",倒是有意义的。但从国内现有关于《红字》的评论来看,没有人真正说清楚,到底什么东西是罪,到底是谁有罪。因此,从进化心理学视角重新审视《红字》,更显得迫切而且意义重大。

进化心理学的新主题:人的天性中的"恶"

《三字经》曰:"人之初,性本善。"就是今天,我们也宁愿相信中国人都是"好人":中国地大物博、人口众多;中华民族勤劳勇敢、质朴善良。既然是这样,中国人的天性中就不存在"坏的"、"恶的"东西,或类似动物本能的东西,因为"我们是人呀!""人怎么能跟动物相比呢?"——经常有人(甚至包括国内大部分研究心理学的人)如是说。确实,当某人干了"不义"之事时,人们会异口同声呵斥道:"一点人性都没有!"这里的潜台词是:人性中只有"好的"东西;如果有"坏的"东西的话,那就不是"人"了。

进化心理学的研究发展也许会使我们从根本上改变这种观念。因为现今进化心理学家相信:人的天性中确实有"恶"的东西,像攻击

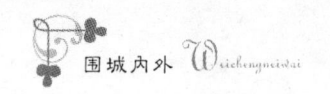

性、暴力、同性竞争、战争、仇恨、谋杀、复仇、性嫉妒等等。著名进化心理学家、哈佛大学"认知研究中心"主任平克，曾在他著名的就职演讲《白板说、高贵的野蛮人和机器中的幽灵》中说，所谓人类的头脑中并没有使用"暴力"的先天倾向，或者说暴力是在特定的时间、特定文化中的产物——这一心理学的传统观念不得不面对人类的历史的质疑！丘吉尔（Winston Churchill）首相曾一针见血地写道："人类的历史就是一部战争的历史。除了短暂的、极不稳定的一些间歇，世界就从来没有过和平。而在人类史以前的很长时期中，流血冲突比比皆是，无休无止。"正如当今的一位进化生物学家所言："智人是肮脏凶恶的。"

多少年来，人类学家和历史学家们一直有两个荒诞的说法。一种说法是，在历史上存在过"爱好和平的野蛮人"——这让我们想起卢梭所说的"高贵的野蛮人"，他们是人类的天性尚未受到"现代文明污染"的代表。按照这一说法，"农业社会"以前的人很少有战争，性情温和，注重礼仪——至少在与今天所说的"西方人"接触之前是这样的。但是，最近的人类学家、进化生物学家、进化心理学家，如查格龙（Napoleon Chagnon）、威尔逊（Margo Wilson）、弗兰哈姆（Richard Wrangham）等认为这种说法是"传奇式的一派胡言"，"战争从来都是残酷的"。

平克提供证据表明，事实上，在"农业社会"以前，有三分之一的人死于他人之手，几乎半数的人曾杀过人。与现代战争相比较，原始战争的全民参与性更高，战俘更少，武器更具破坏性。甚至在比较和平的"狩猎和采集"社会中，喀拉哈里（Kalahari）沙漠中的Kung San人的凶杀案，与现代城市例如底特律的凶杀案相近。在考察"人类的普遍性"过程中，人类学家布朗（Donald Brown）收集了大量人种学的记录。他发现，在所有文化中，都记录了暴力冲突、强奸、嫉妒、性嫉妒以及群内—群外冲突等这些人类的"普遍特性"。

而与此相关的一个传奇性荒诞说法是：人类的本性中存在着"和谐与智慧"。许多心理学家至今仍然相信，动物为食物而残杀，动物不知道"战争"为何物；而支配等级（或统治阶层）是一种结合与联结的形式，它对于群体是有利的。果真是这样吗？达尔文则一语道破了天机："人类的历史，是一部人类笨拙的、浪费的、浮躁的、粗俗的、残酷的天性所写就的书!"实际上,最令人恐怖的事例,就发生在离我们人类最近的动物身上。灵长类动物学家古德尔(Jane Goodall)和弗兰哈姆,曾记载人类的近亲黑猩猩的行为。他们认为,如果杀死自己的同类成员行为发生在人类身上,那么肯定会被称作"种族灭绝"。从进化的角度看,这种行为似乎是反常的、令人迷惑的事情。但正如威尔逊所指出的,"杀死自己的对手,是解决冲突的最根本解决方法。我们的祖先在进化为'人'(指"智人",引者按)以前很久,就已经发现了这一方法。"

平克进一步指出,承认人的天性中有"恶"或"恶的本能",这是不是就意味着要对战争或其他暴力冲突进行"辩护"呢?显然不是。经验和历史都表明,战争对于儿童或其他生物都是不利的。狩猎采集时代的人或者灵长类动物的行为,都无法令人信服地教促我们去痛恨战争并试图去消除战争。虽然战争不可避免,但是设法阻止战争就真的没有效果吗?答案同样是否定的。

根据我的模块心理学假设,人的心理是由多样的模块化的机制所构成、并彼此相互作用的。这种多样的模块化机制,从总体上可以分为"好的"(或积极的)和"坏的"(或恶的)两大模块系统。在心理的运作过程中,这两大模块系统是彼此相互制约、相互平衡的,从而使得人类的行为保持在适应(生存与繁衍)的水平上。

根据这一假设,人类的心理是由许多"模块"组成的一个复杂系统。一个(或一些)模块也许急于想通过必需的手段杀死竞争对手,但是另一个(或一些)模块却是一种"计算器",它会认识到:冲突或杀人需要付出惨痛的代价!根据布朗的人类学调查,人类社会也有"痛惜"、"悔恨",冲突、暴力、强奸和谋杀等的普遍天性;人类也运用一些机制,如法律、惩罚、补偿和仲裁等来减少或降低以上行为的恶果。另外一个经验性的事实是:人类的情况总体上在改善。在过去几个世纪中,我们目睹了战争、奴隶制、征服、家族仇恨、专制、对妇女的占有权、种族隔离。这些"恶的"现象中有的存在了几十年,有的几个世纪,有的上千年。但即使是在最差的状况下,美国城市的杀人案发生频率也要比一些原始部落的杀人案低20倍。

平克最后指出,尽管人类的天性是相对稳定的,但是仍需要有许

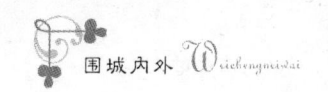

多理由或方法使战争和攻击减少(或限制在一定范围内)。它们包括：对历史教训的了解,对保全"面子"的方法的运用,调解与仲裁,契约,阻止,机会均等,法院系统,可强制服从的法律,一夫一妻制,以及对看得到的不平等的限制,等等。这些都是经过时间考验的简单方法；而更要紧的是,这些方法都谙熟人类的天性中的阴暗面。它们有可能继续存在并变得更加人性化和有效。

嫁给齐灵渥斯：海丝特"最应追悔的过失"

海丝特是怎样自个儿走到"邪路"上去,或"跌进深渊"的？霍桑像通常心理学家所做的那样,通过展现她的童年经历、她独有的人格特质以及她所处的特殊生活情境,向读者揭示了海丝特偷情行为的合理性——尽管在描写这一过程的书面文字上,总是少不了"罪恶"(crime)、"罪孽"(sin)、"邪恶的情欲"(erring and sinful passion)等给人以负面情绪感觉的词。霍桑对于海丝特走上越轨之路的背景性描述,最终不过是表达了这样一个寓意："贞洁的外表只是一种骗人的伪装"！

更令我们心理学家惊叹的是,霍桑在描写海丝特过去的经历时,运用了独特的心理学手法——记忆(或回忆)在当下的压力情境下被充分激活。这里,当下的压力情境对海丝特来说,就是她在刑台上当众受辱。海丝特这个"不幸的罪人",承受着巨大的压力,成千双无情的眼睛注视着她,目光都紧盯着她的前胸。然而,就在她成为整个场景中"最引人注目的目标"时,她却"不时感到场景在她眼前消失了"。她的思想,尤其是她的记忆,此时超乎寻常的活跃：各种回忆,包括她童年时代和学生时代的游戏嬉闹以及少女时代家中的种种琐事,一一涌上心头,其间还夹杂着她后来生活中最重大事件的回忆：

> 每一幅景象都栩栩如生,历历在目,它们都同等重要或者如同一出戏。很可能这是精神上的一种本能的应变方法。通过展示这些变幻莫测的形象,使自己的精神从眼前残酷无情的重压下解脱出来。

霍桑在这里运用了一个重要的记忆心理学原理：面对突发性的

重大情境性压力,我们的大脑具有一种专门的心理应变能力——亦即"精神上的一种本能的应变方法",就是超常地激活大脑中专司记忆——特别是"情境性记忆"(或称"自传体记忆")——的那些神经元,使一幅幅栩栩如生、变幻莫测的"形象"(或景象)呈现在我们的大脑中,从而暂时地免除当前情境的重压,并使之解脱出来。

于是,这个刑台倒成了一个观察点,它向海丝特显现了她从"幸福的孩提时代"以来走过的全部历程:她"见到了"她在古老英格兰故乡的小村子以及她父母的灰色石屋——门廊上还保留着一块依稀可辨的"盾形家族纹章",标志着古老的家世;她看到了她父亲和母亲的面容;也看到了她自己的面容——焕发着青春少女的容光,照亮了她经常映照的那面镜子,使黯淡的镜面荧荧发亮。而在那镜子里,她又看到了一个"年老体弱者"的面孔:苍白瘦削,一副学究的样子,他的那双眼睛,黯然无光,长期在昏暗的灯光下披阅浩繁的典籍使之老眼昏花。那个长期把自己幽禁在书房和斗室里的老学究,有一点畸形,左肩稍稍高于右肩。而在阿姆斯特丹,"在那里一个崭新的生活曾经等着她,但仍然跟那个畸形的学者密切相关,这个崭新的生活像长在残壁断垣上的青苔靠腐质废料养育自己"。

好一个"崭新的生活"!它竟然要靠"腐质废料"来养育自己。原来,海丝特与老学究的婚姻本身才是一个真正的"罪过"。具有讽刺意味的是,当齐灵渥斯与海丝特第一次在监狱会面时,他就作为一个"被她深深地、无可挽回地伤害过的人"来对待她:

> 我不追问你为什么或是怎样跌进深渊的,或者不如说是怎样登上那个耻辱台的——即我找到你的那个地方。原因不难找到,那就是我的愚蠢,你的懦弱。

齐灵渥斯的"愚蠢",我们暂不管它;而他说的海丝特的"懦弱",倒是说得很有点准了。不过,海丝特还是直截了当地道出了她的心声:"你知道,你知道我一直是对人很坦白的。我从未对你有过爱,也没有假装爱过你。"七年后,当海丝特意识到向丁梅斯代尔隐瞒她与齐灵渥斯的夫妻关系是一个错误时,她不禁在心里"刻毒地说","不管是不是罪过,我恨这个人!"

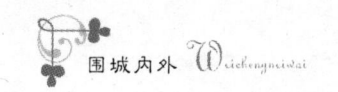

在海丝特试图克制"恨这个人"的情绪时,她回想起了那些很久以前的日子:在遥远的地方,有一所房子。每到傍晚他便从幽静的书房里走出来,坐在他们家的壁炉旁,沐浴在他娇妻的微笑中。他常说,他需要她那种微笑的温馨,以便从他那学者的心中驱走长时间埋头书卷所受的寒气。这种情景就当时来说,看上去不可说"不幸福美满";但如今,透过后来海丝特所经历的阴惨的生活来看,它们也只能划归到她回忆中"最丑恶的一类":

> 她惊诧当时何以会有这样的情景!她惊诧她当时何以会答应嫁给他!她认为,她当时竟忍受了,而且还回握了他那只不冷不热的手的攥握,并忍心用她自己的媚眼和嗔笑来与他交流、交融,这实在是她最应追悔的罪过。在她看来,当时在她还不谙世事之时,齐灵渥斯诱惑她,使她产生幻觉,认为在他身边就是幸福,他所犯的这个罪恶比之后来人们对他所犯的任何罪恶,都更卑劣。

由于海丝特年轻,不谙世事,加之齐灵渥斯以身披"知识"的光环来诱惑,使她不幸嫁给了他,"这实在是她最应追悔的罪过"。但霍桑强调,齐灵渥斯,"他所犯的这个罪恶"——诱惑海丝特产生"幸福"幻觉,才是真正的罪恶。这里就表明了霍桑的"罪恶"概念的一种含义,或一种罪恶的类型:不当的诱惑。

"贞洁的外表只是一种骗人的伪装"

海丝特在佩戴红字的初期,自然会无处不感受到被人注视那个标记的痛楚——无论是陌生人的凝视,还是熟人的眼神。人们常常十分粗野地触碰她最嫩弱的地方,使她感受到一阵阵新的剧痛,从而把她的处境生动地展现在她的"自我意识"里。作为海丝特自我意识运作的结果,她"不时地仿佛觉得——如果全然出于幻觉,那么其潜在的力量也是无法抗拒的——她身上的那个红字赋予了她一个新的知觉。"这个新知觉或启示就是:"那个字母使她对别人心里隐藏的罪孽有了恻隐之心"。换言之,那个字母使海丝特相信:"贞洁的外表只是一种骗人的伪装;要是把各处的真实情况都兜漏出来,那么许多人的胸前就该像海丝特一样佩上闪亮的红字。"

这里,正是《红字》全书的核心主题之最精妙、最明晰的表达:女性偷情的心理与行为的普遍性——几乎每个人心里都有"隐藏的罪孽";如果把这些"罪孽"都兜漏出来,那就有太多的女人胸前该佩上"红字"了。我可以循着霍桑的思维逻辑作出这样的推论:既然该佩"红字"的女人是如此之多,如此之普遍,那么偷情,就无论如何也算不上一种"罪"了——霍桑建议海丝特(当然也包括今天的我们)把"这些既含糊不清,又清晰明白的暗示当做真理"。

霍桑接着为此"真理"举了大量例证。他略带反讽的口吻写道:在海丝特"全部不幸的经验中,再没有别的东西比这种知觉更可怕难受的了。这种感觉不顾场合,不合时宜,大不敬地袭上心头,使她既惊讶不安,又困惑不解":

> 偶尔,她走近一位德高望重的牧师或地方长官,她胸前的红色耻辱会感应到一种同病相怜的悸动。而这些人可都是虔诚和正义的榜样,在那个崇尚古风的时代,人们对他们景仰备至,敬奉为人间天使啊! 此时,海丝特会自言自语道:"眼前是什么凶神恶煞?"当她勉强抬起眼睛瞧时,在她的眼界里,没有其他人影,只有那个现世圣人的身形!

这里,霍桑用他特有的"比拟"手法,深刻地道出了一个进化心理学的原理:在"天性"的层面上,我们每一个人都有"恶"的一面;而那些所谓"德高望重"、作为"虔诚和正义的榜样"的"人间天使"(或"现世圣人")——无论是牧师、地方长官,还是今天的腐败分子,都不过是用了各色各样的假面具掩盖其凶神恶煞。要说有罪,在一定的意义上,我们都是有罪的人或"同病"的人——因为海丝特胸前的"红色耻辱"会感应到一种"同病相怜的悸动"。任何道貌岸然的正人君子所隐藏的罪,都逃不脱"红字"的感应——"红字"知道天底下任何隐秘的罪行!

还有的时候,当她遇到某位一脸圣洁的太太时,心中便会油然生出一种神秘的姐妹之情,而那位太太却是有口皆碑,公认为一生玉洁冰清。可是,这些太太胸中未见到阳光的冰雪与海丝

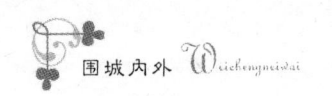

特·白兰胸前的灼热逼人的耻辱,这二者之间又有什么共同之处呢?

霍桑在这里提出的进化心理学问题是:一位妇人"胸中未见到阳光的冰雪"——亦即"心里隐藏的罪孽"之隐喻——与海丝特"胸前的灼热逼人的耻辱",这二者之间难道在本质上有什么不同吗?从进化心理学"天性"的观点看,二者绝然不可能有什么不同:同样是先天的偷情欲望,同样是真实的偷情行为——只有一点表面上的不同:前者没有被为社会的道德、习俗、规范而不容的东西所惩罚,后者则是被本身充满罪恶的社会所制裁。更为绝妙的是,当海丝特遇到这位"圣洁"的太太时,心中便会油然生出一种"神秘的姐妹之情"。这种神秘的姐妹之情,来自海丝特与"圣洁太太"的感同身受:我们都是偷情的女人,我们拥有共同的因偷情而得到的幸福体验!

再有一次,她像触电一般全身为之一惊,仿佛有人在提醒她:"瞧,海丝特,这位可是你的同伙啊!"待她抬头一看,她看到的是一双少女的眼睛,羞怯地瞟了一眼她的红字,然后匆匆躲开,双颊上泛起一阵淡淡的、冰冷的红晕,仿佛她的贞洁给这瞬间的一瞥玷污了。

这是女性偷情之普遍性的又一例证。由于少女内心被压抑的"隐藏的罪孽"在作祟,当她"瞟"到海丝特胸前"罪恶"的标志时,便在她的意识领域产生一种罪疚感,从而导致身体反应的征象——"双颊上泛起一阵淡淡的、冰冷的红晕"。原来,偷情的女人们心同此心、身同此理——当彼此相见时,当然免不了像触电一般浑身为之一震!

以上的例证,正是红字作为"象征性的标志"所包含的真理。霍桑还特别提醒今天的人们:"红字也许在有关它的传说里所包含的真理,要比不轻信的现代人愿意承认的真理多得多"。

珠儿:"心心相印、永不分离的精神结晶"

红字所包含的真理之普遍性,不仅由偷情的女人们所践行,而且还体现在她们偷情行为之"结晶"——她们的孩子——上。城里的人们,包括清教徒的孩子们,经常看到戴红字的女人,还看到一个"像红字的东西"在她身边跑,这个像红字的东西正是她的孩子——珠儿。海丝特给孩子取名"珠儿"(Pearl),是因为这是她倾其所有——"付出了高昂的代价"——购得的无价之宝,是她做母亲的唯一财富,也是她全部的世界。

当时的人们因为到处找不到这个孩子的父亲,又见到她身上的一些古怪的特性,就声称小珠儿是"恶魔的孩子"、"魔鬼的孽种",甚至是"邪恶的化身"。于是,这个孩子的"渊源",就成了一个可疑的问题。霍桑在第六章"珠儿"中,开篇就为这个问题定了基调:

> 那个小精灵,她无辜的生命是秉承神秘莫测的天意降生的,是在一次罪恶的情欲恣行无忌的冲动中绽开的一株可爱而永不凋谢的花朵。

这一基调的主要含义有:珠儿的生命秉承的是神秘莫测的"天意"(Providence)——这里的天意不过就是"大自然"(Nature),即是说,珠儿是纯朴的大自然的产物,具有天然的存在的合理性;珠儿是她的父母在一次"罪恶的"情欲冲动或感情激越的时刻不期而孕的果实;珠儿的天性或"内在生命的特质",形象地说,是一株"可爱而永不凋谢的花朵"。

仔细阅读《红字》特别是"珠儿"一章,你会深切地感受到霍桑对女性偷情之合理性的无尽的讴歌。他不禁这样反讽地赞美道:"对于人类如此憎恶的这个罪恶,上帝却赐给了她这样一个可爱的孩子,作为严惩的直接后果。"人类社会的道德、宗教、法律和习俗等诸种文化,曾是那么如此的憎恨这种"罪恶",可是"上帝"(即"大自然")却要赋予践行这种罪恶的女人以可爱的结晶。在这里,"罪"与"罚"显得是多么的不对称——负面的罪反而由正面的罚来肯定,这不啻是给了宗教和道德的虚伪一记响亮的耳光!

还是来看一下珠儿的美吧!珠儿的外貌蕴含着一种变化无穷的魅力,在她身上,综合了从农家幼女野花似的纯美到小公主具体入微的华美。珠儿那绰约多姿的美,那光彩夺目、生动深沉的美,肤色白皙亮丽,双目炯炯有神,炽烈而又深邃,头发此时已呈润泽的深棕色,再过几年会变得近乎乌黑了。她全身上下是一团火。她母亲用鲜红的

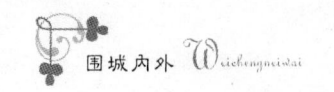

天鹅绒为她做了一件式样别致的束腰裙衫,还用金色丝线在上面绣了各色图案。这样浓烈的色彩使珠儿成了在地球上闪耀的火焰中最明亮的一株小火苗。

霍桑着力揭示了珠儿"内在生命的种种特质",特别是她的天性。总的来说,"她的天性看来不仅丰富多彩,而且也很深沉凝重"。在她的天性中,再也没有其他品性比之她那种永不衰竭的"精神活力",留给她母亲更深的印象了——一种让人感到充满新鲜活力的印象。这种活力是一种永不消失的、富有特色的和色调浓郁的活力。"如果在她发生变化的时候,这种特色和色调变得黯淡或苍白了,那么她也就不再是她,也就不再是珠儿了!"

珠儿的这种精神活力显然是由遗传得来的。霍桑给了我们暗示:珠儿是"野性的血液和最虔诚的清教徒血统"的混合。前者当然是指母亲海丝特,后者则是指父亲丁梅斯代尔。霍桑在全书中挥洒大量笔墨来刻画海丝特的人格中那种"狂野不羁的品性"。海丝特的"亢奋的激情",尤其是她那种"刚强不屈的精神"渗透进了珠儿的肌体内。"她在珠儿身上能够看到她自己的狂野、绝望和反抗的情绪,任性的脾气,甚至当时像密云一般笼罩着她心灵的某种阴郁和沮丧。"海丝特的狂野不羁的品性,作为一种令人难以置信的神奇力量,赋予珠儿的性格一种铿锵有力的品质,使她更具有人性,更富有同情心。

霍桑还进一步从珠儿的天性与教养的相互作用中去分析她的成长。从后天教养的角度看,珠儿生存的一个特殊的环境是:"母女俩处在与人类社会隔绝的同一个小圈子里"。这种特殊的境遇使得珠儿的成长就带有一般的孩子所不具有的特点。"最令人惊叹的是,这孩子似乎有一种理解自己孤独处境的本能;醒悟到在自己周围已经划出了一个不可逾越的圈子的命运。简而言之,她理解到自己与其他孩子迥然不同的特殊地位。"

正因如此,当珠儿受到那伙小清教徒的侮辱时,她便用一个孩子的心胸中可能激起的最刻毒的仇恨来回击。这一方面可以看出,珠儿继承了她母亲心中一切的"仇恨和偏激情绪"——这些似乎都深深地浸润到她的天性中去了;但另一方面,在珠儿出生以后,这些情绪因素由于受到"母性温柔的影响"而逐渐平息了下来。珠儿并不想广泛结识各种各样的人。她那无穷无尽的"创造力"迸发出来的生命魔力,主要体现在她的想象力和假装游戏的能力上。由于珠儿缺少一些玩耍的同伴,她便更专注于她自己创造的那些幻想中的人物。一些极不起眼的东西,如一根棍子,一团破布,一朵小花,她都能通过想象把它们变成道具,在她内心世界的舞台上演出任何"戏剧"。

这就是作为海丝特和丁梅斯代尔"心心相印、永不分离的精神结晶"的珠儿。在霍桑那里,珠儿不仅仅是一个充满精神活力的美丽孩子,更是作为海丝特偷情行为之合理性的象征!饶有趣味的是,霍桑为了说明女性偷情行为之普遍性,不惜从宗教传说中寻找根据,说明偷情与宗教约束无关:

> 自从古天主教时代以来,世上常见这种孩子,他们都是由于母亲的罪孽才生下来的,专干些卑鄙龌龊的勾当。按照路德的敌对派散布的谣言,路德本人就是那种恶魔的孽种,而且在新英格兰的清教徒中间,有这种可疑渊源的,珠儿也并非独此一人。

4.2 齐灵渥斯的性嫉妒:"罪恶的阴暗的迷宫"

《红字》是文学经典中探究人的天性中的"性嫉妒"之天才之作。可以与之比肩的,也许只有莎士比亚的《奥赛罗》和普鲁斯特的《追忆似水年华》二人。我们从莎士比亚的《奥赛罗》那里,可以了解男人的性嫉妒有多厉害,甚至有多可怕;在普鲁斯特的《追忆似水年华》中,我们可以学会试着去研究性嫉妒——就像那些对"过去的情欲"作历史的和学术的探索的艺术史家。而霍桑的性嫉妒观,则使我们进一步看清人的天性中到底有哪些"恶",这些"恶"又是怎样运作的,其心理的机制又如何。

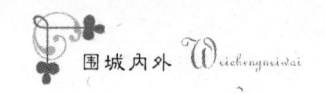

进化心理机制：男人害怕戴"绿帽子"

中国人所说的"绿帽子"，是一个与偷情有关的隐喻，几乎人尽皆知。而男人害怕戴绿帽子，从心理机制上讲，就是一个性嫉妒的问题。进化心理学表明，男人在婚姻择偶中有各种各样的"偏好"，其中一种偏好，就是对婚姻关系中那种"忠贞不二"的配偶的偏好。为什么会有这样一种独特的偏好呢？根据进化心理学假设，这种偏好是用于解决——至少在一定程度上解决——"父子关系的不确定性"这一适应性问题的。这种偏好作为一种心理机制，就内在地蕴含着男人的一种心理特质：他十分"在意"——准确说是"嫉妒"——配偶和其他男性的接触，特别是性接触。这是因为，女人也进化出了更换配偶的心理机制，她也倾向于外遇。她从外遇中会得到许多可能的好处，例如充足的资源，"优秀的基因"，甚至是得到比现任更好的配偶。

正是因为女人也有更换配偶的心理机制，这就成为两性冲突中的一个深刻来源。很显然，作为既成的夫妻关系，丈夫总是希望完全占有配偶，而妻子可能渴望与其他男人的性接触。这样一来，在"通奸"这一问题上，男女不可避免地存在着潜在的冲突。

通奸的可能性，从进化的观点看，对男性造成了一个严肃的，甚至是致命的适应性问题，因为男性一般也对自己的子女投入了财力、精力和时间。所以在日常生活中，特别是在流言飞语中，人们常常把通奸的危害加以夸大。假如一个男人被人传言戴上了"绿帽子"，他自然就一定会想到，他自己所花费的大量心血都投到了别人的孩子身上。但问题甚至比这还更加严重：他不仅丧失了自己的投资，还浪费了对配偶的投资；而更令人气恼的是，他的配偶正在为别的男人的孩子劳心费力。正如俗语说，他不折不扣地养了一个"杂种"。此外，这个男人在选择配偶、吸引和求爱等阶段所花费的所有财力和心血，也都全部付诸东流了！

正因如此，进化心理学家西蒙斯等人，特别提出了这样一个假设：男性的性嫉妒是男性进化而来的一种心理机制，用以抗争戴绿帽子所付出的多种多样的潜在代价。而且心理学家还进一步预测：男性的性嫉妒应该主要集中在配偶与其他男人可能发生的性接触上。这一预测表明,男性进化而来的性嫉妒,是与"通奸"对男人所造成的沉重代价相对应的。

齐灵渥斯性嫉妒的第一反应

当海丝特登上刑台还没有看见齐灵渥斯之前,他的目光却早已盯上了她。最初他显得毫不在乎的样子,然而,他的目光一下子就变得锐不可当,犀利透骨:

一种令人极度痛苦的恐惧布满了他的面容,像一条蛇一样在上面迅速地蜿蜒缠绕,稍一停顿,盘缠的形状便显露无遗。他的脸色因强烈的情绪而变得阴暗,不过,他立刻用意志把自己控制住,除了那个短促的瞬间外,他的表情一直显得十分镇静。过了一会儿,局促不安的情绪几乎完全不见了,最后深深地隐没在他的天性之中。

当他从那个"本地人"口中得到海丝特何以当众受辱的由来时,他不由得发出了他性嫉妒被激活的第一声号叫:

绝妙的判决!这样她就成了劝恶从善的活榜样了,直至那个可耻的字母刻在她的墓碑上为止。不过,犯罪的同伙没有跟她一起站在刑台上总让我感到心里不舒服,好在我相信他一定会让人知道的!一定会让人知道的!一定会让人知道的!

这几乎是发自本能的第一声号叫预示着两个可能性:一是激活了齐灵渥斯先天的性嫉妒机制——"总让我感到心里不舒服";二是鼓起了他弄清真相并实施报复的信心——"一定会让人知道的!"

当老牧师威尔逊和年青牧师丁梅斯代尔劝说海丝特坦白孩子的父亲是谁时,从刑台的人群里传来一个冷酷严厉的声音:"说吧,女人啊!说吧,让你的孩子有个父亲!"这是齐灵渥斯当场发出的第二声哀嚎。

从此,齐灵渥斯——作为被海丝特"深深地、无可挽回地伤害过的人"——开始了他心里的那个"复仇计划"。当然,他作为一个知书达理的人,不想直接报复海丝特(不对她施用阴谋诡计;或者说,他把海

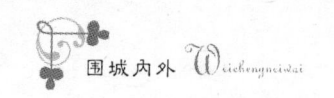

丝特"留给了那个红字"——由她佩上红字的耻辱来为他复仇)。他貌似公允地说:"在你我之间,那天平是相当平衡的,但是,海丝特,伤害了我们两人的那个人却安然无恙。他是谁?"

顺便提一下。进化心理学家的研究表明,男人在面对妻子出轨时,大多有这样三种反应:暴打、杀人和酗酒。第一种多半是把愤怒指向妻子,毒打一顿;第二种是在怒不可遏之下把妻子的情人杀掉;第三种多半是无能的人,把耻辱感指向自身——酗酒——作为一种自我惩罚。应该说,齐灵渥斯的处理办法比较老到。他是怎样个老到法的呢?

像炼金术士那样"探索"性背叛之谜

霍桑在西方文学史上对心理学的一个突出贡献,就是把男人对女人性背叛的"探索",当做就像科学家或艺术家对"真理"的探索一样。作为一个精通浩繁的典籍的老学者,齐灵渥斯自信地对海丝特表白,这个世界上没有什么东西,无论是外部世界的,还是深藏在内部的,甚至在看不见的思想领域里的,能够隐瞒得过像他这样的人——"一个殚精竭虑,不惜一切代价要揭开奥秘的人的眼睛":

> 就我来说,我要用他们(指那些地方长官和牧师——引者按)没有拥有的知觉来解开这个谜。我一定要像我在书本中探索真理,像我在炼金时提炼黄金那样,找出那个人。有一种感应作用会使我意识到他。我一定会看到他浑身发抖,我自己也会突然战栗不止,不省人事。迟早他会落入我的掌心。

尽管齐灵渥斯已经是一付年老体弱者的面孔,但他那对"昏花的眼睛",在它们的主人立意要窥探人的"灵魂"时,它们却有着相当奇特的洞察力。正是这种少见的洞察力,使得他采用了独特的处理妻子性背叛的策略:

> 别以为我会干扰上天惩罚的方式,或者我自己吃亏把他交给人间的法律来制裁他。你也不要以为我会设法害死他。不,我也不会损害他的名誉……

齐灵渥斯要求海丝特保守他们夫妻关系的秘密,这主要是因为他"不愿意蒙受一个不忠贞女人给丈夫带来的耻辱"。他的心愿是生死无人知晓,这样就可以秘密地实施他的报复计划了。

从此,这位博学的学者就与丁梅斯代尔牧师形影不离了。他既是那个年轻牧师的朋友,也是他的医生,因为年轻牧师近年由于在教会事务上呕心沥血,劳累过度,健康严重受损,于是地方当局请老学者当他的医生就顺理成章了。

自此之后,这位老学者把自己想象成一个"法官",开始了他的"调查"。霍桑以心理学家特有的笔触刻画了这位性嫉妒者的内在心理状态:

> 他一心只求真理,甚至仿佛那问题并不牵涉到人的感情以及他自己蒙受的委屈,完全如同几何学中凭空划的线与画的图形。不过,在他进行过程中,有一种可怕的魔力,一种强烈的不露声色的紧迫感紧紧地攫住老人,而且在他完成其全部旨意之前,绝不放松。如今他像一名在探寻黄金的矿工,掘进这可怜牧师的心;或者宁可说,像一个掘墓人掘进一座坟墓,可能在搜寻埋葬在死者胸上的一颗珠宝……

但是,随着时间的推移,当地一些头脑冷静、明理务实的人们发现,齐灵渥斯同年轻牧师住在一起以来,他的相貌发生了显著变化。起初,他表情安详若思,一派学者风度。如今,他的脸上有一种前所未见的丑陋和邪恶,而且他们看到他次数越多,其丑相就看得越明显。

而海丝特更是既震惊又诧异地发现,在过去的七年中,齐灵渥斯的变化可真大啊!那倒不是说他老了许多;而是他从前那种勤学睿智的品格,那种平和安详的风度,这些她记忆中印象最深的东西,现在已荡然无存了,取而代之的是一幅"急切搜索、近乎疯狂,而又小心翼翼、高度戒备的神情"。七年来,他全神贯注地剖析丁梅斯代尔那颗"饱受痛苦折磨的心灵",并从中取乐,甚至还往他幸灾乐祸地注视着的那些"痛苦"上火上浇油。

就这样,齐灵渥斯,这个年轻牧师的"最恶毒的敌人",用他那"复仇的毒汁",正在慢慢地而又致命地侵蚀着年轻牧师的灵魂和肌体,危

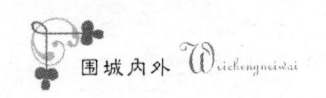

在旦夕!

因性嫉妒导致的人格扭曲

《红字》关于性嫉妒的最成功探索之一,是它不仅描述了齐灵渥斯性嫉妒的行为表现,而且深刻地揭示了男人因性嫉妒而导致的人格变化。根据"后现代精神分析学"的观点,一般来说,一个人的"人格"是基本稳定的——可称之为人格中的"本体"部分;这种稳定性是由先天遗传和童年的早期经历(诸如某些"创伤性经验"等)所决定的。然而,这种人格中的稳定部分也会随着人的生存环境的变化,而发生一定地或有限范围地改变——可称之为人格中的"变体"部分。这就意味着,在人的发展的任何阶段,我们都是可变的。在成人阶段的中期和后期,我们的人格特征会发生或多或少的变化。因此,在分析和解释人的行为的时候,后现代精神分析学家主张把人格看做"人的本体和变体的统一"。

霍桑早在一个半世纪之前就深谙其妙!他仔细深究了齐灵渥斯的人格变化过程及其内在的原因。七年后的一天,当海丝特与她以前的丈夫在半岛上一处荒无人烟的地方相见时,她愤怒地斥责他:"难道你还没有把丁梅斯代尔折磨够吗?难道他还没有偿还给你一切吗?"齐灵渥斯则答道:"没有!——没有!他反倒增加了欠债!"接着,他对自己早期的"自我"作了评价——带有一种自我辩护的神情:

> 我早先的生活是由诚挚、勤学、深思和宁静的岁月所构成的,我把自己的年华忠实地用于增长自己的知识,也忠实地用于增进人类的福祉——虽然这后一个目标只是前一个目标附带过来的。没有人的生活比我的更平静、更纯真;很少人生活得像我那么充实,备受嘉惠。你还记得那时的我吗?虽然你也许认为我冷酷无情,难道我不是一个专为他人着想,很少替自己打算的人吗?难道我不是一个善良、真实、正直、对爱情始终不渝——如果还不够炽热的话——的人吗?……可是我现在怎样呢?我已经告诉你我是什么,一个恶魔!是谁把我弄成这样的?

海丝特确实承认,他过去不是这样的。她对他早期的评价是"一个聪明而正直的人"。但为什么他后来变成了一个恶魔呢？霍桑分析了齐灵渥斯的一个人格特质即自卑。齐灵渥斯似乎颇具自知之明地道出了海丝特越轨的原因：

> 原因不难找到，那就是我的愚蠢，你的懦弱。我——一个有思想的人，一个博览群书的书虫，一个把自己最好的年华都用来满足如饥似渴的求知欲望的老朽学究——像你那样的青春美貌于我又有什么用处呢？我生来畸形，何以还要欺骗自己，认为聪明才智在一个青年女子的心目中可以用来掩饰生理上的缺陷！……唉，在我们作为一对新婚夫妇挽手从古老教堂的台阶上往下走的时候，我就应该看到那个红字的烽火在我们道路的另一端熊熊燃烧！

这里，齐灵渥斯的自白，在心理学上就涉及人格的某种特质（如自卑）与性嫉妒机制被激活之间的关系。霍桑给我们的启示是：从心理机制上说，自卑，特别是过于强烈的自卑感，会无限制地激活人的天性中的性嫉妒机制，从而使当事人做出极端的反常行为，特别是攻击性、伤害性行为。这同时也意味着，人格特质中的消极的、不利的一面——如自卑、极低的自尊等，往往更容易激活人的天性中的东西（特别是其中"恶"的东西）；而一旦具备相应的情境因素——例如配偶的性背叛或感情背叛信号的出现，则攻击性、暴力、谋杀等性嫉妒行为就会发生。

男人性嫉妒的心理机制

下面，我们在前文提炼出的霍桑关于性嫉妒的心理学观点基础上，再结合进化心理学研究的新进展，作深层的理论分析。应该说，关于性嫉妒心理，心理学家早已引起重视并做过相应研究。但早些时候人们倾向于认为，男女都有性嫉妒，而且看不出有什么性别差异。也就是说，男人和女人在性嫉妒上都是一样的。最常见的经验发现是，男性和女性所体验到的"嫉妒"，无论在程度上还是在发生频率上，都没有差异。

在美国心理学家怀特（G. L. White）1981 年的一项研究中，有 300

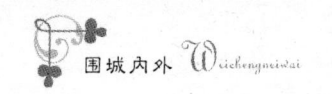

人即 150 对情侣参加,要求他们就以下三个问题对自己做出评价:(1)"你自己在平时有多好嫉妒"?(2)"当你自己的伴侣和别的异性在一起时又有多嫉妒"?(3)"多大程度的嫉妒会成为你们关系中的问题"?怀特的研究结果是,男性和女性都反映出了"同等程度的嫉妒"。这表明男女两性都会嫉妒,而且嫉妒的强度大致相同。关于"在嫉妒中不存在性别差异",据说这一结论还在一项遍及匈牙利、爱尔兰、墨西哥、荷兰、俄罗斯、前南斯拉夫和美国 2000 多名参与者的样本研究中,得到了再次验证。

现在看来,这一"结论"的得出过于简单和匆忙。如果从日常经验的角度,你可以提出这样的问题:如果假定男女的性嫉妒都是一样的,那么你必须相信"男人的大脑和女人的大脑在运作方式上不存在差异",进而相信"男女之间也不存在根本的心理差异"。但人们显然很难接受这样的观点。实际上,现今的进化心理学表明,这样的观点是站不住脚的。

进化心理学认为,所谓男女体验到的嫉妒是相同的,既有研究假设上的不合理,也有研究方法上的缺陷(太过于笼统等)。经过关于"进化分析水平"的分析,进化心理学家提出这样的假设:尽管男女都有性嫉妒的体验,但引发他们嫉妒的那些"线索",其权重是不同的。根据巴斯的预测,"男性应该对性背叛的线索更为看重,而女性应该对长期投资分散的线索(如和别的女人有感情纠葛)更为看重。"

根据巴斯在 1992 年所做的一项经典研究,恰好验证了他的假设和预测。在这项涉及性别差异的系统性验证研究中,有 511 名大学生参加。要求他们比较一下这两个烦人的事件:① 他们的伴侣和其他人发生了肉体关系;② 他们的伴侣和其他人产生了很深的感情。结果表明,整整有 83％的女性认为,伴侣"感情上的背叛"更令人"紧张",而只有 40％的男性这样认为。相反,60％的男性对伴侣的"性背叛"更为"生气",而只有 17％的女性是这样的。男女两性的反应中有 43％的差异。巴斯指出,这样的差异,无论用哪种标准来衡量都是"巨大的"。如果更准确地提出问题,那就不应该是讨论"是否男女都体验到了嫉妒",而是"究竟哪种嫉妒的动因更令人紧张"。巴斯相信,只有进化心理学的假设和预测,才能够正确引导研究者发现以前未被注意到的"性别差异"。

当然,这里依据的是被试的"言语报告"。巴斯认为,尽管言语报告是一种合理的数据来源,但如果与其他数据来源相结合,就会更有说服力。为了检验以上结论的普遍性,巴斯和他的同事还采用了其他的科学方法,其中一项是电生理反馈方法。他们把30名男性和30名女性带到心理—生理实验室。为了测量被试者在"想象"两种背叛现象时的生理反应,实验员在被试者前额眉毛的皱眉肌处安置了电极(当人皱眉时,皱眉肌就会收缩);在右手的第一根和第三根手指处也安置了电极,以测量电水平或发汗量;在拇指处测量脉搏或心率。

一切准备妥当后,便要求被试者想象"性背叛"(其指导语是:"想象你的伴侣和其他人发生了性关系……请清晰地想象当时的景象和情绪状态"),或者,要求被试者想象"感情背叛"(其指导语是:"想象你的伴侣在和别人相爱……请清晰地想象当时的景象和情绪状态")。实验要求,当头脑中出现了清晰的景象和情绪时,被试者就按一下按钮,同时激活生理记录仪,测量此刻20秒内的反应。

电生理反馈研究表明,男性对"性背叛"表现出的生理反应更为强烈:他们每分钟的心跳加快了近5次,约等于一次喝下了3杯浓咖啡。想起伴侣的性背叛时,男性的皮肤电导率增加了1.5个单位,而想起感情背叛时却几乎没有变化。当他们的皱眉程度加深时,性背叛激起了7.75个微伏单位的收缩,而感情背叛只引起了1.16个单位的收缩。

特别有趣的是,女性的反应模式则刚好相反。她们想到"感情背叛"时会有更大的生理反应。就皱眉肌的反应而言,感情背叛激起了8.12个微伏单位的收缩,而性背叛只激起了3.03个单位的收缩。

巴斯得出结论说,"男女的这种生理反应模式和心理反应相结合,便可以强有力地证明进化心理学的假设,即人类拥有专门的心理机制,用于解决进化过程中反复出现的与'性活动'相关的问题。"

齐灵渥斯性嫉妒的代价

霍桑的《红字》还给我们心理学家一个重要启示:过于强烈或极端的性嫉妒会使当事人为此付出沉重的代价——包括自我毁灭:

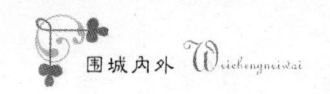

紧随着丁梅斯代尔先生的死亡,发生最显著变化的,要算那个叫做罗杰·齐灵渥斯老人的容貌和举止的。他的全部体力和精力,即他的全部活力和智力,似乎立刻丧失殆尽;以致他全然枯萎了、凋谢了,几乎从凡人的视界里消失了,就像一棵连根拔起的野草在太阳底下晒蔫了。

不到一年,齐灵渥斯便去世了。他为实现复仇计划过度消耗了他的心理能量:他心里深深埋藏着的"恶意",驱使他惊人地想象出世人前所未有过的、最为诡秘的复仇手段向他的"敌人"实行报复。他一方面近乎疯狂地、恶毒地实施复仇的计划,另一方面又要用微笑来掩饰他的阴险,从而显露出一付小心翼翼、高度戒备的神情。他必然要为他的性嫉妒行为付出生命的代价。

如果我们今天做事后的分析,可以提出这样的问题:为什么齐灵渥斯未曾想过要遏制自己的极端行为呢?其实,霍桑也给了我们暗示:宽恕可以遏制性嫉妒。海丝特曾竭力劝导过齐灵渥斯宽恕丁梅斯代尔:

因为仇恨已经把一个聪明而正直的人变成了恶魔!你愿意把恶魔清除出去,重新做人吗?如果不是为了他的缘故,那么双倍地为你自己嘛!宽容吧……因为深受伤害的是你,所以你有权利来宽恕,那样会对你有好处,只对你一个人有好处,你难道要放弃那唯一的特权吗?你愿意拒绝那个无价的利益吗?

这里体现出的霍桑的思想非常重要。他提出,"宽恕"是人的权利——甚至是人的"唯一的特权",也是人的"无价的利益"。为了使人们从已做过的恶行中解救出来,或如霍桑所说的,从性嫉妒这个"罪恶的阴暗的迷宫"中走出来,你可以调动你天性中的宽恕功能,对他人的行为——哪怕是曾经伤害过你的那些行为——不再予以追究,至少是不再强硬地、蛮横地追究。这样对他人、对自己,甚至对那个"第三者",都有好处。正如我们在《安娜·卡列尼娜》中所看到的那样,丈夫卡列宁对妻子安娜外遇的宽恕,已成为他成功地留住配偶的有效方法。

可惜,齐灵渥斯不愿意宽恕:

我没有被赐予宽恕的品质,我也没有你说的那种权力……你们过去伤害了我,但除了在一种典型的幻觉中,你们并非都是有罪的;我也并不跟恶魔一样,虽然从魔鬼的手里抢来了他的职责。这是我们的命运。让那朵黑色的花随它开放吧!

性嫉妒是一朵"黑色的花",它是在男女两性冲突的命运中诞生的——同时也意味着它是不可避免的!尽管在人的天性中具有宽恕的一面,但对于齐灵渥斯来说,由于他的人格中带有太多的负性的东西,如自卑、病态的被伤害感、不忠妻子带来的耻辱感、过分的压抑等,使得他天性中那宽恕的一面不能正常运作,故而无法遏制住他的性嫉妒向极端方向发展。

4.3 人的天性中有哪些"恶"?

我在本章的开篇说过,《红字》至少有四个关键性的主题词,即"人的天(本)性"、"情欲"、"罪恶"和"痛苦"。如果我们同意这是一本讲"罪恶"或与"罪恶"有关的小说,那么它也是围绕着人的天性这一层面上展开的。在这最后综合性的一节中,我们再集中探讨一下这样一些问题:在霍桑看来,什么是人的天性?人的天性中有哪些"恶"?人的脆弱、情欲、诱惑算不算恶?而最关键的是:偷情是不是天性中的恶?

霍桑眼中的"人的天性"

霍桑在《红字》中,喜欢用这样一些表达人的本质属性的词汇:如"人的天性"、"人的天性的倾向性"、"共同的天性"、"我们的天性"、"她的天性"等等。这些词汇的用法与西方传统文化的意义——至少是自柏拉图以来——是一致的;而且,与今天的进化心理学家的用法也是相同的。正是这后一种用法,方能凸显霍桑对当代心理学的贡献。

按我对《红字》全书的理解和阐释,霍桑所谓的人的天性就是指人

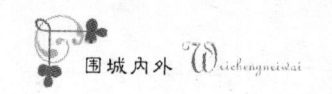

的"自然性"。这就意味着,当我们在理解人的天性的时候,就是把它看做像"大自然"的产物一样的自然。那就是说,人的天性,不过就是与"大自然"中的任何一种事物或现象一样,是一种天然的存在,一种客观的东西,而不是任何人工的(人化了的)、被某种文化所侵蚀或雕琢过的东西。例如,当霍桑在赞美爱情之伟大的时候,他就是把爱情当做人的自然性来看的(参见第18章《一片阳光》):

> 这是大自然(Nature)对这两个人(指海丝特和丁梅斯代尔——引者按)精神的祝福和同情。那是个荒蛮的、异端的、原始森林的大自然,一个没有屈服于人类法律的,也没有被高雅的真理照射过的大自然。爱情,无论是新生的抑或是从昏死般沉睡中唤醒的爱情,必定要产生阳光,使内心充满光辉,满溢而出,洒向人间。

这是霍桑从人的天性的角度对爱情的崇高赞美。在他看来,人类的爱情,特别是海丝特与丁梅斯代尔的爱情,就像是那个"荒蛮的、异端的、原始森林的大自然"一样,是质朴、纯洁而又原始的,她不受制于人类社会的"法律",亦即一切社会所颁布的道德、规则、习俗、风尚等;更重要的是,爱情也用不着那些"高雅的真理"——这里霍桑暗讽的是清教的教义——来"照射",因为爱情自身便能产生阳光,使人的内心充满幸福的光辉。

爱情的自然性,特别突出地表现在珠儿和那个她并不知情的生父丁梅斯代尔之间天然血脉的悸动中——珠儿似乎本能地"知道"她与年轻牧师的亲缘联结:

> 珠儿,这个狂野轻飘的小精灵,蹑手蹑脚地溜到他身边,用自己的双手握住他的一只大手,把自己的面颊贴在上面;那轻抚是多么的温柔,多么的从容,使得在一旁看着的海丝特不禁问她自己:"这是我的珠儿吗?"然而她明白,在孩子的心中藏着爱,尽管那爱大多是以激越的感情表现出来的;自从她出生以来恐怕还没有第二次像现在这样温情脉脉……由于这种爱是发自精神的本能,因此它似乎是在暗示,我们身上确实存在一些值得爱的东西。

4 霍桑的《红字》

"爱是发自精神的本能。"霍桑的这一提法向我们暗示：爱情，可以在人的心理或精神的本能层面上来理解。所谓"本能"层面，也即是"大自然"的层面——在这个层面上，任何爱情——无论她表现为何种形式，如婚内，抑或婚外——都是合理的。

在霍桑大自然的爱情观中，还有一个十分重要的心理学思想：在天性的意义上，爱情作为人的好的、积极的一面，总是要比作为人的坏的、消极的一面——"仇恨"要多些；不仅如此，爱与恨，还能相互转化——恨转变成爱：

> 人性中值得称道的是，除非膨胀的私心大行其道，爱总比恨要来得容易。恨，若不是原来的敌意不断受到新的刺激而阻碍其变化的话，假以时日和耐心，甚至会变成爱。

海丝特正是这样。在她被隔离负罪受辱的那些年月里，她既没有受到刺激，又没增添烦恼。她从未向公众提出什么要求，以补偿她所受的苦难，她也不指望得到公众的同情。可以说，她生活得纯洁无瑕，深得人们的好感，以至于许多人不肯按原来的"本意"——即偷情——来解释那个红色的字母 A 了。他们宁愿说，那字母的意义是"能干"（Able）；海丝特虽身为女子，却多么坚强！

而且，在与爱情相关的性嫉妒领域里，甚至其中的爱与恨，也是可以相互转化的：

> 恨与爱，归根结底是不是同一个东西，这倒是一个值得观察与探讨的有趣课题。这两种感情，发展到极端时，都是密不可分、息息相通的；二者都可以通过放弃其目的，将自己狂热的情人或者同样狂热的仇人置于孤寂凄凉的境地。因此，从哲学的角度来考虑，这两种激情在本质上似乎是完全相同的，只是一种恰好出现在圣洁的光辉中，另一种则出现在阴暗惨淡的幽光中。在精神世界里，老医生和牧师——他俩事实上互为牺牲品——也许会不知不觉发现他俩在世上积聚的仇恨和厌恶已经变成黄金般的爱了。

这正是霍桑心理学的辩证法：嫉妒者（齐灵渥斯）与被嫉妒者（丁

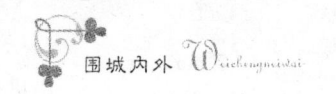

梅斯代尔)的恨与爱,当各自发展到极端形态时,就会相互转化——嫉妒者的"恨"与被嫉妒者的"爱",最终殊途同归:互为牺牲品。正是在这个意义上,他俩所积累起来的那些恨便转变成爱了。

偷情"具有自身的神圣之处"

霍桑不仅有明确的"人的天性"概念,而且他相信,在这个天性中有不少是"恶"("坏")的东西。例如,在"结局"一章谈到《红字》写作素材的来源时,他这样写道:

> 从那个可怜的牧师的悲惨经历中,我们可以吸取许多教训,但是可以把它归纳为一句话:"真诚!真诚!再真诚!向世人敞开你的襟怀,即使不把你最坏之处袒露出来,也要显示某些迹象,让人借此推断出你的最坏之处!"

人,不仅有"最坏"之处,而且要真诚地显示某些迹象,让人们可以"推断"出你的"最坏"。这都是天性中的东西,是不以人的意志为转移的客观的存在。

霍桑思考过恶的功能是什么。在"迷惘的牧师"一章中,他描述了年轻牧师所遭遇的几次"邪恶的诱惑",或者那些"驱策他的奇思邪念"。然后表达了他关于恶的功能和类型的观点。他指出,恶,就像一种"传染性病毒",会非常迅速地渗透到人的整个精神系统里去,把人的一切"神圣的冲动"都麻痹瘫痪,并且把全部的"恶念"都给唤醒活跃起来,如轻蔑、狠毒、邪念、无端的恶言秽行、对善良和神圣事物的嘲弄等等。

那么,《红字》中到底有哪些东西是"恶"呢?或者说,它集中探讨了哪些"恶"呢?

首先,霍桑在书中通篇表达的一个核心主题是:宗教的教义中所宣扬的偷情有罪的戒律,从人的天性的角度看是不合理的。他不仅在全书中根本没有使用"Adultery"这个词,而且还通过众多的他人之口,婉转地表达了红色字母 A 的各种可能的象征意义。

就连直到临死前还认为自己犯下了"罪孽"的丁梅斯代尔,也曾说过他与海丝特的爱情并不是世上真正的罪恶:

"海丝特,我们不是世界上最坏的罪人!世上还有一个人,他的罪孽比我这个亵渎神圣的教士还要深重!那个老人的复仇比之我们的罪孽更险恶。他残酷无情地踩躏了一颗神圣不可侵犯的人心。你和我,海丝特,从来没有干过这样的事!"

"没有,没有!"她低声说道,"我们干的事具有自身的神圣之处。我们是这样感觉的!我们彼此也这样说过!难道你忘了吗?"

海丝特与丁梅斯代尔的爱情——即使是偷情,也"具有自身的神圣之处"。这种神圣性,出自人的天性——他俩能够本能地"感觉"到这种神圣,也彼此表达了这种神圣性。

女人"自身的脆弱"不是恶

尽管霍桑用了一些看似带有清教徒式的口吻,如珠儿"是一个邪恶的小妖精,是罪恶的标志和产物";"这个孩子是另一种形式的红字,是被赋予了生命的红字!"但在这些口吻的背后,却正是要用珠儿本身天生的丽质来衬托海丝特偷情行为的可同情性。在霍桑看来,如果说海丝特是作为一个特定时代的"牺牲品"的话,那么导致她的悲剧的最终根源不外乎是:"因自身的脆弱和男人的无情法律而成为可怜的牺牲品。"

这是霍桑从个体的人格特质与社会文化背景因素两个方面来分析这一爱情悲剧的原因。所谓"自身的脆弱",这是从海丝特的人格特质上说的。既然霍桑认为他的《红字》不过是关于"人的脆弱与人的悲哀的故事",那么他会相信女性的天性中肯定有某种弱点即"脆弱"——因女性自身本能性的情欲作用而易于受到某种诱惑,因抵挡不了某种诱惑而导致某些为社会所不容的越轨行为。这都是人的天性或自然性使然。我觉得霍桑"脆弱"一词的用法恰到好处:既表明海丝特的爱情是一种为社会所不容的越轨行为,也说明这种行为根本上是由人的天性所致。

而"男人的无情法律",则是霍桑对清教殖民统治下虚伪的社会规范(法律、道德、习俗等)的强烈控诉。霍桑这里所用的"法律",应该是广义上的,泛指一切在男性主导的社会中男人对女人的统治权和控制

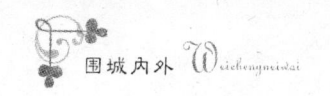

权。即使在今天,全世界大多数文化背景下的社会,男人仍然使用各种各样的惩罚或教训手段防止配偶的性背叛。男人为什么要颁布这些"无情的法律"呢?从进化而来的心理机制角度说,就是男人脑袋里有两种根深蒂固的情结——"婚前贞洁"与"婚后忠贞"——在起作用。

婚前贞洁:男人的"处女情结"

美国功能主义心理学之父詹姆斯曾提出一个有趣的问题:对于男人来说,"为什么那种特殊的处女情结可以颠倒人们的理智?"这就意味着,男人对"处女"的偏好,实在是在"理智"上说不过去的!或者说,几乎是没有"道理"的!可为什么男人又有这个偏好呢?心理学怎么样才能对此做出解释呢?

目前,进化心理学的诞生,为解决这个难题透露出了一线曙光。所谓"处女",显然应该有其象征性的标志,这就是"处女膜"。男人对处女的偏好,说到底就是对处女膜有特别的要求或欲望。根据进化生物学家的解释,处女膜是男性祖先的性选择的结果:处女膜是"处女"(或处女身份)的标志,完好无损的处女膜,就象征着女性婚前没有过性行为,更没有怀过孕。对于远古男性来说,完整的处女膜可以让他们心安理得,相信那个女子从前没有过不贞洁的性行为,也一定会因他的精子而怀孕。这样,处女膜就成为一种身体符号,男性借此保证女人的"贞操",并对抗她的"性背叛"。

在现代避孕法普及之前,处女的"贞洁",就是确保"父子关系可靠性"的一个重要的线索。而男性也进化出了对这一线索特别敏感的心理机制:假设一个女性的贞洁倾向一直很稳定,那么婚前的贞洁,便预示或标志着婚后的性忠贞。这就意味着,哪个男子不选择处女为妻,那他就得冒着戴"绿帽子"的风险——正如中国人所说的那样。

我注意到,在电视择偶节目"相约星期六"中,参与者要专门告知嘉宾和观众:"恋爱经验"情况如何,有的是"恋爱经验较少",有的是"恋爱经验空白",极少数,准确说是极个别的,"恋爱经验丰富"。现场的择偶结果表明,那些恋爱经验"丰富"者,不仅要遭到更多的提问或质询,而且最后匹配的成功率极低。这就蕴含着这样的意思:如果你恋爱经验丰富,就多少意味着,你很难再是一个"处女"(或"处男")了。

婚后性忠贞：避免戴"绿帽"

对于男人来说,处女膜的作用还是有限的,毕竟,处女膜只能保证婚前而不是婚后的性忠贞。实际情况是,对于那些占有欲极强的男性祖先来说,一个女人一旦被"开苞",那也可能会因别的男人染指而怀孕。那么,怎样才能保证婚后女人的性忠贞呢?

对于人类来说,若要有利于男性繁衍后代,在确认父子关系时,在某种意义上,配偶未来的性忠贞度,比贞洁还要重要。如果男性由于某种原因,不能要求或得到处女作为配偶的话,那么他们就可能更需要婚后的性忠贞。

巴斯的长期研究证明了这一点。1993年,在他的一项包括长期(婚配)和短期(婚外恋、一夜情等)择偶的研究中,在从-3到+3的评分量表上,美国男子把缺乏性经验这一项评价为"合心意的",而把乱交看做是婚配对象的"最令人厌恶"的品质,评分为-2.07。这就令人联想到,对于我们的男性祖先来说,即使他不能保证一定能得到处女,但这个女人以前性行为的实际多少,也就成为解决父亲身份问题的更为有效的向导。而当前的研究表明,无论男女,对婚前性行为的许可或接纳程度,是预测婚外性行为的最好指标。事实表明,婚前拥有许多性伴侣的人,比那些婚前几乎没有性伴侣或性经验的人,更容易对配偶不忠。

巴斯提供了更具体的数据。现代男人就像他们的远古祖先一样,相当重视妻子的性忠贞。在关于"有承诺的配偶关系"研究中,巴斯共列出了配偶的67种"可能的品质"。当对这些品质的喜好程度做出评价时,美国男性把"诚实"和"性忠贞"视为"最重要的"品质。几乎所有的男人,都对这两种品质给出了最高的评分,在-3到+3的评分量表上,平均得分为+2.85。

而且,男性还把性背叛视为妻子的"最可恶的"品质,评分为-2.93。由此可以看出,男性最痛恨的,也是最不能接受的,就是性背叛。心理测试还表明,妻子的性背叛给男人带来的痛苦,比其他品质要大得多。据说该结论已得到了跨文化研究证据的支持。我们知道,女人也同样会因为丈夫的性背叛而异常愤怒,但这种愤怒的程度还不

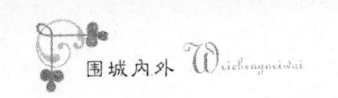

如其他因素,例如性攻击,就比性背叛更容易激起女人的愤怒。

天性中的恶:性嫉妒

霍桑心目中最大的一种恶,无疑就是齐灵渥斯式的性嫉妒。他极尽讽刺之能将齐灵渥斯描写成一个真正的恶人,一个"恶魔",至少是"恶魔的代理人"。为了嘲弄齐灵渥斯脸上的丑陋和邪恶,霍桑借助当地的一种"通俗的看法",说他的"实验室"里的火是从下界取来的,而且是用地狱的柴薪燃烧的。故而理所当然地,他的脸孔也就被烟熏得污黑黑的了。

在《红字的显露》一章中,当丁梅斯代尔在刑台上把双臂伸向小珠儿和海丝特,准备向众人公开袒露他的"罪过"的时候,就在这一刹那,齐灵渥斯"挤过人群钻了出来——或许由于他的脸色十分阴暗、十分慌乱、十分邪恶,也可以说是从什么阴曹地府中钻了出来——一下子抓住他的牺牲品,不让他做他要做的事!"用"阴曹地府"钻出来的恶魔来刻画齐灵渥斯,象征性地揭示了他的性嫉妒行为之恶。

作为天性中的一种恶的性嫉妒,其当事人在霍桑看来,就是一个"没有人性的人",一个从事"魔鬼的工作"的代理人:

> 这个不幸的人曾经给自己立了一条生活原则:追踪仇敌,有计划有步骤地雪恨复仇。可是等到他取得完全的胜利和成功以后,在他那个邪恶的原则没有剩下支持它的物质时,一言以蔽之,当他在世上再没有魔鬼的工作要他去做的时候,这个没有人性的人只有到他主子那里去寻找工作并领取相应的报酬了。

在霍桑的心中,性嫉妒者最终是没有好结果的,因为他按照"邪恶的原则"行事,充其量不过是做"魔鬼的工作",最后当然也只能到魔鬼那领取他的"报酬"了。

天性中的恶:复仇

如果说性嫉妒更多是一种在心理层面上被激活的进化机制,那么与性嫉妒相关的特定的"复仇",则多半表现为一种过激的外部行为。或者说,复仇是在性嫉妒心理机制支配下的一种外显行为。

《红字》着力而详细地描写了齐灵渥斯的整个复仇过程。例如,当海丝特与丈夫第一次在牢房见面,齐灵渥斯要海丝特喝下他配制的那杯可以平息"沸腾翻滚的情绪"的药(海丝特以为死亡就在这只杯子中)时,齐灵渥斯说,他的用心不会如此"浅薄"。即使他的心里有一个复仇计划,他也要让海丝特活着,因为这样做就可让灼热的耻辱继续在她的胸口上燃烧。没有什么比这个办法更高明的了!这样一种复仇办法可以让海丝特无法承受注定的命运之痛。

随着齐灵渥斯与年轻牧师交往的发展,他的复仇思路也渐渐清晰明白。他表面上显得很平静,温文尔雅,无动于衷,但他那过去一直隐伏不露的恶意,现在不断地活跃起来,并驱使他想象出世人前所未有过的、最为诡秘的复仇手段,向丁梅斯代尔实行报复。他把自己装扮成一个可以依赖的朋友,让年轻牧师向他吐露心中的一切恐惧、自责、痛苦、徒劳的悔恨、无法排解的负罪的思绪等等。就丁梅斯代尔来说,他那隐藏在心底的一切内疚、悔恨等,本来应该得到人们的怜悯和原谅,可如今,由于齐灵渥斯的复仇计划如此之阴险、歹毒,他却偏偏要袒露给这个"毫无怜悯之心、绝不宽恕的人",那倒真是恰好使齐灵渥斯可用来实现他复仇的夙愿了。

霍桑还对齐灵渥斯式的性嫉妒复仇者进行了动机分析。简单地说,导致此类复仇行为的动机不外是:先天的秉性,再加周详的复仇计划。齐灵渥斯"生性奇特,行动诡秘",这是他的秉性;而这一秉性由于他复仇计划的秘密实施而益发根深蒂固。这就是说,由于先天"秉性"和后天"计划"的密切的相互作用,要使他不再复仇,几乎是不可能的了。在这个意义上,霍桑把复仇——特别是与性嫉妒相关的复仇——视为人的天性中的一种恶的类型。

天性中的恶:惩罚

根据《红字》写作的历史背景,在当时那种政教合一的"加尔文教"(即"清教")的统治下,对所谓"偷情罪"的惩罚可谓骇人听闻。霍桑非常明确地表达了他对惩罚的心理功能的看法。让海丝特蒙辱示众作为一种惩罚,

> 依我看来,没有别的暴行比它更违背我们共同的天性;不管

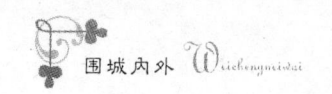

一个人犯了什么过失,没有别的暴行比不准罪人因羞愧而隐藏自己的脸孔更为险恶凶残的了,因为这恰好是实行这一惩罚的本质。就海丝特·白兰的例子来说,同其他的许多案例一样,她受到的裁决就带有这个丑恶的惩罚机器的最邪恶的特点:罚她在台上站立一段时间示众,尽管无须把头伸进枷套,备受扼颈囚首之苦。

霍桑在这里要想揭示的是:惩罚在心理学上的本质和功能是什么。首先,惩罚是人的天性中的一种恶——"暴行"。从人类的历史来看,至少从"智人"开始,"罪(恶)"与"(惩)罚"就是一对孪生子;特别是自西方中世纪宗教盛行以后,惩罚就成为一种"丑恶的"机器,带有"最邪恶的特点"。其次,惩罚在心理上对人的伤害,是"不准罪人因羞愧而隐藏自己的脸孔"。假如一个人有"罪",并因而他自己也似乎感到"有罪",这时他就会油然生起"羞愧"之心;而公开示众这种惩罚,就使得人连羞愧的余地都没有了。

惩罚在心理上对人伤害的结果是"痛苦":"清教徒法庭十分狡黠诡谲,给她设计的那种永无休止、永远有效的惩罚确实每时每刻,以各色各样的方式使她感受到无穷无尽的悔痛。"对于这个带红字的女人,牧师们会在街上停步,对她劝诫一番,结果招来一群人围着这个可怜的女子蹙眉狞笑;如果她去教堂,她往往会不幸地发现她自己就是讲道的内容;她也对孩子们渐生畏惧,因为他们从父母那里接受了一种模模糊糊的概念,认为这个无人陪伴(除了一个孩子)、郁郁寡欢的妇女,身上一定有什么骇人之处。而她感受到的另一种比以上更深刻的痛苦,是"陌生人的凝视";同时,"熟人的眼神"也照样叫她备受痛苦。

这样我们就好理解了,为什么霍桑要把"罪恶"与"痛苦"作为一个对子——"这场罪恶与痛苦的戏剧"——来看待。如果一个人的内心深处有罪恶感,那么痛苦就会必然地伴随着他。丁梅斯代尔的悲剧就在于此。

天性中的恶:恩将仇报

在国人的日常言语中,我们经常听到恩将仇报或者以冤报德的说法,看来,这种心理和行为有其跨文化的普遍性。在《红字》中,霍桑揭示了这样一种属于天性中的恶：有的人，甚至是穷人，"时常忘恩负义地侮辱施惠于他们的人"。

海丝特在七年的忍辱负重期间，经常遭到这类人——竟然还是"穷人"——的伤害。海丝特除了靠双手的劳动为小珠儿和她自己挣得每日所需的面包之外，从未向世人提出过哪怕是最卑微的要求。相反，只要有机会施惠于人，"她立即承认她和人类的姐妹之情"。对于穷人的每一个要求——而这些人并不比她生活得更凄苦，她比谁都更乐意拿出她微薄的收入予以满足。可是，那些"狠心肠的穷人"，却对她经常送到门口的食物，或者用她本可给君王刺绣大袍的手指做成的衣服，报以辱骂或讥讽。这难道不是人的天性中的一种恶的表现吗？

进化心理学的关于"互惠式利他行为"理论可以对此做出一定的解释。恩将仇报之所以是一种恶，是因为它类似于在互惠式的交换活动中出现的"欺骗"行为——获得了收益却没有付出相应的代价；甚至比（这个意义上的）欺骗行为更坏，更有可能对施惠者造成伤害。

根据"互惠式利他行为"理论的预测，有机体一般都能够从彼此"合作性的交换"中获得一定的收益。但是凭经验我们也知道，有些潜在的交换活动并不是同时发生的。我们会将心比心：如果我给了你好处，那么我必定相信你以后也会给我带来收益；如果我在你需要帮助时提供了帮助，那么我必定相信你在我需要帮助的时候也会伸出援手。当然，在实际生活中，有时交换活动也是"同时"进行的——比如，我给你一个水果，你给我一瓶汽水。但在很多场景中，交换活动不可能同时进行。假设一下：你正在遭受狼的攻击，我跑过来帮你驱走了狼。这个时候，你不可能马上给予我相同的回报。然而，我已经"帮助"了你，这一事实是不可改变的。问题是，我到底是凭什么来帮助你呢？因为将来有一天我遭到狼攻击的时候，你完全有可能不帮助我呀！这也就意味着：不管交换活动是不是同时进行的，欺骗的可能性总是存在的。

目前，进化心理学家科斯米德斯和托比提出了"社会契约"理论，来解释人类的合作式交换活动的进化过程，特别是人类是如何解决欺

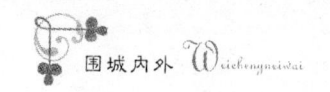

骗问题的。他们指出,"欺骗"对合作行为的进化是一种威胁,因为欺骗者比合作者拥有更大的进化上的优势——至少在欺骗未被觉察和惩罚的时候是如此。如果我从你那里得到了收益,但是后来并没有回报于你,那我就等于获得了双倍的收益;我得到了好处,但是却用不着付出相应的代价。正因为此,欺骗者在进化过程中应该比合作者拥有更大的繁殖成功率(即拥有更多的擅长欺骗的后代),并且慢慢地扩散到整个种群中去了。如此一来,可以设想在整个种群中就没有一个合作者了。

所以,"社会契约理论"假定,要想互惠式利他行为得以进化,除非有机体建构出一种能够"觉察欺骗者"的心理机制。也就是说,如果合作者能够识破欺骗者,并且只与愿意合作的人进行交换活动,那么互惠式利他行为就会慢慢地进化;同时欺骗者则面临一个非常不利的境地,因为这样的人不能从合作式的交换中获得任何收益。

尽管欺骗(行为)是一种进化来的天性中的恶,但我们可以运用"觉察欺骗者"的机制来遏制这种恶;尽管恩将仇报也是一种类似于欺骗的恶,但我们也可以从经验教训中提高相应的认知能力,而将自己的损失或伤害降低到最小。

天性中的恶:女性同性嫉妒

《红字》对今天的性嫉妒研究还有一个贡献,那就是霍桑提出了女性同性嫉妒的问题——尽管目前进化心理学还没有深入到这个研究领域。我所说的"女性同性嫉妒",是指女性之间由于争夺异性的性资源而导致的一种嫉妒。这种特殊形态的性嫉妒属于通常所说的女性之间的"同性竞争"范畴。

霍桑举了几个生动的事例来表明这类性嫉妒的残忍性。就在红字的故事开始的那个夏天的早晨,"有一个情况颇须注意":挤在那人群中有好几个妇女——至少有"五个娘儿们",看来她们对即将发生的任何宣判惩处都抱有特殊的兴趣。一个凶相毕露、半百老娘先开了腔:"要是我们这些上了年纪、在教会里有名声的妇道人家,能把像海丝特·白兰那样的坏女人处置了,倒是给公众办了一件大好事。你们是怎么想的,娘儿们?要是把那个破鞋交给我们眼下站在这儿的五个娘儿们来审判,她会获得像那些可敬的地方长官们给她的判决,而轻易地混过去吗?哼,我才不信呢!"

另一个老气横秋的婆娘接着说,"最最起码,他们该在海丝特·白兰的额头上烙上个印记。我敢说,这个海丝特小贱人才会有点畏忌。但是,现在他们在她衣服的胸口上贴个什么东西,她——那个贱货——可不在乎呢!"

还有一个在这几个"自封的法官"中长得最丑,也是最不留情的女人吼道:"这个女人让我们大家都丢了脸,实在该死。有没有管这号事的法律?是有的,圣经和法典上都有明文规定。让那些不照法规办事的官老爷们的老婆女儿也去干这号事,去自作自受吧!"

这些骇人听闻的女人对女人的诽谤言论,就连男人也听不下去了。人群中有一个男人这样喊道:"老天啊,娘儿们,难道在女人身上除了对刑台的恐惧之外,就没有别的什么德性了吗?那话儿都说得太绝了,娘儿们,别嚷嚷了!"

霍桑所戏谑的这五个"自封的法官"的言论,正是女性同性嫉妒的典型表现。本来嘛,身为女人,她们应该对海丝特抱以深深的同情与怜悯。可是,在她们的潜意识中,由于她们对海丝特因大胆的越轨而获得的爱情的幸福羡慕不已,深感(甚至是深恐)自己无法得到像海丝特那样的爱情。于是,这种潜意识的"羡慕"在特定的情境刺激下就会转化为有意识的"敌意",从而不由自主地表现出诸如恶意中伤、散布流言等性嫉妒的行为。

霍桑还举了其他一些例子。在海丝特被清教徒社会所排斥、"在红字折磨下漫长的七年"间,往往是女人们给了她最恶毒的伤害:海丝特因干活的需要(如做针线活等)出入于一些显要富贵人家,可那里的夫人太太也习惯于把"苦汁"滴进她的心里。有时,她们采用冷言冷语、恶意伤人的策略——女人能够用些策略把琐碎小事调制出微妙的毒药来;有时,她们就用精鄙的语言攻击她毫无防范的心灵——犹如在溃烂的创口上再击一拳。

霍桑得出结论说:"人的天性中有一种倾向性,就是喜欢对别人说三道四,数落别人最不光彩的事。"这是天性中的一种恶。特别是在性嫉妒的心理机制支配下,无论男人还是女人,都乐意和故意到处散

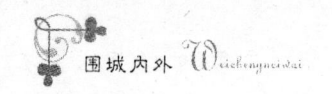

播流言飞语,近乎病态地热衷于关注、谈论别人的性丑闻。从心理机制上说,所谓"性丑闻",这个词本身就是人类在性嫉妒的支配下所发明的一个颇带恶意的词。它意味着,只要是与"性"有关的传闻——不管是真是假——就一定是丑陋的;而把别人的性事诬蔑成"丑陋"的,以便在潜意识中"补偿"他自己没有得到的性接触机会。

5

纳博科夫的《黑暗中的笑声》

V. Nabokov: Laughter in the Darkness

  《黑暗中的笑声》是一幅男女两性冲突的绝妙讽刺画。在一定意义上，欧比纳斯的毁灭，是因为他在两性关系，特别在两性欺骗中根本就不是玛戈的对手。正如巴斯指出的那样，"在进化的历程中，男女两性无休止地上演着欺骗与反欺骗的竞赛，而现代人所体验到的，仅仅是另一次循环而已。当欺骗的手段越来越精妙和优雅时，反欺骗的能力也变得越来越敏锐。"如果《黑暗中的笑声》中的"黑暗"一词所隐喻的，是欧比纳斯的外遇不过是一场灾难的话，那么"笑声"则讽刺的是女人对男人愚蠢的嘲弄。

  偷情这样的风流韵事每天都在发生。既没有人能够阻止得了它，也很难有人谈得出什么新意。可是，这样的素材或话题一旦到了纳博科夫手里，就成了一部揭示男人天性中的"相互矛盾的双重情感"——既爱妻子又爱别的女郎——的艺术杰作。我们从中能得到什么有益的启迪呢？

纳博科夫（Vladimir Nabokov, 1899—1977）

5.1 欧比纳斯：相互矛盾的双重情感

纳博科夫的《黑暗中的笑声》[1]给我们讲的是一个看起来如此司空见惯，甚至寡淡无味的男人偷情故事：

> 从前，在德国柏林，有一个名叫欧比纳斯的男子。他阔绰，受人尊敬，过得挺幸福。有一天，他抛弃自己的妻子，找了一个年轻的情妇。他爱那女郎，女郎却不爱他。于是，他的一生就这样给毁掉了。

这样的风流韵事每天都在发生。既没有人能够阻止得了它，也很难有人谈得出什么新意。可是，这样的素材或话题一旦到了纳博科夫手里，就成了一部揭示男人天性中的"相互矛盾的双重情感"——既爱妻子又爱别的女郎——的艺术杰作。我们从中能得到什么有益的启迪呢？

欲望：将欧比纳斯的生活"烧穿了一个窟窿"

欧比纳斯算是一个没有什么特别才气的艺术评论家和绘画鉴赏家。一天晚上，他突发了这样一个奇想：采用动画片的技法，把一幅人们熟悉的名画，用鲜亮的色彩完美地再现于银幕，然后让画幅活动起来。简单说来也就是，根据名画上静止的动作和姿态，在银幕上创造出与原作完全协调一致的活动的形象。他与一个专会出"新鲜点子"的名叫雷克斯的漫画家取得了联系。可就在他接到雷克斯的回信的时候，他的私生活发生了一次突然的危机，使得这个本来非常"美妙

---

[1] 龚文庠译，上海译文出版社 2006 年版。以下引文除非特别说明，均出自该版本

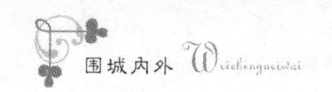

的主意"莫名其妙地凋谢、枯萎了：他在一个"黑洞洞的小影院"里发现了后来成为他小情人的那位女士——玛戈。

欧比纳斯与伊丽莎白结婚已有9年了。这么多年，他一直是个忠实的丈夫。然而，"那互相矛盾的双重情感却时常在扰乱着他的心"。他知道，他已经尽了一切可能真诚、体贴地爱着妻子；他也待她十分诚挚、坦率。可是，他"唯独隐瞒了那个秘密而荒唐的热望，隐瞒了那个梦，隐瞒了将他的生活烧穿了一个窟窿的那团欲火"。

人格决定命运。我们来看看欧比纳斯的人格特质。他生得体面，举止沉稳，很有教养，很善谈，这些都是讨女人喜欢的优点。可不知为什么，他却没能从中得到什么实际的好处。他的脑筋不大敏捷，也没有特别的才气。稍许有些口吃（倒给他那极其平淡的话增加了一点新鲜感）。他父亲给他留下了一笔可观的遗产。

然而尽管如此，欧比纳斯在情场上从未交过好运，"风流韵事一到了他的名下却总变得寡淡无味了"。也许是为他效力的"爱神丘比特"十分笨拙，胆怯，不善于想象。在经过了几次平淡无奇的恋爱事件后，他娶了长得轻盈、秀丽、顺从、温柔的伊丽莎白。他也还喜欢她，她的爱像百合花一般雅淡，但时而也能炽烈地燃烧起来（在这种时候，欧比纳斯就会"错误地"以为，他不需要另寻新欢了）。可随着时间的推移，他却无法从她身上获得"一直迫不及待地渴求着的那种爱的激情"。

9年的婚姻，这种既爱妻子，又拥有"秘密而荒唐的欲望"的"双重情感"，一直在欧比纳斯的心中作祟。有时，他会因为自己生活得如此幸福而感到受宠若惊——一种凡尘的快乐；有时，他又被自己的那个"爱的激情"折磨得梦魇不断——足以将他的生活烧穿一个窟窿！欧比纳斯的这种双重情感，是不是只有他一个男人独有呢？

男人对"多样化性伴侣"的欲望

对现代男人来说，无论是他们的大阴茎、大睾丸，还是精子产量和射精量的变化，都是透露我们的远古祖先曾有过婚外择偶的生理学依据。目前，进化心理学家更加关心婚外择偶的心理学依据。也就是，男性倾向于婚外择偶的心理意愿和动机是怎样的呢？

根据进化生物学家西蒙斯的观点，在男性心理机制的"内核"中，有一种"原始的肉欲"：男性进化出了强烈的性欲。尽管他们并不总是依据性欲来行动，但无疑这是一种内在的驱动力："即使一千种欲望中只有一种能够得到满足，肉欲的功能也仍然会驱使人去性交"。

男人真的进化出了这种"原始的肉欲"吗？为了验证这一进化心理学假设，巴斯和他的同事做了多年的研究。为了弄清人们真正希望拥有多少个性伴侣，他们对未婚美国大学生做了一番调查，以确认他们在不同时间所期望的性伴侣数量，时间从未来第一个月开始，到几个月、几年，乃至一生不等。调查结果表明，在任意的时间段内，男性想要的性伴侣数量都比女性要多。例如，在未来的一年内，男性所口述的理想性伴侣的数目平均多于 6 个，而女性通常只想要 1 个。而在未来 3 年内，男性希望有 10 个，而女性只想有 2 个。有趣的是，这种男女性别差异随着时间的推移还会增大。平均来看，男性希望一生能拥有 18 个性伴侣，而女性希望有 4～5 个就可以了。

在另一项研究中，研究者列出了 48 种"个人愿望"，其中，从"死后跟随上帝"，到"通过创造性的劳动作出永久性的贡献"，让参与者评分。研究结果发现，男女性别差异最为显著的是这样一种"愿望"："我想要谁，就可以和谁发生性关系"。

男人理想中的性伴侣数目究竟是多少，还需要跨文化的数据来佐证。在巴斯主持的那项国际性跨文化择偶研究中，也同样发现，男性总是比女性要求更多的性伴侣。这项研究包括 13,551 名被试，跨越了全世界十个主要地区，覆盖的地区横跨 6 大洲，13 个岛屿，27 种语言，以及 52 个国家。结果发现：几乎每个岛屿、每个大洲和每种文化中的男性，都表现出了比女性对性伴侣数量的更大的欲望。

婚外恋早期的心理冲突："那个小妖精"

欧比纳斯脑袋中固有的东西——那团欲火——时刻准备着，等待着那激活它的特殊情境。这一天终于来到了。一天晚上，欧比纳斯去一家咖啡馆赴一次事务性的约会，半路上发现自己的表快得出奇，比约定的时间早出了整整一个小时。为了打发掉这段时光，阴差阳错，他来到了那家小影院。在影厅的一片漆黑之中，他隐约辨出一个女人那十分娇小的身影及均匀、迅速而"不带感情的动作"。在影厅的出口

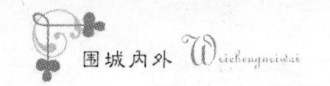

处,这张白皙、冷峻、俊俏得惊人的脸庞(她大约只有18岁),让他怔住了。

三天之后,由于实在无法把她从记忆中抹去,欧比纳斯再次走进了那家影院——一切都和上一次相同。他想,"任何正常的男人都懂得该怎么办"。可脑海里却浮现出:一辆汽车飞驰在平坦的大道上,前方是急转弯,一边靠峭壁,一边临深渊……

于是,想偷情的男人第一轮心理冲突开始了:

算了吧,我过得很快活,该有的不是都有了吗?那个在黑屋子里飘来荡去的小妖精……真想卡住她漂亮的脖子,把她掐死。好了,就当她已经不在人世,我再也不到那儿去啦。

可是,他仍忍不住多次来到"百眼巨人"影院。第五次他终于在街上与她并肩行走,"已经走了第一步啦",他庆幸自己的勇敢。送她到家门口,哭着表白:"世界上除了你,我谁也不爱。"

欧比纳斯打开了公寓的自家房门,想到一会儿就要见到妻子,他的心不禁异样地往下一沉:她会从他脸上看出他的"不忠"吗?先前嘛,只不过都是他的梦想而已,可刚才雨中的那一段步行却是真正的"背叛行为"!也许事情已经不幸被人发觉?并且报告了妻子?也许他身上带着那姑娘廉价香水的气味?跨进门厅之后,他立即编好了"迟早用得上"的一套谎话。然而,什么事情也没有发生。

家里一切依旧,这简直有些不可思议。伊丽莎白、伊尔玛、保罗,都好像是另一个时代的人,一切都像早期意大利画家的作品中的背景一样静谧、安详。

纳博科夫在这里戏谑地调侃了一下欧比纳斯初次偷情的心境变化:家里的人都好像不认得了!都好像成了"另一个时代的人"!他的心里只有玛戈。此时他的心情正如《包法利夫人》中的爱玛一样,发生了一桩"比大山移动了位置还异乎寻常的事情",感情的"极峰"在心间烁烁生辉,而"日常生活"则沉到了遥远、低洼、阴暗的地方。欧比纳斯为自己的"双重感情"感到惊异——对伊丽莎白的爱一点也没有减退,但同时心里却又燃烧着另一个强烈的意愿:"最迟不能晚于明天——对,就在明天。"

可事情并不那么简单。再次会面时，玛戈用了机智的调情手段，使他没有获得性接触的机会。在一家小咖啡店里，他目不转睛地欣赏玛戈那完美迷人的面庞。他想："即使明知要犯死罪，我还是要这样望着她。"

纳博科夫这句话相当经典，恰到好处地点明了男人脑袋中有两个相对独立的模块：一个是"明知"模块，一个是"望着"模块。望着，就是"看"，就是"知觉"模块在运作：玛戈那绯红的桃腮，沾着樱桃白兰地酒的闪亮的嘴唇，细长的淡褐色眼睛里流露出稚气的庄重神态。线条柔和的脸颊，左眼下生着一颗毛茸茸的小痣……美，是不可抗拒的。欧比纳斯不能不"望着她"！然而，男人头脑中还有另一个"明知"模块：明知，就是理解了某事，就是"思维"模块在运作：这是要犯死罪的呀！这是要身败名裂的呀！这是明知故犯的越轨行为呀！至少，这是对老婆的背叛呀！

可问题是，上帝在造男人时，也许来不及思考怎样把这两个模块协调起来：这两个模块彼此是不相干的；没有哪一个模块（如"明知"模块）能渗透到另一个模块（如"望着"模块）中去，从而对另一模块起到某种抑制或约束的作用。在欧比纳斯当下的情况下，他的"明知"模块不能抑制"望着"模块。或者说，他的"望着"模块的能量要大于"明知"模块；他不能不一直"望"下去。天啊，有谁，或有什么办法能拯救一下他吗？

外遇男人策略：尽快猎取到手

尽管外遇早期的欧比纳斯少不了心理冲突的纠缠，但他还是像一般偷情男人那样，一心想着尽快将玛戈弄到手。婚前的他在恋爱中，"总是出错，总在试探，却总是失望"。而现在，他的婚外恋似乎用上了新技巧了。第一个"技巧"当然是大把地花钱啦。

玛戈经过实地勘探（在欧比纳斯家里）看出这个爱慕她的人的确富有之后，就租了一套公寓房间，开始添置家用器具。她首先买了一台冰箱。欧比纳斯手头很充裕，给钱也痛快。但从旁人的观点看，他花这笔钱却很有点冒险，因为他还从未见过这幢公寓——他连公寓的地址都不知道。

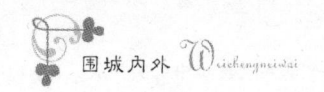

终于，在五月的一个早晨，当欧比纳斯从他"过夜"的那个公寓走出来的时候，他觉得已经筋疲力尽——这并不奇怪：

> 这一夜他实现了多年的梦想。初次亲吻她生着汗毛的脊背时，她把两个肩胛缩拢来，同时发出愉快的低吟。这真是他一心向往的风韵，他喜欢的可不是那种天真而冷漠的小雏。先前最放肆的想象现在都能实现。在这自由自在的天地里，什么清教徒式的爱情，什么古板的规矩，全都抛到九霄云外去了。

欧比纳斯的婚外恋总算"成功"了——他得到了性接触的机会。从进化心理学关于短期择偶的理论看，尽快猎取到手，是男人短期择偶的一个基本策略。

在《包法利夫人》那章（第一章）中我们看到，对于像罗多尔夫那样的男人来说，猎取多个性伴侣的一种方法，就是要减少从见到某一女人到发生性关系所需的时间。从彼此认识到发生性关系男人所花的时间越少，他可能成功引诱的女性就越多。至少从理论上说，择偶过程中花费大量时间必然会影响到性伴侣的数量。

巴斯和施米特专门研究过男女相识后多久才会发生性关系。在他们的一项研究中，假设和一个有魅力的异性相识只有一小时，一天，一个星期，一个月，半年，一年，两年或五年，要求男女大学生评估不同时间间隔下同意发生性关系的可能性。结果表明，男生和女生都回答说，他们最有可能在认识5年后，才会和那个异性发生性关系。然而，在更短的时间间隔内，男性比女性更有可能发生性关系。

假如只认识一个星期，男性通常会接受对方的性请求。而女性恰好相反，她们不可能只认识一个星期就委身于人。即使只认识一小时，男性也会稍微倾向于考虑性交，而且没有很大的厌恶情绪。而对大部分女性来说，只认识一小时就发生性关系，是完全不可能的。

在男性的欲望中，他们倾向于在猎取性伴侣前只花费少量的时间，因为这有助于他们获取多个性伴侣。男性在很短时间的交往后就同意性交，这一倾向已在美国不同区域和不同年龄层得到了反复的验证。例如，进化心理学家苏尔贝和他的同事在研究"发生随意性关系的意愿"中，得到了类似的结果。根据包括性魅力水平、性格和行为在内的不同特征,他们得出结论:"在所有的情况下,男性都比女性表现出发生性关系的更大的意愿",而且,男性发生随意性关系时会降低标准。此外,在婚外择偶背景下,男性远比女性更青睐那些拥有"更容易发生性关系"特征的女性。

外遇男人策略:情人的标准降低

我们在日常生活中可能有这样的经验:你听说你的某个男同事有了婚外风流韵事,当你不经意间看到他的那个情人时,你可能会感叹:"她比他老婆长得丑多了!"你可能会觉得你的男同事不值得这样做。但进化心理学家会告诉你:这正是男人婚外择偶的特点——情人标准的降低。

玛戈到底是个什么样的女人,其人格特征和行为表现如何,后面还要专门论及。这里只是点一下即可:她是一个粗俗、平庸的姑娘。比如,欧比纳斯和她住在一起后,还要每天教她洗浴,而不是像她先前那样只洗洗手(指甲总是脏兮兮的)和脖颈。他不断地在她身上发现新的迷人之处,一些小小的、引人怜爱的举动——如果换了别的姑娘,他会把这类举动看做"粗俗的恶习"。她那少女的苗条身段,放任的举止,以及逐渐使眼光朦胧起来的小伎俩,都使他欣喜若狂(顺便说一下,玛戈的行为举止多少有点像"洛丽塔")。

欧比纳斯向她讲述自己早年对绘画的爱好,讲到他的作品和他的发现。比如,如何恢复旧画的原貌,或使原作重新放出光彩。可玛戈最感兴趣的是,这样一幅画"能卖多大价钱"?他讲到战争,讲到战壕里冰冷的泥土。她却问,既然他那么有钱,怎么不设法调到后方去呢。"你这孩子真傻!"他一边抚摸她,一边说。

当他环视着由玛戈布置的那间客厅时,诧异地想:我向来不能容忍低下的趣味,可此刻怎么竟看得惯这"丑陋不堪的房间"了呢?他只好合理化地安慰自己:"爱情能够化丑为美。"时间长了,欧比纳斯已经养成了不和玛戈谈论艺术的习惯。他知道,她对艺术一窍不通,也毫无兴趣。

这里我们就纳闷了:这样一个举止粗俗、趣味低下的女人,也值得欧比纳斯抛弃妻子和家庭去爱吗?这正是纳博科夫的诡谲之处,也

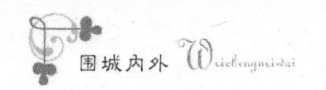

是进化心理学探究的一个看似怪异的问题：婚外的情人为什么可以降低标准呢？

当然，降低婚外情人的标准，不等于没有标准。至少，有一个标准是不会降低的，这就是她至少有"生育力"（即哪一年龄段生孩子最多）——尽管男人并不能自觉地意识到这一点。目前在心理学中，有一种具有鲜明进化论取向的观点认为，男性的婚外择偶，会偏好选择那些拥有与"生育力"相关的特征的女性。因为生育力最高的女性（一般是25岁左右），才最有可能仅通过一次性行为就怀孕。这是男性婚外择偶的最高繁殖优势。而男性在婚配择偶时，却正好与此相反，他们偏好那些"繁殖价值"（即生育子女多少的总体趋势：年轻比年老的显然生得更多）较高的年轻女子，因为这样的女子有可能在"将来"——即婚后——生育更多的子女。

在确保遗传利益的最大化之后，为了猎取更多的婚外性伴侣，男性对情人的标准就可以降低了，而且事实上的确降低了！这个道理很简单：更高的要求，诸如年龄、智慧、性格和婚姻状况等方面的"高标准"，会把大部分女性排除在外。而放松或放宽标准，显然就能获得更多的候选性伴侣。

在巴斯和施米特的一项研究中，大学生们提供了在婚外择偶与婚姻择偶中，他们可接受的性伴侣年龄的最小值和最大值。值得注意的是，在选择短期性伴侣时，男大学生选择的年龄范围比女性要"宽"约4年。男生可接受16岁到28岁的女性（宽达12岁），而女生可接受的异性是18到26岁（宽达8岁）。而对于年龄范围是17到25岁的婚姻择偶，上述标准则并不适用。我们从前面已经知道，男性第一次婚姻的配偶年龄差一般是3岁半左右。

不单是年龄，在其他许多方面男性都降低了标准。已有研究发现，在男性对短期伴侣所要求的67种品质中，其中有51种都降低了标准。对于随意的性伴侣，诸如有魅力、健康、受教育程度、慷慨、诚实、独立、善良、理智、忠贞、有幽默感、友善、富有、有责任心、自然得体、有合作精神以及情绪稳定这些"标准"尺度，显然都放得更低。心理学家的结论是，男性为了猎取更多的性伴侣而放松了对众多品质的要求标准。

事实上，放宽标准只是男性猎取更多性伴侣的策略之一。与婚姻择偶策略相比，男性在选择婚外性伴侣时，一般不愿意选择那些一本正经、行为保守、性欲冷淡的女性。还有一个不同点在于，婚外择偶时更看重对方的性经验，因为男性通常会认为，经验丰富的女性比没有经验的女性更容易"性接触"。行为放荡、性欲较强并且性经验丰富的女性，也许暗示着她们可以在更短的时间内和男性产生性接触。相比之下，一本正经和性欲冷淡则暗示着难以接近，不利于男性婚外择偶策略的实施。

外遇男人策略：不是为了离婚

男人搞婚外恋，无论是尽快猎取到手，还是降低情人的标准，这些策略都意味着：他的潜意识动机并不是为了与老婆离婚，即进化心理学所说的"更换配偶"。这是男人搞婚外恋与女人外遇的一个最大的，甚至是实质性的不同之处。对女人来说，她搞婚外恋的动机之一是为了更换丈夫（尽管这还不是唯一的动机，进化心理学确认女性外遇有5种"适应性收益"）。但对男人来说，他搞外遇在绝大多数情况下——约占95%的可能性——肯定不是为了更换妻子。这是由男人进化出了对"多样化性伴侣"的强烈欲望这一心理机制决定的。

纳博科夫谙晓其妙。在整部小说中，对欧比纳斯来说，无论是在搞外遇前，还是在整个外遇过程中，他始终都非常明确：他爱妻子，他不愿离婚。

当事情败露（伊丽莎白收到了玛戈写给欧比纳斯的那封"爱巢搭好了"的信）、妻子携女儿搬到弟弟保罗家去住以后，欧比纳斯倒还没有乱了方寸。他自忖："我倒挺镇静。她还是我的妻子，我爱她。如果她因为我的过错而死，我一定去自杀。"他很诚恳地给妻子写了一封长信，他在信里担保说他仍像先前那样爱她。尽管他"小小的恶作剧""给我们的家庭幸福带来了创伤，就像疯子用尖刀划破了一张画"，但他恳求妻子原谅，却又绝口不提他是否打算离开那个小情妇。

欧比纳斯抛弃家庭六个月之后，才第一次和玛戈一道抛头露面，陪她出门上街。他感到很不自在，不习惯这新的身份。他想，"六个月前我还是个模范丈夫，根本不认识什么玛戈。转眼之间，命运之神改

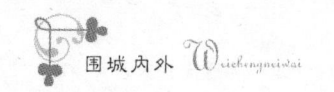

变了一切!别人都能一边偷香窃玉,一边维持和睦的家庭,可事情一到我手里就一团糟。这是为什么?"

由于玛戈想要"公开地"与欧比纳斯一道生活,并且硬要住到他家里去,他只好带着玛戈回到"他和妻子共同生活了十年之久的老公寓"。在最初的那段日子里,欧比纳斯还得学会不让玛戈觉察到他内心的痛苦。因为周围的一切都会勾起他对伊丽莎白的怀念,到处都摆着他俩互赠的礼物。特别具有讽刺意味的是,卧室和育儿室似乎都带着"诚挚、无辜的神情"责备地凝望着欧比纳斯——尤其是卧室。在卧室的头一夜,欧比纳斯觉得他能嗅到妻子常用的科隆香水的气味,这使他大为扫兴。

玛戈要欧比纳斯离婚,特别是她在那部讨厌的电影里出丑之后,就催得更紧了。欧比纳斯先是找借口说,女儿伊尔玛的丧事刚刚办完,哪好提离婚的事呢?然后又说伊丽莎白不愿意和他离婚(他一辈子头一次在说到伊丽莎白时撒了谎)。最后只好向玛戈"担保":到了秋天一定去办离婚手续。但他心里明白:"离婚?不,那可办不到。"

当欧比纳斯的眼睛因车祸而失明后(他如今生活在"一层不可穿透的黑幕"之中),尽管这遭遇使他与往昔的生活之间隔着无边的黑暗,但他还是想起了妻子。他们的共同生活似乎笼罩在一层柔和、暗淡的光芒之中,某些往事偶尔会从这一片朦胧之中显露出来:妻子浅色的头发在灯下闪着光……随后又能看到伊丽莎白又轻又慢的动作,像是漂浮在水中一样。

近来,欧比纳斯无法再使自己沉浸在庄重而美好的"内省"之中,只有"思考"才能帮助他抵御那恐怖的黑暗。他躺着寻思:

是什么令我不安呢?伊丽莎白?不,她离得很远,深藏在心底。那里藏着一个亲切、苍白、忧郁的人儿,绝不能轻易打搅她。玛戈吗?也不是,这种兄妹般的关系只是暂时的。那究竟是什么使我不安呢?

好一个"这种兄妹般的关系只是暂时的"!欧比纳斯现在似乎越来越明确了,他的这场"恶作剧"总有一个结束的时候。

男人外遇的代价

欧比纳斯外遇的代价，高度概括起来，就是纳博科夫说的："他爱那女郎，女郎却不爱他。于是，他的一生就这样给毁了。"

男性婚外的短期择偶策略，既有它特有的适应性收益，又要付出相应的代价。目前，进化心理学对男性短期择偶的代价问题作了专门研究。一般说来，在进化的历程中，男性的短期择偶必须冒着付出如下潜在代价的风险：① 拥有多个性伴侣更有可能感染性病，如历史上那些拥有众多性伴侣的名人往往都患有梅毒。②"猎艳高手"的名声使他们更难找到令他们满意的婚姻配偶，正派的女人往往都不愿意嫁给像他们这样的男人。③ 由于缺乏父亲的投资和保护，他们子女的成活率也会降低。这是因为他们把大量金钱、时间和精力用于别的女人身上，因而对自己的妻子和孩子的投资不够或减少，也没有或缺少时间和精力去照顾自己的孩子。④ 如果他所追求的对象已经有了配偶，那么那些试图维系短期性关系的男性，就有可能遭到她丈夫因性嫉妒而导致的攻击。⑤ 他们还可能遭到女方的父亲和兄弟的暴力侵犯。⑥ 还有可能遭到妻子的报复，或者妻子与他离婚。特别是对于那些仍然爱着妻子的男人来说，离婚是一个不小的代价。

欧比纳斯为他的外遇付出了超出一般男人的惨痛的代价——包括他自己的生命。具体来说，欧比纳斯的代价主要在两个方面：

一是女儿伊尔玛的死去。这与进化心理学所预测的第三个代价——降低子女的成活率——相吻合。虽然并不是所有男人的外遇都会导致这种结局，但欧比纳斯的命运似乎就该如此。绝妙的是，纳博科夫的写法很特别，也许是有意地将伊尔玛之死与欧比纳斯联系在一起。伊尔玛得了流感，发高烧。本来已经退到了正常体温，可就在退烧的那天半夜，伊尔玛圆睁着眼睛躺在床上，听见街上响起了她所熟悉的类似她爸爸吹的口哨声。她想，说不定是爸爸。没人给他开门。"他们说吹口哨的是另一个人，是不是故意哄我？"于是她下床打开了窗户，一股冰冷的寒气直涌进来。她俯身朝下看了好久，但她发现那人不是她爸爸。她被冻得身子发僵，差点连窗户也关不上了。

她躺回床上，可身子怎么也暖不过来。后来她睡着了，梦见

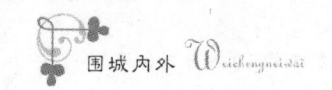

和爸爸一道打冰球。他笑着,跌了个四脚朝天,把大礼帽也摔掉了。她也摔了一跤。冰上冷极了,可她却爬不起来。她的冰球棍竟像毛毛虫那样一屈一伸地爬走了。

第二天早晨她烧到四十度。她脸色铁青,胸侧疼痛……

伊尔玛死于肺炎。作者向我们暗示:是她爸爸"杀死"了她。

欧比纳斯的第二个代价是为了复仇而付出了自己的生命。在经历了那场"剧变"即车祸之后,欧比纳斯如今生活在一层不可穿透的"黑幕"之中——他的眼睛瞎了。过去的时日(他那偷情的日子)消逝了,在他与往日的生活之间也隔着无边的"黑暗"。在这无尽的黑暗期间,是玛戈和雷克斯在他眼皮底下偷情的、并无情地嘲弄他的"笑声"。终于有一天,这笑声被伊丽莎白的弟弟保罗给揭穿了。欧比纳斯三天以来一句话也不说——"他或许不仅瞎了,而且哑了"。第四天他跌跌撞撞来到他和玛戈居住的公寓,准备开枪打死玛戈。殊不知,玛戈早就学会了"面对一把想象中的左轮手枪往后退缩"的技能。她夺过手枪,打死了欧比纳斯。一场"黑暗中的笑声"就这样结束了。

5.2 玛戈:女人性抑制(调情)的妙用

《黑暗中的笑声》是一幅描绘男女两性冲突的绝妙讽刺画。在一定意义上,欧比纳斯的毁灭,是因为他在两性关系,特别是两性欺骗中根本就不是玛戈的对手。正如巴斯指出的那样,"在进化的历程中,男女两性无休止地上演着欺骗与反欺骗的竞赛,而现代人所体验到的,仅仅是另一次循环而已。当欺骗的手段越来越精妙和优雅时,反欺骗的能力也变得越来越敏锐。"如果纳博科夫这部小说中的"黑暗"一词所隐喻的是欧比纳斯的外遇是一场灾难的话,那么"笑声"则讥讽的是女人对男人愚蠢的嘲弄。

玛戈是天生的常识心理学家,她知道男人想要的是什么。按进化心理学家的说法,她拥有从远古女性进化而来的先天的性心理机制——"性抑制"。性抑制,在不严格的意义上,也就是我们日常所说的"调情"(我在本书关于《安娜·卡列尼娜》那一部分中已作过专门介绍)。正是由于玛戈具有天赐的性抑制(调情)能力,使她可以轻而易举地玩弄欧比纳斯于股掌之中。

玛戈:欧比纳斯"艺术鉴赏"的最大成就

欧比纳斯双眼失明后,作者以他那特有的黑色幽默总结了他俩之间后期的关系:

> 欧比纳斯的专长是艺术鉴赏,他一生中最大的成就是发现了美丽的玛戈。然而现在玛戈已经不复存在,只剩下她的话语声,她衣裳的窸窣声和她身上发出的脂粉香。他曾经把玛戈从那黑洞洞的小影院里带出来,现在她似乎又退回到那一团漆黑之中。
>
> 然而欧比纳斯不能总是用美的思索和道德的内省来安慰自己。他无法总是使自己相信,肉眼视觉的丧失意味着心灵眼睛的复明;他无法欺骗自己去幻想他与玛戈的生活已经变得更幸福、更充实、更纯洁;他也无法静下心来仔细品味玛戈对自己的忠诚。

纳博科夫和妻子薇拉。

玛戈对欧比纳斯——乃至对爱情——是否"忠诚",我们得了

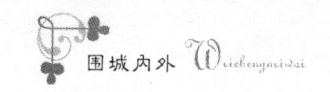

解一下她的人格特征。先来看一下由玛戈本人向欧比纳斯自述的此前的个人"经历"：

> 我从家里逃出来，靠当模特儿挣钱。一个可恶的老太婆剥削我。后来我交了个男朋友。他像你一样，也是结过婚的。他妻子不肯跟他离婚，我就和他分手了。我挺爱他，可我不愿意总当情妇。后来有个开银行的老头缠上了我。他答应把全部财产都送给我，可我当然还是拒绝了他。他伤心过度，死了。后来我就到"百眼巨人"当了引座员。

若将小说叙述者所讲的玛戈的实际经历，与玛戈自编的故事两相对照，就会发现玛戈在两性关系中具有惊人的天赋。明明是雷克斯——他根本没有妻子——抛弃了她，可她要说成是主动与他分的手；明明是银行老头只给了她买一件皮大衣的钱和住到11月份的房租，可她偏偏说成是"他答应把全部财产都送给我"。而且，她还向欧比纳斯隐瞒了她的一个重要经历——性经历：在雷克斯撇下她之后，她陪两个日本绅士过夜，第二天早晨她要他们付两百马克，两个绅士只给了她三马克半，全是零钱，然后把她撵出了门。

玛戈的人格特征若用一句话来概括，就是她"自己也说不清她追求的目标到底是什么"。这种或多或少带有"边缘性人格障碍"特点的人格特征，归结起来，与她从小就缺少父母的爱有关。她父亲是个看门人，脑袋不停地颤动，似乎总在以此证明他的怨愤与忧愁。谁若说了一句稍微不中听的话，他就会怒发冲冠地发作一通。她母亲虽还年轻，却已被生活磨蚀成一个麻木、粗俗的女人。所以，当玛戈约17岁，搬进列万多夫斯基太太（一个拉皮条的女人）公寓里一间仆人住的小房时，她父母巴不得她早点搬出去，并感到庆幸。他们认为，任何邪恶的职业都会因为赚来金钱而变得圣洁起来。这样一想他们就更心安理得了。

正因如此，在玛戈人格的先天因素中，她缺少爱的能力。或者说，她的天性中就没有爱的能力。作者曾巧妙地暗示过这一点。例如，在欧比纳斯第一次进"百眼巨人"影院里时，"他随着她向前走去，隐约辨出她那十分娇小的身影及均匀、迅速而不带感情的动作"。这里，"不带感情的动作"的刻画耐人寻味：玛戈是一个不知道爱什么样的男人，或不知道什么样的男人好的粗俗女人。

玛戈16岁开始梦想当模特儿，然后再当电影明星。可是，她把从模特儿到影星的过渡看得相当简单。于是，当她确信欧比纳斯属于那种能为她登上舞台和银幕提供条件的人时，便开始了她诱惑欧比纳斯的行动。

解读男人的性心理："怀疑承诺的偏向"

玛戈是一个天生的诱惑男人的行家。这里的"天生的"一词，是在她擅长激活她大脑中进化而来的心理机制——解读男人的性心理——这一意义上使用的。既然人人都有常识心理学，那也就可以说，人人都有"常识爱情心理学"。由于女人在整个进化过程中的优势，她们特别善于洞察男人的心理，当然也就更擅长如何解读男人的爱情心理，更何况性心理了。一般来说，当一个男人向某个女人大献殷勤，请她吃饭，送她礼物，向她展示自己才华的时候，这个女人大抵会觉察到这个男人想干什么了。通常，女人的直觉——特别是对男人爱的信号——是极为敏锐的。

但尽管如此，女人们仍然面临着一个重大的适应性问题：他是真心爱我，还是仅仅勾引我，把我作为他的又一个猎艳对象——特别是当她遇到一个风月场上的"猎艳高手"的时候（像罗多尔夫那样的男人）。作为一个天性敏感的女人，你会运用特有的心理机制，把与爱情事件相关的一些琐碎的"线索"拼贴在一起，以便推断出事情的真相。这正是"性心理解读"中的一个重要方面。比如，某一天，你无意中发现丈夫身上有一种不明的气味或香味，那么这到底是意味着一次性背叛，还是仅仅是一次偶然谈话中沾染的香气？

昆德拉在《不能承受的生命之轻》中叙说主人公托马斯和特蕾莎的性爱故事时，曾有这样一个情景："特蕾莎在将近凌晨一点半回到家，走进浴室，换上睡衣，在托马斯身边躺下。他睡熟了。她靠近他的脸，正要吻他的嘴唇，这时，发现他的头发里有一种奇怪的气味。她久久地探着身子。她像条狗一样嗅他，终于明白了：这是一种女人的气味，女人下体的气味。"这时，特蕾莎便面临着托马斯对她有性背叛这样一个适应性

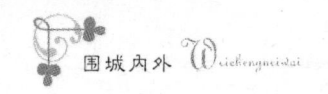

问题了。

　　值得注意的是,在对男人性心理的解读中,女人也免不了会犯错误——尽管这种错误比男人要小得多。心理学家将此称之为在性心理解读中特有的一种"认知偏向"。这种认知偏向表现为,假设你作为女人,往往会怀疑某个男子向你求爱的真实性,尽管你对他也有意,但你要不断地考验他,一再地采用规避、拖延的战术;或者完全相反,你还没有弄清一个男人的真实意图前便自行坠入情网,或把他某些纯属友谊的表示误认为对你的爱情。在这两种情况下,你的认知方式都出现了偏差。而对女人来说,最主要的错误是前一种。

　　怎么样解释女人"怀疑"男人爱情的这种认知偏向?心理学家试图运用管理学中的"错误管理理论"来解释。运用错误管理理论的新方法可以发现,从众多事件的平均值来看,两种错误的代价与收益是不相等的,或不对称的。可以举个简单的例子,就能直观地理解这一理论。如烟雾警报,搞消防的人都知道,一般来说,一种烟雾报警器对任何烟雾都十分敏感。如果它漏报了信息,就可能引发房屋大火;如果它"错报"了信息,则错误报警的代价总比失火灾难要小得多。那么对于烟雾报警器来说,我们宁愿它错报而不是漏报。心理学家把错误管理理论的这种思维"逻辑",应用到人类进化适应的代价—收益的权衡上来,特别是在解读异性的性心理方面。

　　根据错误管理理论可以预测,如果在进化过程中,人类在解读异性的性心理问题上,始终存在着不对称的代价—收益,那么这种"不对称性"就形成了一种选择压力,从而使人类产生某种可预测的认知偏向(或偏差)。就好像烟雾报警器"偏向"于误报而不是漏报,那么进化而来的性心理解读机制,将偏向于产生更多的某一类推断错误。目前,已经发现了两类偏向。一种是"夸大型的性知觉偏向",适用于男人;另一种是"怀疑承诺的偏向",适用于女人。

　　那么,女性为什么容易产生"怀疑承诺的偏向"呢?也就是女性为什么对男人的爱情倾向于宁愿信其"无"呢?进化心理学提供了一种合理的解释:针对男性的多样化性伴侣的偏好——正如男性往往夸大或过高估计女性的性意图所表现的那样,女性也相应地进化出了一种推理偏向:在求爱过程中,她们常常低估或怀疑男性爱的承诺的真实度。因为无论是在进化史上,还是在现阶段,某些男性可能利用虚假的承诺来骗取短期的性关系,而女性的"怀疑偏好"的功能就在于,使自己上当受骗的代价最小化。例如,一个男人给一个女人赠送鲜花和礼物,这个女人往往会低估这种行为实际上包含的承诺,而旁观者却看得更清楚。当然,女性对男性承诺的这种"怀疑主义"是完全合理的,也是必要的。男性为了获取短期的性关系,常常会在承诺(声称"我爱你")、社会地位(吹嘘自己如何富有),甚至对女方孩子的喜爱等方面欺骗女性,而这些方面,恰恰又都是女性所在乎的东西。

"女人们什么都能猜到"——"性感操纵"策略

普鲁斯特(M. Proust)曾在给安德烈·纪德的一封信中,自认为他"唯一的天赋"是可以指导人们怎么样谈恋爱:"写这本书时我真的感到,要是斯万认识我又肯接受我的指导,我应该能有办法让奥黛特回到他的身边。"(请读者参见《追忆似水年华》第一卷的第二部《斯万的爱情》)

确实,普鲁斯特不愧为真正的爱情导师。他有一句名言值得每一个男人记住:"女人们什么都能猜到。如果男人在刚开始交往时就太紧张,没有很好地掩饰住对她们的欲望,那么,当她们感受到这种欲望已经无可救药的时候,她们就卖起了关子,永远也不会委身给那个男人了。"这是普鲁斯特用文学的语言所阐述的关于女性"性抑制"策略的最贴切、最绝妙的表达。

"女人们什么都能猜到",用进化心理学的语言来说,就是女人特别擅长"性感操纵"的策略。这种策略是女性进化而来的另一种心理机制。从理论上说,女性的"性感操纵"与"怀疑承诺的偏向",是一对孪生子,或同一个硬币的两面,共同用来对付男人的性策略。男人们几乎都会犯一个"致命的"错误,就是"夸大型的性知觉偏向"。根据这一偏向,男性很容易或轻易地就推断出女性的"性意向"(sexual intent),尽管有时这种性意向并不存在。这就构成了男性有时会面临的一个灾难:女性可以利用自身的性感来操纵男性。

先看一个特别有趣的实验。这个实验的设计特别富有新意,让98名男大学生和102名女大学生观看一段录像,该录像的内容是:一名

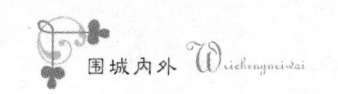

女大学生到一名男性教授的办公室，请求他宽限完成《学期研究报告》的时间。剧中的演员分别是戏剧专业的学生和教授。根据表演要求，教授和女生都不能故意调情，或者卖弄性感，他们只需要表现出"友好"的态度。录像观看完毕后，要求大学生们使用"七分量表"对该女生的"意图"进行评分。

结果显示，女大学生们更倾向于评价说，女演员只是尝试着表现出"友好"（平均评分为6.45，而最高分为7分），认为她"不性感"（评分为2.00），而认为她"诱惑人"只占1.89分。这表明，绝大多数女大学生从表演中看到的是"友好"，而只有绝少的女生推断出了"诱惑人"。而男大学生的性意向知觉则完全不同：他们比女生更容易推断出女演员在"诱惑人"（评分达3.38，比女生高出1.47分），他们还推断出她有"性意向"，评分为3.84，比"诱惑人"还要高出0.46分。

怎样解释这一实验结果呢？心理学家认为，这是男性"夸大的性知觉偏向"在起作用。对于男性来说，哪怕他还有一点怀疑或没把握，他也往往会推断出女性有性兴趣。换言之，男性在知觉"性兴趣"方面，比女性进化出了更低的阈限。所谓阈限更低，就是说，男人在没有"有意识地"感受到性刺激的情况下，也会知觉到某种性意图。

但这样一来，男性的这种心理机制就容易受到女性的利用或操纵。不妨把它称之为女性的"性感操纵"策略。这就是说，有时候，女性会把她的"性感"当做对付男性的一个策略。

玛戈对欧比纳斯的性感操纵

由于女性进化出了对男性的经济资源的偏好，所以当她对某个男人并没有爱情时，却可以用她的性感来操纵男性，以获取经济上的收益。玛戈就正是这样。在她与欧比纳斯交往之初，她所考虑的问题是，"也许他根本没什么钱，那我就用不着跟他白耗时间。"于是他一直吊着欧比纳斯的胃口，完全不给他任何性接触的机会。

当欧比纳斯第一次送玛戈到她"姊姊"家门口时，他又羞又急地想吻她，可她往旁边一躲；当欧比纳斯劝她不要给他家里打电话时，她挺精炼地总结了他的为人："你是骗子，懦夫，蠢材。你结过婚了，所以你才把戒指藏在风衣的兜里。"当她想去欧比纳斯家里探听虚实时，就先许愿说:"要是我去你家,也许我会吻你。"而当欧比纳斯同意她到家里来时,她却又比预定的时间晚了二十分钟(一种拖延策略)。玛戈硬是等到看出那个爱慕她的人的确富有,并且找到了一套极好的公寓时,她才让欧比纳斯在一家门廊的阴影里吻了她(同时她的提包里还塞进了一大卷钞票)。直到最终她那封"爱巢搭好了"的信被欧比纳斯的妻子收到,灾祸临头的欧比纳斯垂头丧气的时候,她才说"吻我,我来替你解除烦恼。"——这时,欧比纳斯才得到了第一次性接触的机会。

玛戈之所以能对欧比纳斯行使性感操纵,是因为她具有天赋的性心理解读的能力。在《包法利夫人》一章中,我介绍过作为猎艳高手的罗多尔夫,就具有先天地推断爱玛的性意图的能力。玛戈也同样如此。她本能地知道欧比纳斯想要的是什么——不过就是想占有她的身体。而且她能随时关注欧比纳斯的心理状态的变化。例如,她实地考察了欧比纳斯的家,不仅发现他真的有钱,而且还有一个附带的重大发现:

> 从他床头柜上摆的照片看得出来,他妻子不是玛戈想象的那种高大的贵妇——相貌严厉,精明强干;其实正好相反,她妻子看上去很文静,甚至有点迟钝,这样的女人不难对付。

对于准备卷入一场婚姻关系的"第三者"玛戈来说,弄清欧比纳斯的妻子是个什么样的人,对于下一步的行动至关重要。事实上,玛戈的判断相当准确。伊丽莎白是个单纯的人,绝没有想到丈夫会欺骗她。她完全相信,她和欧比纳斯是一对"特殊的夫妇",他们的关系珍贵而纯洁,绝不可能破裂。应该说,玛戈的成功在很大程度上与伊丽莎白性嫉妒能力的缺失有关。

而这个情商愚笨的欧比纳斯也不难搞定。在玛戈与她的旧情人雷克斯——他相貌奇特,丑得不乏魅力——重逢后,她有意地混淆欧比纳斯的视听:"你那个画家朋友丑得令人作呕——我宁肯死也不愿意吻这样丑陋的男人。"可是事实并非如此,第二天,当雷克斯再度来访时,欧比纳斯留雷克斯吃饭,他毫不推辞地应允了。玛戈来到餐桌前,显得镇定自若。

> 她在这两个分享她爱情的男子之间坐下,感到自己像是在一

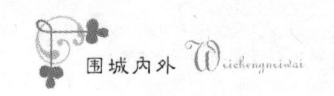

部神秘而又动人的影片中扮演主角。她尽力演得合乎分寸：心不在焉地微笑，垂下睫毛，在请欧比纳斯递过水果的时候温柔地用手摸他的衣袖，同时向先前的情夫投去短暂、冷漠的一瞥。

"不，这次再不能让他逃掉，绝不让他溜走。"她忽然这样想，一阵欢快的战栗传遍全身，她好久没有体验到这种感情了。

由于先前是雷克斯抛弃玛戈的，所以，当玛戈再想得到雷克斯时，她不得不采取欲迎还拒的诱惑策略，这表明玛戈确实具备猎艳高手的特质。正如对欧比纳斯那样，她也同样吊着雷克斯的胃口——要他"再耐心等一等"。当雷克斯要她到他住的那儿去时，她回绝说："只要我们出一点差错，只要他起一点疑心，他就会杀了我，或者把我赶出门去。那时咱们俩就都成了穷光蛋。"

玛戈还有一个更精明的择偶策略——结婚反而更有助于搞外遇。她的近期目标是要和欧比纳斯结婚，尽管她也知道"要想撵走合法的妻子可不那么容易"，但她相信，"只要他跟我结了婚，我就不用这么提心吊胆，就可以自由行动了。"玛戈的这一言论几乎是对人类"一夫一妻制"的一个嘲弄：既然有一夫一妻的婚姻，那么就必然有一夫多"妻"或一妻多"夫"的婚外恋。

玛戈"在那部讨厌的电影里出丑"后，为了帮她驱散郁闷，欧比纳斯给她买了车，带她去观赏南方的春色。雷克斯主动要求作为"司机"与他们同行，欧比纳斯表示欢迎，他担心的是不知道玛戈是否同意，可玛戈只是"稍许踌躇了一下"就接受了这个建议：

"好吧，把他带上。"她说。"我倒挺喜欢他。不过他老跟我唠叨他的那些风流韵事，还老是唉声叹气，好像把那些事看得挺认真。我有点烦他。"

这就是猎艳高手的典型策略：先假装"稍许踌躇"一下，然后像作为朋友似的"挺喜欢他"，最后暗示雷克斯是一个使女性极为反感的风流浪子，从而打消了欧比纳斯的疑虑。

而当欧比纳斯觉察到了玛戈背叛的信号，甚至是证据时（欧比纳斯的作家朋友康拉德在汽车上听见了玛戈和雷克斯那么"轻浮、庸俗、下流的情话"，那个上校看见了他俩"躲到角落里搂搂抱抱"），就算在

欧比纳斯的枪口下,玛戈也能面不改色心不跳地与他周旋说,"你也很清楚,他对女人毫无兴趣":

"真的,他的确对女人不感兴趣,"她又说,"不过有一回——是开玩笑——我对他说:'嘿,让我试试看,能不能让你忘掉你的男朋友。'我们俩心里都明白,这不过是开玩笑。真的。没有别的意思,亲爱的。"

……"他也不可能跟我合伙骗你,我们连嘴都没亲过,即使是亲一下嘴,我们俩也都会觉得恶心。"

这真是玛戈对她性背叛行为的绝妙辩护。通过数落,至少是暗示雷克斯是同性恋,就比"理直气壮地"表明她一直忠于欧比纳斯要有力得多。

跋
纳博科夫的忠告——离搞心理学的人远点

尽管当下我成了一个悲剧性的人物——我自己知道,上帝更知道,但我并不愿意悲剧性地对待它。这就是此刻我写这个"跋"时最真切的心境。

前些年,阴差阳错,鬼使神差,呆头呆脑跑到了一个号称是"著名的"搞心理学的地方。几年下来,对"Mind"——搞心理学的人翻译为"心理",尽管这一译法有可能谬之千里——的知识没有什么增长,倒是对当下不少人疯狂似地着迷着的"心理学"大惑不已!说实话,我就像当年的笛卡儿搬到巴黎郊区圣·杰曼的时候,深深地体验到了一种"理智上的危机":我所接触到的当下国人的"心理学",几乎毫无用处!在这样的"心理学"中,几乎没有任何东西可以不被怀疑!

非常不幸,我成了一个怀疑论者;而怀疑论者多半沮丧!怎么样才能使自己走出沮丧?如何重建自己理智上的信心与平衡?在冥冥中,终于,我重新拿起了久违达30年的文学经典——如果从我本科开始读它们算起。莎士比亚、普鲁斯特、福楼拜、纳博科夫、杜拉斯、昆德拉等文学大师,伴我度过了那怀疑而又沮丧、脑袋空空无所事事的呆滞岁月!

于是,就有了这本书。作为我主编的"心理学视野中的文学丛书"之一,我无意介入国内的文学界和心理学界(我不想抢什么人的饭碗),也不想参与任何与"权力"有关的事情。我只是自娱自乐,想找个兴奋点或乐子而已。当然我希望,这本书是我向国内真正的文学家、作家学习的一份习作。

感谢纳博科夫使我进一步认识到了心理学的尴尬。纳博科夫以调侃心理学,特别是以辛辣地讽刺弗洛伊德而闻名于世。在《洛丽

跋　纳博科夫的忠告——离搞心理学的人远点

塔》《普宁》《微暗的火》等小说以及《说吧，记忆》自传追述中，他不时地、恰到好处而又发人深省地把玩了一下心理学家的平庸和愚蠢，样样都是一语中的，让你动弹不得，令顶级的心理学家也心服口服。不妨来看一下：

把弗洛伊德暂时放一放，先看看纳氏眼中的心理测量。"心理"是可测量的吗？就像你测量某一堰塞湖是否会危及下游的安全一样？可惜在《普宁》中，温德夫妇的儿子维克多——被作为父亲的温德诊断为"问题儿童"——被要求进行一次心理测验。"结果分数不是大得出奇就是零：这个7岁的被测验者在接受所谓的古都诺夫氏绘制动物测验时获得了相当于17岁智力年龄的惊人成绩，可是在另一种弗尔威欧氏成人测验中却骤然降到两岁儿童的智力水平。为设计这些奇妙的测验方法，不知花费了多少心血、技能和创造力啊！"

而在那些挺美挺美的"罗夏墨迹"投射测验中，心理学家相信儿童本来"应该"看到的什么低能的蛆啦、神经质的树干啦、色情的长统橡皮靴啦等等，维克多居然没法"看到"。而且维克多随意画的速写，也没有反映所谓的"曼陀罗"（mandala，在梵文里是"魔环"的意思）。"荣格博士等人常拿它来哄骗一些傻瓜蛋，形状是一个或多或少铺展开来的四重结构，就像半个剖开来的山竹果，要不像个十字架，要不像那辆行使磔刑的刑车，在那上面自我意识像形体那样被分裂，要不说得更精确些，就像具有四个价的碳分子——脑子里那种主要的化学成分，被放大和反映在纸上。"

我不相信国内有任何一个搞心理测量的人能够反驳纳氏的严肃批评。至于弗洛伊德的那点东西，在纳氏看来，不过就是小菜一碟！人生只有童年（亦即童年的"创伤性经验"）吗？"自由联想"可以让你滑回到那个年代！不仅如此，还可以让你的无意识"上升"到意识——"有本事让病人相信他们目睹了自己的观念"、"每个人在幼时所遭受的不痛快的事就如同死尸一般浮现出来了"（纳博科夫语）；而且，回想起来的种种"细节"竟然是如此清晰，"据说这种感觉是快淹死的人，尤其是以往俄国海军里快没顶的人，所享有的一种戏剧性特权——一种窒息现象。有一位老资格的精神分析学家，名字我给忘了。把这种现象说成就像是人在受洗礼时无意识引起的休克，这种休克使那些介于

229

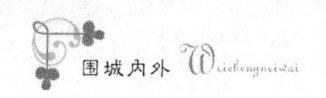

首次和末次浸礼之间的往事一下子都迸发出来,让人统统想起来了。"
(《普宁》)

更为滑稽的是,《洛丽塔》中的"亨伯特"在疗养院接受治疗时发现:耍弄一下那些精神分析学大夫真是其乐无穷!狡猾地领着他们一步步向前;始终不让他们看出你知道这一行中的种种诀窍;为他们编造一些在体裁方面完全算得上是杰作的精心构思的"梦境"(这叫他们,那些勒索好梦的人,自己做梦,而后尖叫着醒来);用一些捏造的"原始场景"(就像弗洛伊德的"狼人"案例)戏弄他们;始终不让他们瞥见一丝半点一个人真正的性的困境……

好了。也许你可以说,纳博科夫做得太过分了!怎么就不给心理学家一点面子呢?心理学作为"科学"已经有近130年的历史了嘛,以科学乃至"自然科学"而标榜的那些心理学家,容得了你纳博科夫这样嘲弄的吗?下面,我试图拓展一下纳博科夫的思路,给出不妨可以嘲弄一下的理由:

嘲弄一:文学家的常识心理学比心理学家要发达。

正如我一再论证的那样,所谓"科学心理学"总是离不开"常识心理学"(Folk Psychology)。(这一论证的细节可见我主编的《走近西方心理学大师丛书》,共5种,中国社会科学出版社,2007—2010年)常识心理学是我们一生下来就具有的——只要大脑没受损害——天赋的心理知识。我们在议论我们同伴的心理活动时,经常使用一些日常心理词汇,像"愿望"、"意图"、"信念"等。简而言之,常识心理学把人当做是有信念、愿望和意图的,并在此基础上推测和解释他人的行为。常识心理学是天赋的,说到底,它是从我们的远古祖先那里经世世代代的遗传而先天地存在于今人的大脑中的。

哲学家赖尔(G. Ryle)在《心的概念》(*The Concept of Mind*)中,就常识心理学在人们日常生活中的功能作了这样的说明:人们"都很懂得,在日常生活中与别人打交道时怎样解决此人的性格和理智的性质方面的问题。他们能够评价他的表现,估价他的进步,理解他的言行,觉察他的动机,明白他开的玩笑。假如他们弄错了,也知道怎样纠正自己的错误。而且,他们还能够有所用心地借助于批评、举例、教导、惩罚、行贿、嘲笑及劝说来影响他们与之交往的人的心理,并且在此之后根据所产生的结果来修改自己的对待办法。不论是为了描述他人的心理,还是为了开导他人的心理,他们都在或大或小的程度上有效地使用了描述心理功能和心理活动的概念。"

我坚持认为,心理学史早已表明,"科学心理学"总是"离不开常识心理学"。也就是说,心理学无论怎样"科学"(哪怕你硬要标榜为"纯自然科学"),它都离不开常识心理学的概念和说明方式。简单地举例说,一个"科学心理学家"对某个心理概念所下的定义,如果让人们——特别是初学者——感到在"常识"层面上都很难接受的话,那这个"定义"的科学性就大成问题了。

这的确令心理学家难堪,可是没有别的办法。因为常识心理学的概念往往是"只可意会,不可言传"。说到底,它不是一个下定义的问题,而是一个用形象生动的言语(如比拟、象征、寓意、诙谐式模仿等)去描绘的问题;不是一个"科学"问题,而是一个"人文"问题;不是一个理性问题,而是一个非理性(情感、激情、欲望、动机等)问题。这时,心理学家最好还是让开吧!因为文学家,特别是大师,正是那种常识心理学特别发达的天才。他们那天赋的、洞察一切的心理知识,不仅与芸芸众生不同,而且与心理学家也有着惊人的差异。弗洛伊德作为心理学家,无论如何不会比作为文学家的普鲁斯特高明——一部《追忆似水年华》,就堪称一部"心理学百科全书"。

嘲弄二:文学家对人的"天性"的洞察力比心理学家要深。

这是对嘲弄一的合乎逻辑的引申。既然常识心理学是天赋的心理知识,那么其中的内核必定是关于人的"天性"(或本性)的知识。当霍桑在《红字》中揭露人的天性中的"罪恶"时,他需要一个实验室了吗?当"国学"的祖师爷们得出"人之初,性本善"时,他难道需要做什么"科学实验"吗?就算今天的实验心理学再发达,你能实验出人的那个"性"(Nature),是"善",还是"恶"吗?也许你会说,我实验心理学用不着考虑"性"的问题,我是纯粹的经验学科(就像斯金纳所宣称的那样,我只"描述"行为,而不"解释"行为)。可是,迄今为止我还从未看到过一篇号称"实验研究"的博士论文,不需要"实验假设"或"理论假设"这样一个章节。请问:你为什么终究还是需要"假设"呢?而大凡假设,总是离不开常识心理学中的天赋知识;纵然你做出的是"科学假

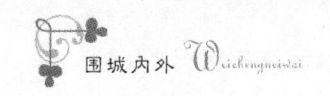

设",最终也得让常识心理学的可接受度来认可。若非如此,岂有它哉!

进一步的问题还在于,关于人的天性的研究,心理学家有优势吗?未必。尽管近期进化心理学关于这一问题有了新的进展(特别是发现人的天性中有"恶"),但批评者认为,关于人类心理的进化的"知识",我们要么不知道,要么仅限于推测。但是,有些猜测非常糟糕。"通俗进化心理学家","先把更新世时期(指狩猎—采集时期——引者按)的进化过程切分为各种相互独立的适应性问题,然后把心理也割裂成一个个单独的部分,使每个部分对应于一个适应性问题;最后,他们试图用纸笔测验所获得的数据来支持前面的假设。但遗憾的是,通过这种方式,我们不可能真正了解人类的进化历史。进化心理学应该有点长进。不过,即便它做得再好,对于这个问题——我们人类所拥有的复杂心理特质为什么能够得以进化——它可能永远都无法给出答案。"[①]

嘲弄三:文学家的言语能力、文字的表达能力令心理学家望尘莫及。

这是心理学家致命的弱点。神经科学研究表明,理解和加工所接受到的语言刺激,搜索词句以做出合适的表达,需要大脑颞叶(左侧)的高度发达的功能。语言能力是天赋的(平克甚至称之为"语言本能")。而这种能力正是表达心理学的知识——无论是"科学"的,还是"常识"的——所必需的。斯马特斯和约翰逊在《人的性反应》(1966年)中所写人的性高潮,那拙劣的笔触无论如何不可能让你知道什么是性高潮的心理反应,可劳伦斯在《查特莱夫人的情人》中却轻而易举地能够做到:"她自己也像波涛一般,越荡越远,离开了肉体,把肉体丢在一种突然而至的温柔、战栗的痉挛之中,她整个生命中的最美妙处触了电,她知道自己触了电,飘飘欲仙,方死方生,她消失了,她出生了:一个女人。"

心理知识是天赋的,而语言能力也是天赋的。这两种"天赋"加在一起,造就了文学大师天然地描绘心理的能力。有鉴于此,我认为,严格说来,并不存在作为一种小说门类的"心理小说"(人们通常说的"意

[①] 戴维·J.布勒著;张勇、熊哲宏译.我们的心理停留在石器时代?《环球科学》[《科学美国人中文版》],2009年第2期。

识流小说"、"内省小说",只具有特定时代的、相对的意义);所有可归入"文学经典"的小说都是心理小说。换言之,不能成功地刻画人的心理的小说,都不可能成为经典。

嘲弄四:心理学家的人格缺陷和人格障碍比文学家要多。

近些年我的一个惊人发现是:搞心理学的人多半有心理病。当我刚开始悟出这一点的时候,不由得让我倒抽了一口冷气!可渐渐地,我学会了把它视之为"理所"当然:有心理问题的人更喜欢报考心理学专业硕士生和博士生,而且往往是这些人更容易被录取;有严重心理障碍或人格障碍的人更喜欢报考心理咨询专业,且——极具讽刺意味的是——正是这些人成为活跃的"心理咨询师";而有致命心理缺陷的人往往成为"著名心理学家"……

为了弄清这一可怕的事实真相,我开始研究西方心理学大师的失误问题。其中一个是他们在日常生活中有哪些失误。我感兴趣的问题是,他们的童年经历(特别是某些"创伤性经历"),是怎样造成了他们的人格缺陷或人格障碍(包括生活上的某些怪癖)的?他们在学术研究中有过哪些糟糕的或可鄙的行为(如伪造数据、杜撰虚假案例等)?他们可曾面临过那挡不住的诱惑(如名声、权力、金钱和性)?他们是否在道德规范、人际关系和性关系等方面犯过错误等等。

这一研究结果体现在我主编的两本书中:《心理学大师的失误启示录》(2008年)和《如何成为心理咨询师——来自咨询与治疗大师的启示》(2009年)。初略统计一下,符合美国精神病协会《诊断与统计手册第四版》(DSM—IV,1994年)标准的心理障碍或人格障碍者,随便列举就是一大串:弗洛伊德、沙利文、克莱因、霍妮、金赛、赖希、哈洛等等。弗洛伊德中年时期得过典型的神经症,晚期则是典型的偏执型人格障碍——几乎所有他过去的学生(阿德勒、荣格等)和朋友(布洛伊尔、弗利斯等),他最终都与他们搞得很僵。前不久在市场上看到一本叫《我的病人弗洛伊德》的小说,还是弗氏本人晚年的一个法国弟子写的。你说有趣不?

就连以探索"我们时代的神经症人格"而著称的霍妮,很难说她自己就不是一个典型的神经症人格。依据霍妮的"基本焦虑"理论,便可看出她早期的生活经验对她人格发展的影响。她的父母具有"基本罪恶"——缺少对她的爱,这使得霍妮心中产生了对父母的敌意(即她后来所定义的"基本敌意")。但由于身为儿童的无助感、恐惧感和内疚感,她压抑了自己的敌对心理。这样她就陷入了既依赖,又敌视父母的不幸处境之中,从而埋下了神经症人格的种子。而且,这种敌意后来投射、泛化到外部世界,使她觉得整个世界充满着危险和潜在的敌意,并深感自己内心的孤独、软弱和无助。同时,她那坎坷的童年经历迫使她滋生了一种防御行为,而这种不当的"防御"却在日后损害了她的人际关系(以她迫害弗洛姆为例)。后期的霍妮自己承认对男性有"不顾一切的需要",而这也只能归咎于她不幸的童年。她成长的环境助长了她无意识的自我欺骗、男女交往中有意识的虚伪,她一直害怕在感情上过度依赖男人。她在《自我分析》一书中描述了这样一些爱情神经症症状:"深深地沉浸在爱情之中";"一旦那男子被'征服'了,她们就会对他失去兴趣";"害怕陷入爱河会给她们带来失望和羞辱";"胜过男子就把他撇在一边、抛弃他,正如她们自己曾经感受到被撇在一边、被抛弃一样"……

嘲弄五:"心理学家"的"专业研究"和"通俗传播"加深了整个社会的心理问题。

我看过中央电视台2009年7月13日的《心理访谈》。其嘉宾是一位父亲,出于对儿子的爱,确诊儿子为"反社会性人格障碍"。他自称为"犯罪心理学家",目前还在学催眠术。儿子12岁被他送进"工读学校"、"劳教所",后相继被送进部队,直到亲自把儿子送进监狱(因指控儿子偷了他的钱)。他声称他的心理学藏书达一万多册,比上海师大图书馆的心理学书都多。还写了五本教育方面的书,其中一本叫《教育其实很容易》。我的观后感是,如果他不"学""心理学"的话,他与儿子的关系,特别是他儿子的现状肯定不至于这么糟糕。亲子关系是天然的血缘关系,任何一个父亲都会本能地去爱自己的儿子,用不着"心理学"的"指导"。

2009年5月18日

参考文献

1. [美]哈罗德·布鲁姆著.江宁康译.西方正典:伟大作家和不朽作品.上海:译林出版社,2005.
2. [美]纳博科夫著.申慧辉等译.文学讲稿.上海:上海三联书店,2005.
3. [美]布鲁克斯著.朱生坚译.身体活:现代叙述中的欲望对象.北京:新星出版社,2005.
4. [美]莫德尔著.刘文荣译.文学中的色情动机.北京:文汇出版社,2006.
5. [英]毛姆著.刘文荣译.毛姆读书随笔.上海:上海三联书店,2007.
6. [英]毛姆著.李锋译.巨匠与杰作.江苏:南京大学出版社,2008.
7. 袁筱一著.文字与传奇:法国现代经典作家与作品.上海:复旦大学出版社,2008.
8. [英]巴恩斯著.汤永宽译.福楼拜的鹦鹉.上海:译林出版社,2005.
9. [美]盖伊著.刘森尧译.历史学家的三堂小说课.北京:北京大学出版社,2006.
10. 李健吾著.福楼拜评传.桂林:广西师范大学出版社,2007.
11. 虎头著.瞧,大师的小样儿.北京:人民文学出版社,2007.
12. [美]海登著.李振昌译.天才、狂人的梅毒之谜.上海:上海人民出版社,2006.
13. [瑞士]荣格著.冯川、苏克译.心理学与文学.北京:生活·读书·新知三联书店,1987.
14. [法]阿兰·维尔贡德莱著.杜拉斯:真相与传奇.北京:作家出版社,2007.
15. [英]莫里斯著.施棣译.裸女.北京:新星出版社,2006.
16. [英]阿兰·德波顿著.余斌译.拥抱逝水年华.上海:上海译文出版社,2009.
17. [古希腊]柏拉图著.刘小枫译.柏拉图的〈会饮〉.北京:华夏出版社,2003.
18. 张念著.持不同性见者.北京:东方出版中心,2006.
19. 福柯著.佘碧平译.性经验史.上海:上海人民出版社,2005.
20. [法]巴塔耶著.刘晖译.色情史.北京:商务印书馆,2004.
21. [古希腊]色诺芬著.沈默译.色诺芬的〈会饮〉.北京:华夏出版社,2005.
22. [英]费夫尔著.丁万江译.西方文化的终结.南京:江苏人民出版社,2004.
23. [美]斯腾伯格著.潘传发、潘素译.丘比特之箭——穿越时间的爱情历程.沈

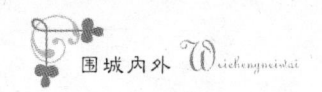

阳：辽宁教育出版社，2000.
24. ［奥地利］弗洛伊德著.性学三论、爱情心理学.载于车文博主编.弗洛伊德文集（共8卷）第3卷.长春：长春出版社，2004.
25. ［美］弗洛姆著.爱的艺术.上海：上海译文出版社，2008.
26. ［美］D. M. 巴斯著.熊哲宏等译.进化心理学：心理的新科学.上海：华东师范大学出版社，2007.
27. ［美］阿克曼著.爱情的自然史.广州：花城出版社，2008.
28. ［瑞士］方迪著.尚衡译.微精神分析学.北京：生活•读书•新知三联书店，1993.
29. ［美］琳•马古利斯等著.潘勋译.神秘的舞蹈——人类性行为的演化.北京：中国社会科学出版社，1999.
30. ［美］贾里德•戴蒙德著.郭起浩、张明圆译.性趣探秘——人类性的进化.上海：上海科学技术出版社，1998.
31. Buss, D. Evolutionary psychology: the new science of the mind. Pearson Allyn and Bacon, 2004.
32. Fodor, J. Modularity of Mind. Cambridge: The MIT Press, 1983.
33. Cosmides, L., Tooby, J. Origins of domain specificity: the evolution of functional organization. In Hirechfield and Gelman (Eds), Mapping the mind. Cambridge: Cambridge University Press, 1994.
34. S. Pinker. How the Mind Works. New York: Norten, 1997.
35. Shackelford, T. K., Pound, N., Goetz, A. T., & LaMunyon, C. W. Female infidelity and sperm competition. In D. M. Buss (Ed.), The handbook of evolutionary psychology. New York: Wiley, 2005: 372—393.
36. Buss, D. M., & Schmitt, D. P. Sexual strategies theory: An evolutionary perspective on human mating. Psychological Review, 1993, 100: 204—232.
37. Gangestad, S. W., & Simpson, J. A. The evolution of human mating: Trade-offs and strategic pluralism. Behavioral and Brain Sciences, 2000, 23: 675—687.
38. Greiling, H., & Buss, D. M. Women's sexual strategies: The hidden dimension of extra-pair mating. Personality and Individual Differences, 2000, 28: 929—963.
39. Schmitt, D. P., & Buss, D. M. Human mate poaching: Tactics and temptations for infiltrating existing relationships. Journal of Personality and Social Psychology, 2001, 80: 894—917.
40. Denney, N. W., Field, J. K., & Quadagno, D. Sex differences in sexual needs and desires. Archives of Sexual Behavior, 1984, 13: 233—245.